ONIKKOHAISHINDO

打撃系鬼っ娘が征く LIVE 配信道！

Haishindo

3

箱入蛇猫

TOブックス

Contents

0:32/1:00

ONIKKOHAISHINDO

LIVE

illustration 片桐　design AFTERGLOW

ONIKKOHAISHINDO

MAIN CHARACTER

スクナ

主人公。ひょんなことからリンネに誘われ配信者になることに。生まれつきの人並外れた身体能力を持っていかして、自重のいらないVRゲームの世界で大暴れ中。何よりもリンネが好き。

リンネ

スクナの親友。プロゲーマーとして顔も広く、日本トップクラスの実績をもつプレイヤー。とてもグラマラスな美人さんであり、超弩級のお金持ちでもある。スクナを溺愛していて、一生養おうと思っている。

トーカ

リンネの従妹。あまりにもスタイルがいいのでモデルなんかもやってたりする。最終学歴中卒、高卒の上二人と違い、何だかんだで大学生活を楽しんでいる。最近スクナの連絡先を貰って嬉しいらしい。

ロウ

ゴシックドレスに身を包む、ゲーム内屈指の実力を持つPKプレイヤー。ネームドウェポン所持者であり、廃人クラスのレベリングに努める勤勉さのせいで撃退するのも困難な実力を持っているとか。スクナとはいずれまた戦いたいと思っている。

シューヤ

飄々とした流れの剣士風のプレイヤー。クラン《円卓の騎士》に所属している。トーカをデュアリスまで護衛する際、たまたまスクナと知り合った。なかなか本気を出さない昼行燈。

はるる

非常に腕の立つ剣職人として有名な幼女。実は打撃武器を愛しているのだが、あまり使い手がおらず採算が取れないため剣を作って稼いでいるのが真相。若干厨二病なところがある。

琥珀(NPC)

立派な蒼角を持つ鬼人族の姫。世界一の力持ちを示す《パワーホルダー》の称号をもつ。かつて城を象ったネームドボスの殻を一撃で粉砕したことから《破城》の琥珀と呼ばれている。

メルティ・ブラッドハート(NPC)

《天眼》の名で知られる、最強にして最古、そして最後の吸血種。ある目的のために動いており、第４の街でスクナに接触した。従者であるリィンに惜しみない愛情と少しの意地悪を与えている。

リィン(NPC)

メルティの寵愛を受ける不死の姫。実力は絶望的な程に弱い。よくメルティに弄ばれているが、なんだかんだメルティのことは好き。

酒呑童子(NPC)

かつて世界最強と呼ばれた鬼神。職業・童子を見守る者にして、鬼人族の信仰対象でもある。千年を超える長い封印の中にいたが、スクナと出会い封印の解放を託した。

プロローグ

「お腹空いた！」

「出前にしましょ。作る気力がないわ」

「わかったー」

ぐーぐーと文句を喚《わめ》き立てるように鳴り続けるお腹の音。

なんと丸一日以上もぐっすりと眠っていたようで、起きたらリンちゃんが帰ってきていた。

嬉しいような悲しいような、とりあえず寝ている間に心配してくれていたトーカちゃんには返事しておかなくちゃいけないので、リンちゃんが出前の注文をしている間にメッセージを飛ばしておく。

「適当に頼んでおいたから、出来次第来るでしょ。燈火《とうか》には連絡した？」

「うむ、ばっちり」

「ま、寝てたならしょうがないわよ。バイトの頃の疲れが溜まってたか、慣れない長時間のプレイで疲れたんでしょ。ノルマの時間だけ見たら週十時間なんだから、無理しちゃダメよ」

「そうだねぇ。実際に使ってるのは頭だけのはずなんだけど、私にはむしろそっちの方が疲れるのかも」

勉強もゲームも何年もやってなかったのだ。WLOが楽しいゲームだとはいえ、慣れないことをすれば疲労は溜まる。

昔はリンちゃんに付き合って徹夜で協力プレイとかしてたんだけどなぁ。

「そう言えば、なんか夢を見たような気がするんだよねぇ」

「内容は覚えてる？」

「それが全然覚えてないんだよね。夢を見ること自体珍しいから、夢を見たのは間違いないと思うんだけどなぁ」

起きる前はすごい印象的だと思っていたような気がしなくもないんだけど、いざ目覚めたら私の脳内メモリは綺麗さっぱりその事を忘れていた。

「鳥よりもさっぱりした頭ねぇ」

「そんなことないですぅ」

「いや、自覚してないかもしれないけど、ナナの記憶力は相当悪い方よ」

結構マジなトーンで返されて、思わず私は固まった。

「え、冗談だよね？　ね？」

「さあどうかしら。どっちだと思う？」

「リンちゃん、リンちゃん？　はぐらかさないでよー！」

「うふふふふふふ」

リンちゃんにすがり付いて前言を撤回させようとする私と、それを楽しむリンちゃんのじゃれあいは、出前のラーメンが届くまで続いた。

「はー食った食った」

「おっさん臭いからやめなさい」

ラーメンとピザと寿司というみんな大好き三点セットを平らげた私がいっぱいになったお腹を撫でていると、リンちゃんからため息をつかれてしまった。

「ほんと、この量がどこに入っていくのかしら」

「うーん……お腹？」

「デコピンするわよ」

さっとおでこを守ったらほっぺを引っ張られた。

おのれリンちゃん、姑息《こそく》な嘘を……！

「さ、そろそろ遊ぶのはやめましょう。ナナは昨日寝てたから知らないでしょうけど、ＷＬＯは今ある話題で持ちきりよ」

そう言ってすすっとタブレット端末に指を滑らせると、リンちゃんはある画面を表示させた。

何かの公式サイトみたいだけど……あ。

「ＷＬＯの公式サイトだね」

「そうよ。この部分を読んでみて」

リンちゃんが指差したのは、ＷＬＯの公式サイトのお知らせ欄。

上から三つくらい《↑Ｎｅｗ！》というマークがついてる項目の中のひとつだった。

「なになに……イベントのお知らせ？」

☆☆ダンジョンイベント：《星屑の迷宮》☆☆
創造神の導きにより、天空の迷宮への道が開かれた。星を目指す旅人よ、迷宮を踏破し力を示せ。
☆　☆　☆　☆　☆　☆　☆　☆　☆　☆

「ダンジョンイベント！　……ってなに？」

詩的な……というか、こう、うん。説明する気ないな！　って感じの文章を前に、私は何も理解できずにリンちゃんに質問を飛ばした。

「あのね、ちゃんと見なさい。説明書いてあるわよ」

「ふむふむ」

下にスクロールしたらイベント詳細が書いてあった。

とても丁寧に記載されたイベントの概要を、ざっくりと要約すると。

①これは数字付きの街の中心部に設置されるワープゲートを通り、別の世界に存在する《星屑の迷宮》に挑むイベントである。
②難易度は四段階あり、始まりの街、デュアリス、トリリア、フィーアス以降という形で通ったワープゲートによって難易度が決まる。
③迷宮は挑んでいるプレイヤーごとに別々の物となる。すなわちバッティングが発生しない。同時に、救援の類は一切期待できないので注意。
④本イベントに伴い、イベント期間限定で五つのサーバーを設置する。プレイヤーは初めてダンジョンに潜る際にサーバーを決め、以後はそのサーバー内で迷宮を探索することになる。
⑤迷宮内のモンスターが落とす《星屑の欠片》を集めることで、アイテムと交換してもらえる。武器や防具、素材など、選べる範囲で好きなものと交換できる。高難易度であればあるほど多くの《星屑の欠片》を手に入れることが出来る。
⑥迷宮のボスはクリアする度に多くの《星屑の欠片》をドロップする。より多く《星屑の欠片》

を集めるためには、何度も迷宮をクリアするのが手っとりばやい。

⑦《星屑の欠片》の収集数を基本として、いくつかの要素を元にサーバー毎のランキングを発表する。最終ランキングの順位に応じて、消費アイテムが報酬として配布される。

⑧迷宮は日を追うごとに難易度が増し、それと同時に入手できる《星屑の欠片》も増えていく。後半には大きな変化も……？

イベントの内容を要約するとこんなところだろうか。

つまり、めちゃくちゃ簡単な言い方をすると、「いっぱいダンジョンを周回してアイテムたくさんゲットしよう！」というイベントである。

「だよね？」

「ナナにしてはいいまとめね」

「はっはっは……褒めてる？」

「もちろん」

よしよしと頭を撫でられて、なんだか色々とどうでもよくなってきた。

「まあ、ざっくりいえばナナの言う通り周回イベントね。交換アイテムはまだよく分からないけど、ランキング報酬なんかは凄いわよ。この一位〜十位までに配布される《レイズポーション》とか、ベータテストの最後の方で確認された蘇生アイテムと同じ名前だもの」

「ほほう」

「他には……上位の報酬にはレアアイテムが結構あるくらいで、限定アイテムの類はなさそうね。どれも現時点では高価ぐらいの価値かしら。まあ、まだ始まったばかりのゲームで一点物なんて与えないか」

ゲームバランスの観点から真剣にイベントの考察しているリンちゃん。

細かな点はよくわからないけど、今回のイベントはリンちゃん的にはグッドっぽい。

それにしてもイベントか。それも、周回前提のやつ。

周回っていうのは名前の通り何度も何度もダンジョンクリアを繰り返すことだけど、この手のイベントはとにかく時間を多く取れるプレイヤーが有利なルールだ。

そして難易度によって報酬が変わり、イベントアイテム《星屑の欠片》がボスのドロップメインである以上、ランキング上位を目指すためにやるべき事はシンプルだ。

なるべく長時間、効率よく最高難易度のダンジョンを攻略し、ひたすら周回する。

イベント期間中これをしっかりとやり遂げられれば、ランキング上位に入るのも夢じゃないはずだ。

「イベントの開始日は次の金曜日。つまり六日後ね」

「あれ、その日って第三陣の人達が始められる日じゃなかったっけ。イベントと被せたら凄い重くなりそうだよね」

「いや、第三陣は明後日よ。今回からは二週間じゃなくて十日区切りに変えるみたい」

「なるほど」

リンちゃんがチラリと耳に挟んだ話だと、第一、第二陣共に想像以上に序盤の攻略が早かったが故に、新規プレイヤーの追加スパンを短くすることになったらしい。

イベント当日とか新規プレイヤーの追加までしちゃうと、アクセス数やら処理やらでゲーム自体が重くなるだろうから、ある程度の分散を考えれば四日空けるというのは合理的な考え方だろう。

「一応フィーアスから先だとイベントダンジョンの難易度は変わらないみたいだね」

「そうね」

昨日……じゃなくて一昨日、トーカちゃんと一緒にフィーアスに辿り着いた私は、最低限のラインには乗れていると言えるだろう。

ただ、リンちゃんがいるのはフィーアスの先の第五の街《グリフィス》だ。もし一緒にイベントを遊ぶなら、そこまで行く必要がある。六日もあればたどり着けないってことはないと思うけど……。

「何考えてるのかはわかるけど、グリフィスにはまだ向かわなくていいわよ。今回のイベントに関しては私がフィーアスに戻るわ」

「え、いいの？　結構時間がかかるんじゃない？」

「ナナがこっちに来るよりは私が戻ったほうが早いわ。今は攻略も急いでないから、六日後にフィーアスで合流しましょ」

「うん、わかった。じゃあ当日まではフィーアス周辺でのレベリングとかクエスト攻略とかになるかな」

「昨日電話した時、トーカが用事があるって言ってたわよ。《円卓》から何か誘われてるんだって？」

「あー……シューヤさんがフィーアスに来たらクランを訪ねてみたいなこと言ってたかも」

デュアリスにトーカちゃんを送って貰った時に出会った、片手剣使いのシューヤさん。

別れ際にフィーアスでクランを訪ねて欲しいと言われていたのを、リンちゃんの言葉で思い出した。

「シューヤ……ああ、あの人か」

シューヤさんのことはリンちゃんも知っていたようで、納得したように頷いた。

「とりあえず今日から六日間はフィーアス周辺で観光とか探索をしてたらいいわ。やりたいことがあるならそっちも優先させていいし、配信を休みたかったら休んでもいいわよ」

「はーい」

「あ、あとは武器やアイテムのストックは多めに用意しておきなさい。ダンジョン周回の途中で壊れたらロスになるから」

「ふむふむ……ランキングは狙いに行くの？」

「当然、ランキングがあるなら取りに行くわよ。当たり前でしょ？」

勝負に負けるのが嫌いなリンちゃんらしい強気な発言だ。

好戦的な笑みを浮かべるリンちゃんに、私もまた笑って頷いた。

＊＊＊

それからイベントの日まで、色々なことがあった。

約束していた剣士プレイヤー限定クラン《円卓の騎士》に出向いて、クランマスターの「アーサー」と手合わせをしたり。

私が所持している二つの重量級武器、《メテオインパクト・零式》と《ヘビメタガントレット》の制作者である鍛冶師はるるに改めて武器の制作を依頼して、レベリングがてら武器作成のための素材を集めたり。

防具職人である子猫丸さんに誘われて、フィーアスで定期的に開かれるオークションに連れて行ってもらったり。

毎日毎日朝から晩まで十二時間以上、配信をしながらどっぷりとWLOの世界を楽しんだ。

そうこうしているうちにあっという間に時間は経って、イベントの当日。

朝八時から解放されるダンジョンに潜るために、私は早朝からログインしてフィーアスの北門前に立っていた。


「ふんふんふーんっと」


『わこつー』

『初見』

『はつみ』

『わこー』

『おはっす』

『初見』

『おつおつ』


「おーいらっしゃいいらっしゃい。初見さんもどーも……今日は初見さん多いね？」


『コラボだからな』

『今リンネ待ち？』

『コラボ配信ずっと待ってた』

『十日間連続とか正気じゃない』

『平日の朝なのにもう三千人超えてら』

『普段の十倍以上で草』

『挨拶がすごい速度で流れとる』

『まあコラボ相手が相手だし』

「コラボ、コラボねー。うん、確かにコラボなんだろうけど」

『なんかあんの?』

『いやなわけじゃないっしょ』

「いやなわけないよ！　ただ、ほら、私リンちゃんとは一緒に住んでるからさ。どーもコラボって感じしないんだよね」

『ふぁっ!?』

『まさかの同棲』

『ふぁっ!?』

『割と衝撃の事実な気が』

『あのリンネと……同棲……』

『親友ってだけじゃないんか』

『リンネハウスに遊びに来てるんじゃなく???』

『説明を求む』

「あれ、言ってなかったっけ?」

『聞いてない』

『リンネがちらっと零してた気はするがせいぜいお泊りくらいだと思ってたな』

『詳細はよ!!』

『裏山なんじゃが』

『世界屈指のセレブ暮らしやん！』

「配信始める前まではお互い独り暮らしだったけどね〜。中学卒業くらいから私がひとり暮らしを始めて、ずっとフリーターだったんだけどさ。不運が重なって掛け持ちしてたバイト先が全部潰れちゃったんだよ。んで途方に暮れてたところをたまたまリンちゃんが拾ってくれた感じ」

『そういやナナは中卒だっけか』

『中卒系配信者ってマ？』

『→それは前々からの情報よ』

『ナナペディア更新しなきゃ』

『リンネがナナと暮らしたくてバイト先に圧力かけた説を提唱したい』

「リンちゃんはそういうことはしないよ。それだけは断言する」

あまり気にしたことはなかったけど、たぶんリンちゃんは私が失職したこと自体はすぐに知っていたんだと思う。そもそも不祥事だとかでニュースになっていたりしたし、つぶれるのは時間の問題だとも。

だからきっと、電話をかけてきたのも、すぐに一緒に暮らせるような準備ができていたのも偶然じゃない。

でも、その時私が次の仕事を見つけていなかったのは偶然だ。

もし見つけていたのだとしたら、配信者としての道には誘われなかったんじゃないかと思う。

正確には見つけていなかったというより、探す気もなかったんだけどね。

というか、そもそもの話。

リンちゃんから本気でお願いされれば私はいつだってバイトをやめていただろうし、そんなことはリンちゃんが一番よくわかっている。

わざわざ私の勤務先を潰したりする必要なんてない。いくつもの偶然といくつかの思惑が重なった結果、私はこうして配信者として活動することになったのだ。

「まああれだ、要するにコラボというよりはいつも通りの感じでやっていくと思うなと」

『おk』

『同棲……』

『ただ親友ってだけじゃなかったんだなあ』

『実質家族やん』

『今度雑談配信も見たい』

「雑談配信？　なにそれ、雑談するだけの配信ってこと？」

『せやね』

『匿名の質問に答えたり話題決めて話したりするんや』

『自己紹介にもなる』

『カラオケ配信もいいぞ』

『雑談は配信の基本！』

「なるほどねぇ。いろんな配信形態があるんだなぁ。普段から雑談配信っちゃ雑談配信な気もするけど」

『ナナは配信長すぎるから雑談も多くはなるよな』

『毎日十二時間配信するのやめちくり～』

『毎日十二時間は狂気の沙汰過ぎて草』

『→ナナの配信は十時間がジャブだぞ』

『撲殺音ＡＳＭＲ配信みたいなとこある』

『慣れてくるといい感じに作業用ＢＧＭだよな』


いっつも配信をしながらコメントに応える形で雑談はしてるけど、基本的に一人の時は黙々とサーチ＆デストロイを繰り返すだけだ。

たまにレアアイテムが落ちたりして盛り上がったりはするものの、平坦な内容なのは否めない。

毎回同じくらいの人が見てくれてはいるからそういうのが好きな人が見ていてくれるんだろうけど……もう少し私も配信を盛り上げる努力をしなきゃいけないかな。

「じゃあ今度雑談配信しよっかー」

『やったぜ』

『やったぜ』

『わーい！』

『嬉しい』

『きちゃー！』

『カラオケは？』

「そもそも私このゲームの外で配信する方法わからないから、まずは雑談でカラオケは追々ねー……あ、リンちゃんそろそろ来るよ」

『メッセきた？』

『最近のMMOは操作なしでメッセ受け取れるんか～』

「いや、メッセージというか、リンちゃんの足音するもん」

『？？？』

『足音？』

『街の雑踏しか聞こえない』

『何が聞こえてるんです⁇』

「あのパーティの後ろくらいにいるんじゃないかな」

疑問符を浮かべるリスナーにもわかるように指先を向ける。

イベントのためか、それとも単純に夜通し狩りをしていたからか、さっきから結構な数のプレイヤーがフィーアスへと戻ってきていて、リンちゃんの足音は彼らの後ろあたりから聞こえていた。

ちなみに手前を歩いてるのは六人パーティで……うん、装備はほとんどフィーアスの店売りのやつだね。

店売りの量産品とはいっても、プレイヤーメイド品に劣っているというわけでもない。むしろよっぽどレアなドロップを使っているとかでなければ、店売りのほうが高品質な場合もある。

プレイヤーメイド品は見た目のカスタムがしや

すかったり、好きな素材・気に入った素材を使って自分好みの装備を作れるのが最大の利点なのだ。

……と、この間子猫丸さんに教えてもらった。

それにしても男六人全員重戦士のガッチガチパーティとは……すごく仲のいい友達同士なんだろうな。

「ナナ〜」

「リンちゃん！」

案の定、六人の重戦士パーティの後ろに隠れて見えていなかっただけのようで、彼らが通り過ぎて行った後ろからリンちゃんが現れた。

「お待たせ。ふう、なかなか疲れたわ」

「お疲れ様」

『はえ〜ほんとにいた……』

『ガチなのかあらかじめメッセもらってたのか』

『スクナならガチ七割かな』

『さすがに仕込み』

『どっちでもいい』

『てかスクナ声のトーン上がりすぎで草』

「あら、もう配信してるの？」

「うん。暇だったから」

「そ、じゃあ一応挨拶しとく？　リンネよ。まあナナの配信見てて知らない人いないでしょうけど」

『せやな』

『さすがになぁ』

『いつも通りで安心した』

『リンネに限ってはドヤ顔が許される立場だから』

『ガチのリンネだすげえ』

『リンちゃんってホントにあのリンネだったんか⁉』

『→リンナナ初心者か？』

『→スクナの配信しか見てないやつもおるからしゃーない』

『同棲してるってほんとですか？？？？？？』

『こっちの配信では初顔だしか〜』

『リンネってそんなすごいん？』

『ゲーム一本で登録者一千万超えのガチ怪物だぞ』

『→いっせんまん？？？　桁数おかしくね？』

『実績の化け物』

　好印象を与えようという努力がみじんもない挨拶だけど、リスナーの反応は決して悪くない。悪いどころか、なんなら良すぎるくらいだった。

「おー……盛り上がっとる」

「ナナ、コメント共有して頂戴」

「どうやるのかわかんない」

「メニューカード出して。……ここを押してこうよ」

「なるほど」

　まだまだ知らない機能があるもんだなーと思いながらコメントをリンちゃんと共有する。この機能は配信用の課金オプションの一つみたいで、同じ機能を買った人が二人いないと使えないみたい。

「告知なんて半分くらいは見てないだろうから改めて言うわね。今日からイベントが終わるまで毎日交互にチャンネルを変えて配信するから、お互いのチャンネルをフォローしてない人は今のうちにフォローしときなさい。それからうちのリスナーは、ここはあくまでもナナの配信だってことをわきまえて。まあ、あんまり心配はしてないけど」

「うちのリスナーさんも喧嘩《けんか》はだめだからねー。みんなで楽しくやってこ〜」

『了解』

『せやなー』

『デートだもんな』

『なるほど了解』

『ういっす』

『両方フォローしたわ』

『ワイも』

『ナナの登録者と同接めっちゃ増えてて草生える』

「登録ありがとー。増えるといいことあるのかな？」

「いろんな人が配信の通知を受け取るようにはなるわね。見てもらえるかは今回のナナの活躍次第よ」

「頑張っちゃうか！」

「初日から飛ばしすぎないようにね」

「はーい」

そんなこんなで合流を済ませた私たちは、さっそくイベントダンジョンの入り口が現れるというフィーアスの中心部へと向かった。

「ああ、そうだわナナ。呼び方はどうする？」

「呼び方？」

「ええ。チャンネル名と《HEROES》の登録では『ナナ』だけど、ゲーム内ネームはスクナでしょ？」

「ああ、そっかぁ……うーん、リンちゃんに任せるよ」

「うちのリスナーの流入と配信主を明確にすることを考えるならナナのほうがいいわね。とりあえずナナって呼ぶわ」

「ほーい」

広場に向かう道すがら、そんなことを相談したりしつつ。

それほど時間をかけることなく、私たちはフィーアスの中心部へとたどり着いた。

「おおー……」

ここ数日はフィーアスを拠点に色々と素材集めに勤しんでいたけれど、英雄メルスティヴの英雄像前がいつになく騒がしい。

それは噴水広場にドデンと設置された巨大な門に、多くのプレイヤーが押しかけているからだ。

今日は平日の金曜日、それも早朝とはいえ、なんだかんだでこれがゲーム開始初イベントの盛り上がりというやつなのだろう。

「へぇ、結構大きいのね」

「ねー。大きな神社の鳥居くらいのサイズはあるよね」

一緒にログインしたリンちゃんと門を見上げながら、お互いにそんな感想を抱いた。

門は既に開いているみたいなんだけど、門の中は不思議なゆらぎのようなものしか見えない。

あれがいわゆるワープゲートのような物になるんだろう。実際のダンジョンは別の空間的な感じみたいだし、何より早くから並んでいたプレイヤーが続々と門の中に入っていくのが見えるからだ。

そう、一応みんなちゃんと並んでるみたい。帝国軍の兵士っぽい人たちが整列させてるようで、入門もほぼ流れ作業だから現時点ではトラブルのようなものもなさそうだった。

「なんだかんだ、サーバーは結構バランスよく分かれてるみたいだね」

「そうね。人数が少ないサーバーほどランキングには載りやすいかもしれないけど、どのサーバーが多くてどのサーバーが少ないかなんて私たちにはわからないもの。結局はフィーリングで選ぶしかないし、自然と偏りは薄れるわよね」

「私たちは《サーバーⅣ》だから、この緑の印を装備してればいいんだよね？」

「ええ、そうみたい。さっき装備し忘れて門に弾かれてた人もいたから、忘れないようにしないと」

今回のイベント《星屑の迷宮》は、ダンジョンを攻略してポイントのようなものを稼ぎ、アイテムを交換したりするものだ。

そのポイントを沢山稼いだ人がランキングの上位になれて、ランキングは五つのサーバーひとつひとつで個別に集計される。つまり一位の人が五人生まれるわけだ。

サーバーはローマ数字で《Ⅰ》から《Ⅴ》までの計五つから自由に選ぶことができて、私たちは《Ⅳ》のサーバーを選んだ。

理由はフィーアスが第四の街だから。ありきたりだけど、こういうのを選ぶ理由なんてそのくらいがちょうどいい。

それらを見分けられるのが、サーバー選択時に運営から送られてきた色違いの《印》。赤、青、黄、緑、紫の五色の印を各々が好きな所に付けているので、パッと見ただけでも見分けはついた。

「そう言えばナナ、ソレが用意してた新装備？」

「うん、そうだよ。昨日の深夜に完成したみたい。《影縫《かげぬい》》っていうんだって」

リンちゃんが目線を向けたのは、イベントまでに頑張った準備のひとつである、新しい装備。

すなわち、はるる謹製《きんせい》の新たな金棒だった。


――――

アイテム：影縫
レア度：レア・ＰＭ
要求筋力値：２０８
攻撃力：＋82
耐久値：２００５／２００５
分類：《打撃武器》《片手用メイス》
仮にその一撃が躱《かわ》されようとも、その衝撃は影さえ縫い止める。夜闇に溶ける重撃は、耐える者なき破壊の一撃。

――――


パラメータ上のステータスはこんな感じだ。

銘は《影縫》。

金棒、超・金棒、金棒・穿とこれまで使ってきた金棒たちと基本的な造形は変わらない。ただ、その性能はこれまでの常識を覆すほどにずば抜けている。

攻撃力は82と、比較的低めの攻撃力で落ち着き易い金棒の中でもずば抜けている。

このところよく使っていた《金棒・穿》が42なので、その倍近い数値だ。

片手用武器と両手用武器で攻撃倍率に差があるとはいえ、それを差し引いてもあの両手用メイス《メテオインパクト・零式》さえも優に上回る数値だ。

金棒特有の耐久度も侮《あなど》れない。実に２０００を超えるその耐久値は、もはやどうやったら壊れるのかわからないレベルだ。

そして何より、要求筋力値がぶっ飛んでいる。

ついに200の大台に乗ってしまった。

おかげで《メテオインパクト・零式》以降使わずに残していたボーナスポイントはほとんど筋力に振り分けることになり、私は着々と脳筋キャラに近づきつつあった。

「オーバーヘビーメタルっていう素材を使ってるんだって。ヘビメタがいっぱい必要だからって、これ作るために延々と焦熱岩窟に潜らなきゃいけなくて大変だったんだよ」

「ああ……ドロックとかいう岩石モンスターしか出ないとこでしょ」

『あったあったw』

『メテオインパクト大活躍だったよな』

『トマトを咥《くわ》えてハンマーをぶん回す鬼っ娘』

『ドドドドロックは強敵じゃったな……』

「しばらく行きたくないね」

《焦熱岩窟》というのは洞窟型のダンジョンの名前だ。

フィーアスを出て北西にしばらく歩いたところから広がっている燃え尽きた大地、《永久焦土》。熱を食べて生きる生物たちが跋扈《ばっこ》する灼熱のフィールドの一角に、《焦熱岩窟》は存在する。

――メテオインパクトより強い装備が欲しいならぁ……一つ考えがなくもないですよぉ……？

というはるるの言葉に乗せられて、私は丸二日間もこの焦熱岩窟に挑むことになった。

具体的には、さっきリンちゃんが言っていた「ドロック」という岩の塊みたいなモンスターがドロップする「ヘビーメタル」がめちゃくちゃたくさん必要だったのだ。

《メテオインパクト・零式》や《ヘビメタガントレット》を形作る素材でもある「ヘビーメタル」の特徴は「重くて硬い」というシンプルなものだ。

他の素材の五倍～二十倍はある圧倒的な耐久力、そして笑えないほど高い要求筋力値。

攻撃力は要求される筋力値に対して控えめでは

あるものの、どんなに乱暴に、長期間使っても壊れない以上は妥協してもいい部分でもある。

　そして今回はるるが《影縫》に使った「オーバーヘビーメタル」は、この「ヘビーメタル」を精製して純度を飛躍的に高めたものという設定らしい。

　より重く、より硬く、そして攻撃力も段違いに高い。問題はこれの精製に沢山のヘビーメタルが必要なのと、はるるが精製を三割くらいしか成功させられないことだった。

「そんなことがあったのねぇ」

「でもまあ、性能的にははるかに強くなったからね！　早く使ってみたいなぁ」

「ふふ、そうね」

　かつてないほど重く、そして力強いこの武器を振るうのが、今からとても楽しみだった。

「そういえば、リンちゃんは前と武器変えてないんだね」

「ええ、これも一応ネームドの素材で作った武器だから。と言っても、《魂》は使ってないからネームド武器ではないんだけどね」

「そっか、よくよく考えればそういうのもあるんだね」

　ダンジョンではなくフィールドに存在する特殊なボス、ネームドボスモンスター。

　このネームドのレアドロップに当たる《魂》という素材は、本来なら極低確率でしかドロップしないといわれている。

　しかし、一つだけ救済措置があって、ネームドの《魂》は、全プレイヤーの中で一番最初にそのネームドを倒したプレイヤー、もしくはパーティやレイドのＭＶＰに百％の確率でドロップする特徴がある。

　私の頭装備《月椿《つばき》の独奏《かなで》》や《殺人姫》ロウの持つ《誘惑の細剣《メロウ・レイピア》》を見れば分かるとおり、《魂》を使用した武具の性能は絶大だ。

　ただ、言うまでもないことだけど、ネームドの素材は《魂》以外でも十分すぎるほどに強い。

それこそ、ひとつやふたつ先の街くらいなら余裕で通用するほどに、その素材の性能《ステータス》は同じ帯域のモンスターよりぶっちぎりで高いのだ。

その上、ネームド素材を使った装備には、特有の特殊効果が付くこともあるらしい。

リンちゃんがネームド素材の武器を二週間前から変わらずに使っているのは、そういった理由からなんだろう。

「私もそれなりに準備は整えてきたから、今日から十日間、頑張りましょうね」

「ちなみに目標は？」

「一日十五時間くらいかしら」

「おぉぅ」


『ひぇっ』

『やめちくり～』

『さては追わせる気ないな？？？』

『廃人思考ヤメロッテ！』

『【悲報】クリップ職人、逝く』

『かなしいなあ』

笑顔で言い切ったリンちゃんの言葉に、私は思わず感嘆する。

そしてリスナーからは阿鼻叫喚の声が沸いていた。

十五時間。それは要するに、食事や睡眠なんかの生理的に必要な最低限の時間以外の全てをイベントに捧げるという事だ。

「次の者！」

「はーい。とりあえず頑張ろっかー」

「ええ、行きましょ」

雑談をしている間に、私たちが門に入れる番が来た。

どの道長丁場になるのなら最初から気張っててもしょうがない。私たちは比較的緩い雰囲気のまま、《星屑の迷宮》へと続く門を通り抜けるのだった。

第四章　星屑の迷宮

門を潜った先にあったのは、それなりに広い部屋だった。

広さは二十畳は下らないだろう。六人パーティが十分にくつろげるくらいの広さを想定されていると思われる部屋だった。

「部屋……だね」

「……セーブポイント、って感じかしらね。クリアするとここに戻されるのかも」

「その通りです。異邦の旅人よ」

不意に後ろからかけられた声に、私たちは思わず振り向いた。

さっきぐるっと一回部屋を見渡した時には確かにいなかったはずの修道女が、いつの間にか後ろに立っている。

警戒して武器を構えようとした瞬間、その顔が見知ったものであることに気付けた。

「えっと、ナビゲーターだよね？」

「ええ、お久しぶりですね、旅人スクナ」

私の言葉に微笑みを浮かべた修道女は、初期設定をする時に案内をしてくれたＮＰＣの……確かイリスとかいう名前だったっけ。

通称・ナビゲーターと呼ばれるＮＰＣだった。

最後に会ったのがたった二週間前だったので私は覚えていたけれど、リンちゃんは少し考えてからようやく気づいたみたいだった。

「ここは安寧《あんねい》の間。ダンジョンに挑む前の準備を整えるための空間です」

「準備って言っても、ここには何もないわよ？」

「それは当然のことです。安寧の間は《星屑の欠片》を対価に多くの機能を解放することが出来る空間ですから」

リンちゃんの疑問への回答は、要するに星屑の欠片を集めろというものだった。

なるほど、この何もない部屋は自分でカスタマイズできるセーブポイントな訳だ。

「あー……把握把握。で、フィーアスに戻りたい時はどうするの？」

「一定数の星屑の欠片を集める事で帰還札を交換することができます。これはこちらの世界からあちらの世界へとモンスターを渡らせないための措置。ご理解いただけると幸いです」

「交換の仕方は？」

「帰還札に限らず、アイテムの交換は全て私が行います。なにか御用がありましたらお声かけください」

ナビゲーターの言葉を聞く限り、どうもあの門は一方通行のようだ。モンスターを渡らせないため、ということは道が繋がっていればモンスターが街に氾濫してしまう可能性もあるんだろう。

でも、街中にわざわざ門を設置したのがそもそもの原因なんじゃないだろうか。

もっと辺境においてやれば一方通行にしなくても良くなったんじゃ？

そう思ったけど、口に出すことはしなかった。

私ですら考えつくようなことをリンちゃんが思いつかないわけがないし、門の設置場所はさておき一方通行の理由自体は納得が行くものだったからだ。

「ま、そういう事ならいいわ。あっちの扉がダンジョンでいいのね？」

「はい。《星屑の迷宮》へはそちらの道をお使いください。迷宮の主を倒すか、来た道を引き返せばこの空間に辿り着けます」

「はいはい。じゃ、行くわよナナ」

「りょーかーい」

「ご武運を」

ぺこりと頭を下げたナビゲーターに手を振って、私たちはダンジョンへの扉を潜り抜けた。

＊＊＊

扉を潜り抜けた私たちが降り立ったのは、星空の見える草原の上。まるでダンジョンらしからぬフィールドだった。

「広いね」

「広いわねぇ」

『すげぇ』

『絶景やん』

『開放型のダンジョンなの？』

『マジで息をのむ美しさ』

『星空って綺麗なんだなって』

「確かに綺麗だねぇ」

見上げると目に映る星空は、日本から見えるものとは全く違う。もしかしたらこれが異世界の星空なのかもしれない。

「ナナ、空に向かって思い切り投擲できる？」

「ちょっと待ってね……せりゃっ！」

真上に向けて思い切り。スキルまで使って放り投げた鉄球は、百メートルも進まないまま「何か」に当たって跳ね返ってきた。

ズドン！　と音を立てて地面に埋まった鉄球を回収していると、リンちゃんが口を開いた。

「なるほどね。ここも『ダンジョンの中』ってわけ」

「じゃあ今当たったのは天井？」

「恐らくね。迷宮って呼ぶには開けすぎてるけど、適度に時間をかけて探索させるには確かに都合のいい地形でもあるのよ」

月光と星光のおかげで周囲は想像以上に明るく照らされているものの、あの天井は「夜」という環境を作り出しているらしく、暗いことに変わりはない。

それでも、所々に林がある以外はとても平坦な階層だ。

これだけ見通しがあるなら、十分見える。

ただ、広く見える割に思ったよりは狭く、音がよく響く構造らしい。

鉄球が天井に当たった時の音が階層全体に響き渡って、耳に戻ってくるのが分かった。

「ふむ……リンちゃん、何か大きな音って出せる？」

「音？　ああ、なるほど。ちょっと待ってね」

私がやりたいことをすぐに理解してくれたみたいで、メニューカードを操作したリンちゃんからボールのようなものが渡される。

「音玉よ。獣系のモンスターに使うと爆音でスタンが取れるわ」

「ありがとー。ちゃんと耳塞いでてね。リスナーのみんなも音量下げておいて」


『何が始まるんです？』

『音玉はまずいですよ！』

『音量注意』

『音量注意ニキ⁉』

『⁇』


「せーのっ！」

地面にたたきつけた瞬間、超高音の波が階層全体へと広がっていった。

鼓膜が破れるような爆音というより、黒板をひっかいた時の不快音をめっちゃくちゃ大きくしたような、精神的にクるタイプの音だった。

音が何度も反響しては、私の耳に戻ってくるたび階層の全体像を描いてくれる。

思ったより狭い。

直径五百メートルほどの半球状のフロア。

森林はただの飾り。

生物、動物の類はない。

背面方向、壁の一部に反響が返ってこない部分。

草原の一部に音の反射がおかしな場所。

「うん、おっけー。この階は全部把握したよ」

「変なとこはある？」

「二か所あったかな。草原に一個と、あっちのほうの壁に一個」

「近いほうから探しましょ」

「じゃあ草原のほうだね」

リンちゃんと一緒に、歩いて百メートルくらいのところに向かう。

ぱっと見では他の場所と変わらない見た目の地面だけど、踏んでみると明らかに「地面」がないのが分かった。それっぽく草でカモフラージュされているだけだ。

「ここが草の絨毯《じゅうたん》みたいなので隠れてるみたい」

「えーっと……松明で燃やす？」

「やってみよ～」

リンちゃんが用意していたらしい洞窟用の松明を草に当てると、ボッと音を立てて草のベールが燃え落ちる。

ベールで隠されていたのは、五十センチ四方の小さな穴。その中には、さび付いた宝箱が鎮座していた。拾い上げてみると、思ったよりずっしりした重さがある。

「ビンゴね」

「やった！」


『なにしたん？』

『宝箱のサーチスキル？』

『→確かそういうスキルは持ってないはず』

『探知スキル以外攻撃特化の脳筋鬼娘だからな』


「音の反射でマップ構造を把握しただけだよ。なんだっけ、そにー？」

「それはたぶんソナーね。反響定位とかエコーロケーションってやつよ」

「そう、それ」


『んん？』

『……？』

『なるほどな？』

『なんか草』

『理解はできるが納得できない』

『→それ』

『相変わらず人間やめてんね』


「それがナナだもの」

「リンちゃんひどくない？」


『スクナが突飛なことするときだいたいこんな感

じだから慣れた』

『そういうの待ってた』

『これが俺らのスクナなんやなって』

この辺はいつも私の配信を見てくれてる人たちのコメントなんだろうな……。

「さ、とりあえず開けましょ」

「そうだね。罠とかわからないし普通に開けるよ？」

「ええ」

留め金を外して、少し錆びて重たい箱を無理やり開ける。

中に入っていたのは……。

「欠けた金平糖？」

「いや、違うでしょ」

手に持ってみると、なんとなく柔らかい。

続いて『星屑の欠片×百を取得した』というシステムからのメッセージ。なるほど、これが今回のイベントで集めるっていうイベントアイテム、《星屑の欠片》なんだ。

「これが星屑の欠片だって」

「ああ、やっぱり。どことなくそんな感じだものね」

「まあ星屑の欠片と言われればそうかな？」

インベントリに放り込んでいるうちに宝箱が消えていった。もう用はないってことなんだろう。

「この階層はこの宝箱を探すだけしかイベントはなさそう？」

「うん。あとは階段っぽい場所があったくらい」

「そ、じゃあ次に行きましょ」

『金平糖集めかぁ』

『食べたらおいしいんかな』

「食べるって発想はなかったなぁ……ふむ」

「食べちゃだめよ？」

「や、やだなぁ……食べないよ？」

「なんでナナが疑問形なのよ」

ちょっと食べてみたいと思っていたのを何とかごまかしつつ、先ほど音が返ってこなかった壁のところまで向かう。

案の定そこには下層へと向かう階段が存在していた。

「ちゃんとした階層タイプか」

「みたいだね」

ＷＬＯに限った話ではないんだけど、ダンジョンというものには明確な階層があるものとそうでないものがある。

例えばさっき話に出た焦熱岩窟は、階層らしい階層がなく洞窟の奥にひたすら進んでいくタイプのダンジョンだった。徐々に下のほうに進んでいたから、強いて言うなら上層、中層、下層というようにざっくり深度で分けるタイプのダンジョンと言える。

階層型は言わずもがな一Ｆ、二Ｆって表記されるようなありきたりなダンジョンだ。階段を降りる度に敵の強さやダンジョンの環境がガラッと変わったりすることもあれば、じわじわ強いモンスターが出るようになるタイプもある。明確な階層が存在する以外、ダンジョンの形態に縛りはない。

今回のイベントダンジョンである《星屑の迷宮》は、事前情報がほとんどないまま潜り始めたダンジョンだった。

故に、私達はこのダンジョンがどんな構造なのかも知らないし、何が出てくるのかもわからない。

分かっているのはフィーアス以降のプレイヤー向けのダンジョンであるということくらいだ。

恐らく、リンちゃんは今攻略に向けた情報を恐ろしい速度で組み上げている。

今回のイベントが周回向けなのもあって、リンちゃんはその方向で考えているはずだ。

私に出来るのは五感を使った原始的な情報収集で得た情報を、リンちゃんに伝えることくらいだった。

「ともかく下に降りましょう。細かな地形は全部私が覚えるから、ナナは索敵をお願いね」

「地形、ランダム生成じゃないといいね」

「それでもパターンはあるものよ。とりあえず今日中に感覚を掴んじゃいましょ」

リンちゃんが当たり前のように「全部覚える」と言いきれるのには理由がある。

どんなに頑張っても一日くらいしか集中力を持続させられない私と違って、リンちゃんは実に八十時間近く最高水準の集中力を維持できる。

というのも、リンちゃんはとにかく異常なほど並列思考が得意なのだ。本人曰くだいたい三十個の思考を同時に走らせることができるんだとか。

つまり、とても雑に言うとリンちゃんは常人の三十倍の効率で情報を処理できるのだ。

そんなわけで、リンちゃんは三十の思考をローテーションで使い分けることで、理論上延々と集中力を維持できる。

ただし、いくら長時間集中力を維持できようとリンちゃんは基本的に貧弱なほうだ。

だから、八十時間というのは集中力の持続時間というより、リンちゃんの体が徹夜状態でぶっ倒れる限界時間というほうが正しかったりする。

そんなわけで、リンちゃんの頭では常にいくつかの思考が「記憶する」ためだけに機能している。それもあって基本的にリンちゃんは「覚えよう」と思ったことを忘れることはない。

ただ、その分覚えなくていいと思ったことは記憶の処理から漏れるのか、かなりぼんやりとしか覚えない傾向がある。

さっきナビゲーターの顔を忘れてたのは、あのNPCとはもう二度と会わないからみたいな理由だと思う。

「どうかした？」

「ううん、何でもないよ」

先に進むリンちゃんの横に移動して、階段を降りる。

無駄に横幅が広くて段差が小さな階段を降りながら、私たちは《星屑の迷宮》の第三階層に向かうのだった。

＊＊＊

バチバチと音を立てて、ダンジョンの通路を舐《な》め尽くすように雷が舞う。

「～～♪」

左右の手で別の魔法を「描き」ながら、口笛の「音」で魔法を紡ぐ。

目の前で起こっていることがモンスター達にとってどれほどの理不尽なのか。抵抗するまもなく焼き尽くされていくモンスターに合掌しながら、私はただただその光景に圧倒されていた。

リンちゃんは今、同時に四つもの魔法を操りながらモンスターを殲滅《せんめつ》しているのだから。

「すごいなあ」

『相変わらずの同時発動数やな』

『右手と左手と口笛と足取りの全部が魔法の詠唱なの草生えない』

『自律型全身魔法兵器』

『指先ひとつで魔法を発動するのがほんとに似合うよなー』

『悪の魔法使い感』

一切言葉を使っていないのに詠唱といってもいいのかはさておき、四つの魔法が絶妙に時間差をつけて互いという隙間を埋めるように放たれる。

途切れることの無い魔法の連鎖。

それはまるで芸術のように煌《きら》めく、死の嵐のようだった。

「……ふぅ」

「す、すごいねリンちゃん！」

「えへ、そうかしら？　ナナに褒められると悪い気しないわ」

緩んだ笑顔でそう言ったリンちゃんは、その間も描き続けていた魔法で正面から襲ってきていたモンスターを一瞥《いちべつ》もせずに消し飛ばす。

初日に見せてくれた簡単な魔法とは訳が違う。

これが魔法使いであるリンちゃんが、本気で戦っている姿なんだろう。

「四つ同時に使うのは初めて見せたのよ？　最初はナナに見せたかったの」

「ほんと？　嬉しいなぁ」

照れ臭そうに言うリンちゃんに、私は素直な気持ちを伝える。

そんな風に二人で笑いながら、私は密かに思った。

ああ、すごい懐かしい。

リンちゃんがこうやって、私に魅せるようにゲームを楽しんでいる姿を見るのが、涙が出るくらい懐かしかった。

昔からずっとずっと。リンちゃんは見てるだけの私でも楽しめるようにって、ものすごい工夫しながらいろんなゲームをプレイしてくれていた。

普通なら出来ないようなスゴ技だったり、神業とでも呼ぶべきスーパープレイだったり。

逆に面白プレイとか変なバグ技だったりとか、そういうのを見つけ出しては二人で笑って。

懐かしい。とても幸せな、懐かしい記憶だった。

「ちょっと張り切ってMP使いすぎちゃった」

周囲のモンスターを殲滅して両手を下ろしたリンちゃんは、ほっと息をついてそう言った。

純粋に四倍の魔法を使い続けていたのだ。その分MP消費が早かったのかもしれない。

「それなら次は私の番かな？」

「ふふっ。かっこいい所、見せてちょうだいね？」

「…………うんっ！」

お互いに、今の空気を懐かしいと思ってる。

それは私を煽《おだ》てるための言葉。昔から変わらない、「本気でやっていい」という許可を出す時、リンちゃんは決まってこういうのだ。

「見ててね？」

「ええ、もちろんよ」

まるで昔の私たちをなぞるように言葉を交わす。

なんだか胸がぽかぽかする。幸せな気分が抜けない。

そんな風に、ふわふわした気持ちのままに私はリンちゃんの前に出る。

とっても、とっても気持ちいい。

体が熱くて堪らなかった。

☆☆☆

「えいっ」

ぐしゃりと音を立てて、ナナが振るった《影縫》が《ハイドスネーク》を叩き潰した。

第二階層以降に何度か階段を降りても、景色は変わらず迷宮のまま。第一階層が特別なのか、あるいはたまにしか出ないレア階層なのか。

後者だったらもったいない事をしたかも、なんて思いながら私はナナの後ろを歩いていた。

『んほ〜、この殺戮感たまんねぇ』

『これが撲殺鬼娘たそですか？』

『→そうです』

『相変わらずすげー戦い方すんな』

『擬態も不意打ちも効かないってどういう事なの』

『今更だけどあの武器カッケー』

『金棒だけどな』

『ステ上がった分戦い方が鏖殺《おうさつ》に近くなってるよな』

『リンネ暇してて草』

「失礼ね、ちゃんと道は覚えてるわよ」

ナナから共有されたコメントに反応しつつ、暇な事実を隠すことはしない。

今はナナが戦闘中だから、コメントへの反応は私がやっている。

さっきまでは私が前に出ていたけど、今はナナが道を切り開いてくれていた。

私が後ろに下がった理由は二点ほど挙げられる。

ナナが素直な褒め言葉をくれるくらいには「凄い」技術であろう私の多重魔法は、強力な反面非常にわかりやすい欠点がある。

それはＭＰの消費量が多すぎること。ＭＰに特化した私のステータスですら長時間の使用はできないほどに、あの技術は激しいＭＰ消費を要求される。

だから、定期的に休息を入れつつ戦う必要がある。

魔法にはアーツのような技後硬直がない代わりに、MPはSPほど早くは回復してくれないのだ。

と、建前に近いこの理由がひとつ。

「あは、ふふ、ふふふふふっ」

もうひとつは、ナナがとても「ご機嫌」だったからだ。

《影縫》という名前の金棒を振り回して、襲い来る敵を軽々と屠《ほふ》る。柔らかく歪な笑みを浮かべながら。

今のナナは機嫌がいい。たぶん、WLOを始めて二週間たったけど、その配信の中でも最高潮なほどに、機嫌がいいのだ。

鼻歌を歌いながらモンスターを鏖殺していく姿は完全に撲殺鬼娘を地で行っている。

「ダメで〜す」

そんな緩い声を出しながら、分かれ道の陰から矢を放ったゴブリンアーチャーに掴み取った矢を投げ返す。

トスッという小さな音が響き、脳天を貫かれたゴブリンアーチャーが倒れ臥す。急激にHPが減っているからこのままでもスリップダメージで死ぬだろう。

『当たり前のように矢をつかみ取って弓もないのに発射してて草』

『ダーツじゃないんだから』

『リンネはすごいの範疇《はんちゅう》だけどナナはちょっと目を疑いたくなるな』

「気持ちはわかるわ。私も小さい頃はよくそう思ったもの」

「はいお終〜〜い」

スリップダメージで死にかけてはいたものの、振り下ろされた叩きつけで余命さえ短縮されたゴブリンアーチャーは、なにかを考えるまもなく消えてしまった。

「リンちゃーん、終わった〜」

「はいはい、お疲れ様」

甘えるようにそばに寄ってくるナナの頭を少し撫でてあげると、緩やかに目を細めた。

今のナナの感情を言葉で表すなら「嬉しい」だろうか。

強敵と戦っている時や、モンスターを蹴散らしている時に得られる熱や興奮とはまた違う、幸せそうな姿。

何が契機になったのか、どうしてこんなにもご機嫌なのか。

何となく察しはつくけれど、これほどまでに感情を表に出す姿は珍しい。

とはいえ珍しいだけなら問題は無いんだけど、当然問題があるからこそ私は今後ろに立っているのだ。

この状態のナナは力の制御がかなり甘くなる。

それがどういう事なのかと言えば、普段抑えている運動能力を制限しなくなるということで。

一度感情の箍《たが》が外れてしまうと、この子が宿している「力」が出口を求めて暴れ出すのだ。

こうなってしまえば、満足するまでナナは止まらない。

その上、下手に強力な武器を手に入れてしまったせいで、モンスターが足留めにもなっていない。

多分この感じだと、ボスにたどり着くまではナナの鏖殺は続くだろう。

早い段階でアリアやロウ、そして琥珀と戦ってしまったせいで、ナナは既に本気で戦う悦びを知ってしまっている。

最近は配信を見ていても、強敵と戦えないフラストレーションは伝わってきていた。

この強敵と戦うこともなく、今回のイベントもナナの欲求を満たせるかどうかは現状わかっている情報から見ると微妙な所である以上、ナナがこうしてガス抜きできるタイミングを逃したくはない。

そんな風に考え事をしながらナナの跡を追っていると、ゴォォン……という鐘を叩いたような音が鳴り響いた。

少し先に進んでいるナナが、迷宮の分かれ道の前で地面に金棒を叩きつけた音だ。

『びっくりした』

『なになに』

『急に音割れしたんだけど』

私は距離があったから気にならなかったけど、ナナの視点で見ているリスナーには結構な爆音だったようだ。

少し騒がしくなるコメントとは対象的に、ナナは目を閉じて耳を澄ませていた。

「ん～……？　リンちゃ～ん、左が続きっぽいけど右側になんかあるっぽいよ～」

音の反響を全身で聞き取って、空間を把握する。

それを実際に出来てるのかなんて本人にしかわからない事だけど、ナナが間違ってるところを見たことがないだけ。

「何かって？」

「生き物じゃないなぁ……う～ん……おっきい宝箱？」

まあ、最初の草原みたいなシンプルな構造ならさておき、複雑な迷宮内じゃ実際の精度なんてこんなものだ。

姿形まで完璧にわかるんじゃなくて、とりあえずざっくりとした形がわかるくらい。

それでも探知スキルと組み合わせればモンスターかどうかはわかるし、そうでなくとも動くものかどうかはわかる。

「宝箱ねぇ……」

「行ってみる～？」

「そうね。いいペースで進めてるし、ちょっと確認しましょうか」

「は～い」

ふにゃりと表情を崩すと、ナナは若干おぼつかない足取りのまま右側の通路を進み始めた。

『なんかさっきから緩いな』

『めっちゃご機嫌って感じ』

『ゆるっゆるだな』

『うへぁ』

『いまのにへらって顔いいな』

『クリップした』

『ご機嫌？』

『ギャップ萌え……燃え？』

『だが無慈悲だ』

『今のドグシャァッって音してた』

『流血表現のないゲームでよかったね』

『こっわ』

『でもかわいい』

「珍しくご機嫌みたい。あ、後でそのクリップ私にも頂戴ね」

『こら！』

『草』

『サボるなw』

『ナナのこと好きすぎかよ』

『リンナナ尊い……』

『くっこいつNGの外側に……！』

『NG芸やめろ』

『手抜きいくない』

「いいじゃないの、しばらくイベント走るせいでクリップしてる時間ないんだから」

私の視点から見ても、今のナナは普段の淡々とした凛々しさとは別の魅力的な表情をしている。

私の脳内フォルダからナナについての記憶が消えることはありえないけど、それはそれとして繰り返し再生できる媒体でアレを保存できるならそれに越したことはない。

まあ、リスナーに言われた通り自分で保存すればいいだけの話なんだけどね。

とはいえ私自身が動画の編集をすることなんてほとんどない。いつも通りチームの人に任せましょう。

「リンちゃん？」

「はいはい」

いつの間にか懐に入り込んでいたナナのほっぺをムニムニしてから、隣に立って歩きだす。

ナナの案内で辿り着いたのは、迷宮の行き止まりにドカンと鎮座する大きな宝箱だった。

「なんだろうねぇ、これ」

べしべしと《影縫》で宝箱をつつくナナ。

探知スキルは使っているんだろうけど、これがトラップ的なモンスターなら探知スキルを掻い潜ってくる可能性もある。

そんな可能性を完全に忘れて興味津々に箱をつつく姿は、いつものナナからは考えられないほどに幼く見えた。

「モンスターかもしれないんだから気をつけてね」

(というか、機嫌よすぎじゃない？)

一応注意はしておきつつも、心の中で隠しきれない驚きを呟く。

ナナがこんなにも好奇心を露わにしていたのなんて、それこそ本当に幼かった時くらいだろう。

私と出会った時にはもう、この子は好奇心を示すなんて言う当たり前の感情すら持っていなかったんだから。

「よーし……ん？」

何もないと判断したのか、ついに宝箱の口に手をかけたナナは、軽く持ち上げただけのはずなのにひとりでに開いていく宝箱に首を傾げる。

そんな姿を後ろで見ていた私は、予想通りすぎてなんとも言えない気分になってしまった。

「うわぁ！」

ガチン！　と音を立てて宝箱の口が閉じる。

突然牙を剥いた宝箱……もといトラップモンスターである《ジュエリーボックス》に驚いてか、ナナが大きな声を出した。

普通なら心配する所だけど、反射的に殴り飛ばしてるのを見てしまうと心配するだけ馬鹿らしく思えてしまう。

いざ攻撃に移ろうとする前に殴り飛ばされて、ジュエリーボックスは既に瀕死状態だった。

なんだかもう、ここまで何もさせてもらえないとモンスターに同情してしまう。

ぶっちゃけて言うなら、ジュエリーボックスはトラップモンスターの割には強力なモンスターではない。擬態を解いた状態で倒すだけならむしろ簡単な部類だ。

このモンスターは一度でも攻撃に成功するとプレイヤーのアイテムを盗んで逃走する、いわば嫌がらせモンスター。

ダンジョンの同フロア内にランダムで転移するため、貴重なアイテムを盗まれると結構面倒なことになる。

主にプレイヤー間のトラブルで……ね。

「ねーリンちゃん、星屑の欠片たくさん取れた～」

「沢山？」

「ほらほら」

「どれどれ……あら、ほんとに沢山ね」

同情してる間にナナに叩き殺されて塵と化したジュエリーボックスのリザルトに表示されていたのは、五十を超える星屑の欠片だった。

先ほどからモンスターを倒すたびに四個から八個の間でしか星屑の欠片を落としていないことを考えると、確かに一体のモンスターから出る量としては多い方だろう。

それに加えて「コランダム」のドロップ。これは加工することでランダムにルビーやサファイアと言った宝石に変化する素材アイテムだ。

ごくごく稀にジュエリーボックスがドロップするダイヤモンド程ではなくとも、必ずジュエリーに変化するという意味ではそこそこ価値のあるアイテムだった。

「そこそこ美味しいわね」

「もっと探す？」

「いえ、見つけたらラッキーくらいでいいわ。ランダム配置だろうし、周回速度優先で行きましょ」

「は～い」

ナナは元気よく返事をすると、再び軽い足取りで迷宮を歩き出す。

ナナの頭の中では次の突き当たりくらいまでは地図ができてるのか、その足取りに迷いはない。

進む方向に迷いはないものの、右に左にふらふらとしている姿は、本当に熱に浮かされているみたいだった。

そろそろ階段かなというくらいに歩いた時、ちょうどポップした熊型のモンスター《メタルベア》を見たナナは、目をぱちくりさせてこう言った。

「なんで土の中に熊さんが？」

「なんででしょうねぇ」

「今の」ナナの感覚では、このダンジョンは土の中ということらしい。

どんどん下に降り続けているからだろうけど、別にこの迷宮は土の壁って訳じゃないのよね。

「さてはおめぇ土竜だな～？」

「いや、何言ってるのナナ」

『草』

『ワロタ』

『ど、土竜』

『→モグラって言ってんだよなぁ』

今のナナはほんとに何を言い出すのかさっぱり予測がつかない。

襲い来るメタルベアの腕を躱しながら顔にカウンターを叩き込み、仰け反ったメタルベアの顎をかち上げ、脳を揺らされてたたらを踏んだ所で胴を薙《な》ぐように《叩きつけ》。

ゆるっゆるの雰囲気でなんてえげつないコンボを……。

「ちゃんと地面に潜っててね～」

そんなセリフと共に倒れたメタルベアの頭を迷宮の床にめり込ませる勢いで叩き潰したナナは、鼻歌を歌いながら迷宮の先へと進んでいく。

『えっぐ』

『容赦がなさすぎる』

『動きが全然見えないんじゃが』

洗練されているとは言い難い。技術らしい技術もない。

ただ一方的に気持ちよく殴り抜く事だけを考えている。

戦いを楽しんでいる訳じゃない。私が許可を出したから、縛りなく自由に力を振るっていいことに興奮しているのだ。

「ふふふん、ふんふん、ふふふふーん」


『すげぇ』

『うっま』

『体操もできるん?』

『金棒でバトン回ししてて草』

『器用だなぁ』


手持ち無沙汰になったからか、要求筋力値二百を超えるはずの《影縫》でバトン回しのような事をし始めたナナ。

盛り上がるコメントを他所に、私は思った以上にご機嫌なナナをどう扱ったものかと考えるのだった。

＊＊＊

《星屑の迷宮》、地下十階層。

いかにもボス部屋らしいだだっ広いフロアに出た私達は、フロアの中心に佇むボスを見て立ち止まる。

ひと言で言うなら、全身鎧の騎士。ただしそのサイズは三メートルほどもある、とても大きな鎧の騎士だった。

大きな剣を正面に突き立ててその上に両手を乗せるという王道のポーズで待ち受ける騎士に近づくと、兜の隙間に赤い光が点った。

『我が名はミラージ、セイレーン様に仕えし騎士なり』

「うわぁ、喋った」

「セイレーン?」

鎧が喋ったことに驚くナナと、聞いたことのない名前を思わず聞き返した私。

そんな私たちの声に反応することもなく、ミラージと名乗った鎧の騎士はギシギシと音を立てて剣を構えた。

『いざ、尋常に！』

「ちょっ、いきなりっ⁉」

「つらぁ！」

最初の名乗りからほとんど間を置くことなく襲いかかってきた騎士の剣を、気勢を上げてナナが受け止める。

この手のパワー対決では私は役に立たないので、とりあえず私は二人から大きく距離を取った。

二人のパワーは拮抗《きっこう》しているのか、鍔迫《つばぜ》り合いしながら闇色の金棒と鈍色の大剣が火花を散らす。

『ほう、我が剣を止めるか』

「まあねぇ」

『ならばこれはどうだ！』

鍔迫り合いをやめて後ろに引いた騎士の剣に光が走る。あれは恐らくアーツを発動する兆候だ。

ナナもそれは勘づいているのか、何が来ても問題ないようにリラックスした脱力状態で構えている。

ギリギリと引き絞られた腕と、力を溜めるように曲げられる膝。数秒の間を置いて、騎士は勢いよく飛び出した。

『暴風連斬！』

初手は大上段からの斬り降ろし。その切っ先が地面を裂き、続けて剣閃が上に昇る。

ギャリリッ！　と石の床を切り裂く程に低く深い位置から放たれた渾身の切り上げがナナを襲うも、ナナはつまらなそうな顔で当たらない位置に体をズラした。

一見すると渾身の一撃をスカされたように見える。

しかし十分な高さまで跳ね上がった刃はピタリと静止すると、踏み込みと共に凄まじい音を立てて振り下ろされた。

剣閃は鋭く重く、風を切り轟音を立てる。

なるほど、《暴風連斬》とはよく言ったものだ。

確かにナナは、まるで暴風に晒されているような斬撃の嵐の真っ只中にいた。

やってる事は全力の斬撃を絶え間なく放っているだけ。けれどもとよりミラージには筋力高めのステータスを持つナナに比肩するほどのパワーがあるのだ。そんな相手が全力で振るった攻撃の勢いを止めるのはそんなに簡単な事じゃない。

あれほどの威力の斬撃を隙間なく放てる時点で、かなり驚異的な技だと言えるだろう。

ただしそれは……。

「ふあぁ……」

相手がナナじゃなければ、の話だけれど。

ナナは心底つまらなそうに欠伸をしながら、騎士の斬撃を身のこなしだけで回避している。

切り上げ、切り下ろし、横薙ぎや兜割り。多彩かつ高威力の連続攻撃は確かに驚異的だ。

けれど、ナナにとっては単発攻撃が連続で飛んでくるだけの大味な技でしかない。

回避に徹すればあの通り、掠《かす》る事さえなく避け切れてしまう。

『当たってないの？』

『？？？』

『全部避けてら』

『今欠伸してなかった？』

「あれは相性が悪いわねぇ……」

あの鎧の騎士はかなりシンプルな重戦士タイプのボスだろう。範囲攻撃を持っている可能性はあるものの、あのタイプのモンスターは基本の攻撃が大味になりがちだ。

タンクのように攻撃を受け止めるプレイヤーや魔法使いのように頑丈が低いプレイヤーとは比較的相性がいいんだけど、ナナのように攻撃を見切って隙を衝くタイプのプレイヤーとはすこぶる相性が悪い。

いやまあ、そうは言っても。もっと剣速が速かったら当たるのかと言われると、今のご機嫌なナナならあっさりと躱しきってしまうような気もする。

なんでナナがあんなにご機嫌なのか。いくつかの要素が重なってああなっているんだろうけど、今のナナは恐らく絶好調に近い調子のはずだ。

ナナは普段あまり感情を表に出さない分、感情が昂れば昂る程に調子と集中力を上げていく。

私の知る限りでは、おそらくこの二週間で一番調子が上がっていたのは赤狼アリアとの戦いだろう。

あの時のナナは感情を剥き出しにして、極限の戦いを楽しんでいた。

「ね〜、もうおしまい?」

『ぐあぁっ!』

暴風連斬を躱し切ったナナは、最後の回避でミラージの股を抜けると、アーツの技後硬直で動けないミラージの膝裏部分を狙って《四連叩きつけ》を叩き込んだ。

そこを狙ったのは装甲が薄いとかそういう理由ではないと思う。

反撃を回避しやすい後ろ側に回った時、ミラージが単純にデカくて急所を狙いにくかったから足から潰そうとしたんだろう。

モンスターにはHPとは別に、部位ごとの耐久もある。尻尾を切ったり羽根を砕いたり、まあハック&スラッシュなら当たり前のことだけど。

ミラージの視覚化されたHPは二本。四連叩きつけで一本目が二割弱削れているから、それほどHP自体も高い訳ではないのだろう。

『ふふ、今の技はそれなりに自信のある技だったのだがな』

「なるほど?」

『しかしこの技ではお前を倒すのは難しいようだ。さて、次の攻撃は見切れるかな?』

このミラージってモンスター、AIが積まれてるのかプログラミングされた通りに話してるのかが判断しづらい。

とはいえ周回前提のモンスターに考えて会話を行うAIを載せる理由はほとんどないから、多分決められた状況で決められたことをするタイプのNPCモンスターなんだろうとは思う。

周回の度にこれが出てきてくれるならありがたいんだけど。見た感じ、この調子ならナナひとりでメタれるから。

「さてと、ナナが頑張ってくれてる間に準備しましょうか」


『おっ』

『おお』

『なにかやんの？』

『もしかしてアレ？』


「そうね」

この世界の魔法は、想像しているよりずっと自由な力だ。

発動に必要なファクターさえあれば、歌でも言葉でも音でも文字でも、何を踏み台にしても発動する事ができる。


だからMPさえ足りていれば、さっきの私のようにいくつもの魔法を同時に発動することだって可能だ。

逆に言えば。

ひとつの魔法を構築するために必要なファクターを描き出す方法を、どれかひとつに絞る必要は無い。

いくつもの方法を組み合わせて、最終的に魔法が発動するように組み立ててやればいいのだから。

右手で文字を。左手で陣を。口笛で音を奏でて、瞬時に強力な魔法を構築する。

今回用意したのは、間違ってもナナを巻き込まないように注意を払った単体高威力の上級魔法、《ライトニング・バリスタ》。

本来ならば六節の詠唱が必要なこの魔法を、三秒とかからず発動させる。

初級魔法であるアロー系の比ではない速度と威力を誇り、雷属性の上級魔法としては珍しく範囲攻撃ではないためMP消費も少ない、非常に使い易い魔法だ。

慎重に狙いをつけようとして、ナナと目が合う。

ミラージのアーツを回避しながら笑みを浮かべて頷いたナナを信じて、私は胴を貫くようにバリスタを撃ち放った。

『ぐあああああっ!』

雷速には遠く及ばないものの、それでも他の属性の魔法に比べれば圧倒的に速く駆け抜けたライトニング・バリスタがミラージを貫く。

雷属性の魔法は、一定の確率で相手をスタンさせる効果がある。

悲鳴を上げて身体を硬直させるミラージだったが、そんな隙を見逃すほどナナは甘くない。

鉄が鉄をひしゃげる様な音を立てて、《影縫》が振るわれた。

「隙だらけ~」

ナナはミラージの懐に潜り込んで、高威力の魔法で怯《ひる》んだミラージの足を徹底的に叩いていく。

特に念入りなのが足の先と太股を狙ったもの。

それに加えて先ほども狙っていた膝を狙っての打撃は、恐ろしい程に正確にクリティカルヒットを叩き出す。

『ぐっ、おのれにんげ……ぐぅぅぅっ!』

ミラージがライトニング・バリスタの雷撃とナナの猛攻から立ち直った時には、既に次弾が三つほど用意出来ている。

一定時間の間、魔力を消費し続けることで魔法をストックし、待機させるレアスキル《魔法保持》。

かつて私がネームドの討伐に参加した時に報酬として与えられたレアスキルのうちのひとつであり、私が先程から使用している高速の詠唱と非常に相性のいいスキルだ。

雷鳴と共に放たれた三本の矢は、胴と頭、そして足をそれぞれが貫き、痺れと共に大きなダメージを蓄積させた。

「えへへ、殴り放題だぁ」

そう言いながらもバリスタの余波だけをきっちりと回避しつつ、ナナは《連続叩きつけ》を同じ場所に繰り返し叩き込む。

一方的な攻撃は恐ろしい程の速度で部位耐久を減らしていき、ついに騎士が片膝をつく。

「えへっ」

ナナはようやくだと言わんばかりに笑みを浮かべ、膝をつこうとして自然と下がってきた全身鎧の兜を撥ね上げた。

ミラージの大きな体が揺れる。ナナはそのまま《影縫》で首を狙ったり、胴をひしゃげさせるように同じ場所を執拗に狙い続けた。

一度分かってしまえばもうどうしようもない。ほとんど嵌め業に近い形で、私達はミラージを追い詰めていく。

私の魔法がミラージを貫き、ナナの渾身の叩きつけで首が変な方向に曲がるまでに、五分とかからなかった。

『見事、なり……』

首が折れ曲がったまま賛辞を送ると、ミラージはそのまま倒れて消えていく。


最後の方は私が手を出すまでもなく、ナナの猛攻だけでHPを削り切ってしまった。

「ん～……弱い？」

「そうねぇ」

ナナの呟きに同意する。いくらナナと相性が悪いと言っても、魔法で簡単に怯んだり鎧が直ぐに禿《は》げてしまったりと、耐性面でもアーマード・マウントゴリラの方が遥かに強い。

何よりHPが低すぎる。周回前提とはいえ、あれじゃあ拍子抜けにも程がある。

『えぐいて』

『ほぼハメてて草』

『ナナの火力高くない？』

「武器が武器だからね。多分あの武器、二つ先の街くらいまでなら使えると思うわよ」

『ほーん』

『なるほど』

『てかさっきからナナがコメに反応してくれないんじゃが』

「あー、ちょっと今のナナは配信に意識が向いてないわね。後で言っておくから、ちょっと待ってて」

リスナーのコメントを拾い上げて宥《なだ》める。

今更だけど、私がナナの配信で代わりにコメント対応してるのは確かにおかしい。

機嫌がよくて、配信のことなんかすっかり忘れているのかもしれないけれど、そこは配信主としてナナがやるべきことなのだから。

「リンちゃ〜ん、なんか出た〜」

いつの間にか部屋の端っこに移動していたナナが、ボス部屋の最奥の壁に現れた揺らぎの前で手を振っている。

あれが脱出用のワープゲートだろう。今回の周回で集まった星屑の欠片はいくつくらいだったか。

「さっきのは戻ってから伝えましょう」

「どうかした〜？」

「なんでもないわ。帰りましょ」

かなりゆっくり攻略しても一・五時間程度の内容。どの程度のランダム性があるのかはわからないけど、今回のルートは全て記憶できた。

「今日明日で周回方法を確立させましょうか」

「うーん……任せた！」

『完全に思考放棄してて草』

『頭わるわるやん』

『完全に子供』

『でも二人ともにじゅういっさうわなにするやめ』

『逝ったか』

『女性に年齢の話は禁句なんだよなぁ』

『女の子は永遠に十七歳。いいね？』

『それはそれで痛々し……』

『おいやめろ』

「あのねぇ……」

ご機嫌なまま戻ることもなく、ひょいとワープゲートを潜って行ったナナ。

それを見て変な話題で盛り上がるリスナーたちに呆れつつ、私は頭をかきながらナナの跡を追うのだった。

＊＊＊

「お帰りなさいませ、旅人リンネ。無事のようで何よりです」

ワープゲートを潜った私達を出迎えてくれたのは、見送りの時から変わらずに待っていたイリスだった。

「おかえり～」

少し先に帰ったナナには既に挨拶を済ませていたのだろう。星屑の欠片をインベントリから取り出して、部屋の隅でジャグリングしていた。

星屑の欠片は普通のインベントリとは別の特別な枠に入っているようで、いくつ手に入れても重量制限で敏捷が下がったりはしないようだ。

ちなみにパーティを組んでいると、総入手数を人数で割っただけの数がダンジョンクリア時、もしくはパーティ解消時に振り分けられる。

でもこの仕様だと、最初から最後までパーティを組んでプレイしてたら二人に同じだけの星屑の欠片が割り振られてしまう。

仮に同一個数で最終ランキングの集計を迎えた場合、双方の順位はどのように定められるんだろうか。

そんな疑問を抱いたのでイリスに聞いてみると、彼女は一度頷いてから答えてくれた。

「ランダムです」

「は？」

「同一個数獲得者は完全な乱数により順位が決められます。また、パーティの人数で割り切れない端数分の欠片はランダムに振り分けられます」

「ああ、そうなの……ま、私はいいんだけどね。ギリギリでソロやって個数調整してもいいし」

まあ、乱数で決められてると言われれば仕方がない。

そもそも今回のイベントのランキング報酬はかなりアバウトなのだ。

サーバー毎に一位から六位までが最高報酬。

そこから百位までが次点の報酬。

更にその次が千位。

残りのプレイヤーは全員同じだ。

各順位報酬はそれぞれレアなアイテムがひとつずつ減っていく感じで、最高レアアイテムは今回なら《レイズポーション》と言えるだろう。

それに、どうしてもランダム要素が嫌なら最後に一人ずつで潜ればいいことだ。

ソロで潜れば手に入れた星屑の欠片のカウントは全て自分に付くのだから。

この難易度ならソロでも問題なく攻略できるだろうしね。

ちなみに私たちが今回の周回で手に入れた数は五百ちょっと。ミラージからは百個ほどドロップしたみたいだから、やっぱりボスは効率がいいみたい。

二人で割るからひとり頭二百五十個は自由に使っていいだろう。

「早速だけど交換ってできる？」

「星屑の欠片の交換ですね。こちらがカタログになります」

「カタログ……」

『電話帳かな？』

『分厚い』

『重そう』

ぽんと手渡された雑誌のような何かを受け取って試しに捲ってみる。至って普通のカタログだ。

なんかこう……うん。急に現実に引き戻された気分になるからせめてメニューカードとか間に挟んで欲しいわ。

気を取り直して中身を検分すると、《初級ポーション》《中級ポーション》《ポーション飴》《M

Pポーション》……ポーションだけでも三ページくらいある。

ＭＰポーションがあるのはありがたい。これは結構作成が難しいアイテムで、ＮＰＣショップでもかなり高価なのだ。

中級ので欠片百個。あの強さのボスのドロップ品がこれだと思えばまあ……悪くはないわね。

「ん～っ」

ジャグリングに飽きたのか、ナナが私の読んでいるカタログを覗き込みに来た。

身長差があるので若干体を伸ばしているナナに配慮して少しカタログを持つ手を下げてあげる。

「えへへ、ありがと」

「どういたしまして。……何か欲しいのある？」

「ん～、考えてたんだけどね～、マッピングアイテムってないのかな～って」

ふにゃりと笑いながらそう言ったナナの言葉にハッとする。

今回の周回は、一周で一時間半くらいだった。

もちろんそれなりにしっかりと探索をしている以上ある程度は仕方ないとはいえ、毎度こんなに時間をかけていては効率的に欠片を稼げない。

何より、私達は毎日たくさん時間を使えるからいいとしても、こんなペースで時間を取られるイベントじゃ一般のプレイヤーが楽しめない。

やり込めば強くなれて、そうでなくともある程度カジュアルに楽しめるゲームが今どきは主流なのだ。

これが周回系のイベントである以上、周回すればするほど「周回を楽にするアイテム」が手に入ると思うのはある意味当然の考え方だった。

「イリス、攻略に関わるアイテムはどれ？」

「それでしたら、帰還札より後の項目をご覧下さい」

パラパラとカタログを捲ってみると、確かに帰還札から後の項目は《地図》や《探知キット》などの攻略に役立ちそうなアイテムばかりだった。

地図はかなり交換レートが高く、一枚につき二百個の星屑の欠片が必要。《探知キット》は探知スキルの代用品で、これはランダム確率で壊れる代わりに探知スキルと同様の効果を発揮してくれるらしい。

「ナナ、とりあえず二つ分地図にしたいんだけど」

「いいよ〜」

「イリス、私たちにひとつずつ地図をちょうだい」

「《地図》ですね。それでは一人につき二百個ずつの星屑の欠片をいただきます」

私たちからそれぞれ星屑の欠片を徴収し、イリスから地図が付与される。

インベントリから取り出してみると、左上の部分に《マップＮｏ．十六》と記載された地図が現れた。

ナナが取り出した方には《マップＮｏ．十一》と表示されている。描かれた内容も違うので、別の階層の地図と見てよさそうだった。

「ナナ、ちょっと貸して」

「覚えられそう？」

首を傾げて問いを投げかけるナナに大丈夫と視線を送り、目を閉じる。

さっきの攻略で通り抜けてきたルートから構築していた脳内地図と、手に持った地図の内容を頭の中で照らし合わせる。

五分ほどかけて念入りに確認した結果、分かったことがあった。

今回交換した地図二つは、一度目の攻略で通ってきた階層と重なるものがひとつと、そうでないものがひとつ。

実際に通ってきた方と構造が重なった地図は、奇しくもあのジュエリーボックスが出た階層のものだった。

もちろん記憶と道順が酷似しているというだけだけど、わざわざ地図と銘打ってこんな普通に交換アイテムを置いてあるんだから、恐らく同じ階層のものと思っていいはずだ。

Ｎｏ．十六という事は、最低十六種類。最大数はわからないけれど、恐らくこのダンジョンの規模やイベントの期間的に多くても三十程度だと思う。

これをランダムに十階層分組み合わせて、あのダンジョンはできているのだ。

「…………うん、二枚とも覚えた。私はもう要らないからナナにあげるわ」

「ありがと。流石の記憶力だねぇ」

「それだけが取り柄みたいなものだしね。……とりあえず地図を集めるにももっと沢山の欠片がいるわね」

「すぐに行く？」

「いえ、せっかくだからカタログはしっかり見ていきましょ。ほら、イベント限定武器ってのもあるわけじゃない？」

暴れたくてうずうずしてるのか、目をキラキラさせて扉を見つめるナナを引き止める。

そう、地図というわかりやすい目標ができたものの、今回のイベントはイベント限定アイテムが幾つか存在している。

むしろ普通のプレイヤーはそれを入手・強化するのが目標と言ってもいいだろう。

例えば、今回のイベント限定武器の名前は《スターダスト》シリーズ。防具の名前は《星屑》シリーズ。英語か日本語かの違いでしかないけれど、武具をはっきり分けるという意味ではわかりやすいネーミングだ。

強いのかと聞かれれば、特段強くはない。初心者からフィーアスまで使える程度だから、トリリアの店売り武具くらいの性能だ。

武器種としても細かな派生までは対応していない。基本スキル＋派生スキル分くらいまでの種類なので、人によっては使ってる武器種がないということもあるだろう。

それでも、イベント限定というだけで価値が生まれるし、初心者から見れば破格の性能なのも確かだ。

「金棒はないね……」

二人でカタログを眺めていると、ぽつりとナナがそんなことを呟いた。

割と本気でショックなようで、しょんぼり顔で目を伏せている。ナナ、アナタいつからそんなに金棒に取り憑かれてしまったの？

実際の話、《影縫》も含め金棒は片手用メイスの区分だから、同じ武器種だと《スターダスト・メイス》という名前の武器がナナの手に入れるべきイベント武器に当たる。

私の場合は《スターダスト・スタッフ》という杖の武器ね。

交換した時点での性能は、初期設定時に貰った《初心者》シリーズの武器と全く同じだ。

それぞれ欠片が二百五十個から交換できて、それに＋して百個ずつで五回まで武器に対応した強化素材も交換できる。

つまり、ひとつの武器につき七百五十個の欠片を集めることで、トリリアの店売りくらいの性能まで上がるという事だ。

また、交換出来る強化素材自体は普通のプレイでも見かけるようなものだから、最悪イベント中に強化しきれなくてもイベント後に集めれば強化はできる。

最悪二百五十個集めておけば強化は何とかなるので、コンプ勢はそれを目標にするのだろう。

ちなみに、一見すると繋ぎ用程度の性能しかないように見えるこの武器にも、ある理由からかなり便利な用途がある。

とりわけナナのような打撃武器使いにとっては、切り札たり得るある用途が。

ナナは恐らくまだ気づいていないけれど、説明している時間はなさそうだ。

いい加減興奮が収まらないのか、ナナがゆらゆらと体を揺らしているのを見て、私はそう思った。

とはいえ、そろそろ熱に浮かされたナナに水をかけてあげるべきだろう。

「そういえばナナ、さっきからコメント見てる？」

「コメント……あ、見てなかった」

本当に意識の外だったらしく、きょとんとした表情を浮かべる。

「配信主なんだからちゃんと拾ってあげなさい。

せっかくのコラボなんだから」

「わかった！　みんなごめんね、なんか楽しくなっちゃって」

『ええんやで』

『おk』

『普段見れない感じでよかった』

『許した』

『コラボ相手をないがしろにしてるわけじゃないしな』

『もっとくっついてどうぞ』

「くっつく？」

「そういうのは拾わなくていいの。さ、とりあえず二周目行きましょうか。さっきよりはペース上げてくわよ？」

「おっけー。ふふ、ちゃんとついてきてね？」

少し熱の冷めたナナと共に、再び扉を潜り抜ける。

イリスは何も言わず頭を下げ、静かに私たちを見送るのだった。

＊＊＊

『よくぞお越しになりました。私はセイレーン様にお仕えする十二騎士の一人、ハッシュと申します』

「これはご丁寧にどうも。スクナです」

『スクナ……なるほど、強き名を戴いておりますね。それに、その胸に輝くは我が主の仇敵たる証。貴女のような強き戦士と戦えることに感謝いたします』

《星屑の迷宮》、四周目。ここまでミラージミラージミラージと来て、ようやく新たなボスに遭遇できた。

ハッシュと名乗ったのは、ミラージと比べると一回りくらいは小さい、それでも私たちよりは遥かに大きな銅色の鎧を纏った騎士。

その手に持つのは片手剣と円盾で、少なくともパワータイプのミラージに比べれば技巧派なのであろうことが窺えた。

鎧のせいで声がくぐもっていてわかりづらいけれど、中身は男か女か。ミラージくらい渋い声ならわかりやすいんだけどね。

そんなハッシュとなんだか丁寧に挨拶を交わしているナナを後ろで眺めつつ、私は今日四度目の「セイレーン」という言葉について考えていた。

セイレーンの騎士。それがミラージやハッシュを含むボス達の総称であることは、攻略掲示板などで流れている情報からわかっている。

セイレーンというのが誰のことなのかはさておき、少なくともこの騎士たちを従える存在であることは間違いない。

我が主の仇敵、ナナの着けている《名持ち単独討伐者の証》を見てそう言ったハッシュの反応から見るに、少なくとも創造神とは敵対している存在なのだろう。

ナナから聞いたフレーバーテキストの設定を聞く限り、あのアクセサリーは創造神から授けられるものだからだ。

私が持っている《名持ち討伐者の証》はただのドロップアイテムであり、創造神から授けられた訳じゃないらしい。それを鑑《かんが》みるに、やっぱり一人で倒すこと自体か、あるいは一人でしか挑めないネームドのどちらかが重要な要素なんでしょうね。

現状、プレイヤーではナナしか持っていないと思われる《名持ち単独討伐者の証》。それ関連でNPCとのミニイベントは良く発生しているようだけど、未だに世界観から見るこのアイテムの価値は測りかねる。

ソロネームド。赤狼アリア、そしてトリリアの湖上に現れる《精霊》。この二体以外にまだ発見されていない現状唯一の括り。そしてナナが倒してしまったモンスター。

未だにベールを脱がないレイドネームドと共に、その特殊性について改めて考察しなければならない時が来たのかもしれない。

「考察が捗るわねぇ」

『なんであのふたり挨拶合戦してんの』

『なんか草』

『何時までやってんだアレ』

『ペコペコしてる』

『ワロタ』


私がハッシュの言葉から考察を広げていると、リスナーのコメントが目に付いた。

ふとナナの方を見ると、なぜだか二人して頭を下げ合っていた。いやあれ雑談してない？　ボスモンスターじゃないの？

「ナナ、そろそろいい？」

「あ、うん。じゃあやろっか」

『ふふ、そうですね。では改めて、正々堂々と参りましょう！』

《影縫》を引き抜いたナナと、剣を構えたハッシュ。さっきまで和気あいあいとしてた二人が急に真剣な空気を出すものだから、私はなんとも言えない気分で少し後ろに下がった。

私のステータス割り振りは純魔。ナナとはほぼ対極に位置するステータスと言える。

当然だけど物理ステータスは極端に低いし、その上職業の関係でさらにマイナス補正もかけている。間違っても近接モンスター相手に近距離で戦っていいステータスじゃないのだ。

故に私はいつも通り後衛の立ち位置を守る。ナナが前衛を張っているのだ。私は安心してサポートに徹すればいい。

『はあっ！』

「よっ」

気合いを込めて振り切られた片手剣の軌跡を、ナナは《影縫》で直接受け止める。

衝撃を吸収でもしたのかとさえ思えるほど静かな音で刃を受け止めたナナは、するりと懐に入り込んで《影縫》を振り上げた。

『くっ！』

飛び跳ねるように放たれる下からの振り上げ。片手剣を生かすための円盾は下からの捲りに弱い。

ハッシュは盾でのガードを諦めて後ろに躱すが、振り上げと共に飛び上がっていたナナの振り下ろしが体勢の崩れたハッシュを襲う。

不安定な体勢なまま盾でのガードは十分な力が入っていなかったからか、はたまた《影縫》の重さ故か、呆気なく崩される。

『どこに……ぐあっ⁉』

完全にガードを崩されたハッシュが姿を見失っている間に、ナナは既に後ろに回って《影縫》を振るっている。

清廉な騎士故か、背中側からの攻撃には慣れていないようで、ハッシュが怯んでいる間にナナは柔らかな脇腹を狙って打撃を叩き込む。

『舐めないでください！』

振り返りざまに振り抜かれた剣閃をナナは後ろに飛び跳ねて躱すと、着地ざまの低い体勢のままハッシュへと駆け出した。

真正面からの特攻。それは恐らく、ハッシュのような盾持ちの片手剣士にとって最も捌きやすい形の攻撃だ。

それを重々分かっているはずのナナがあえて突っ込む理由。これまで攻撃を捌かれ続けたハッシュが警戒して守りを固める中、互いの射程が交差する直前にナナの《影縫》を持っていない側の手がブレた。

剣と金棒が交差する直前、ハッシュの剣の軌道が僅かに逸れる。本来ならば真正面からかち合うはずだった二つの武器は、剣が金棒に弾かれて終わった。

生まれた隙を見逃さず、ガードを許さない滅多打ち。

ナナはハッシュに大ダメージを与えると、とにかく周囲の敵を振り払うかのように雑に振るわれた剣を躱して後ろに下がった。

ナナの勇姿を見届けながら片手で魔法を編んでいると、不意に何かが足元に突き刺さった。

ガンッ！　という硬質な音と共に地面にぶつかり転がっていったのは、若干形の歪んだ鉄塊。

それを見た瞬間、先ほどのナナが何をしていたのかようやく理解できた。

「なるほど、鉄球を投げたのね」

一体何があってハッシュが剣の軌道をあんな風に変えたのか疑問に思っていたけれど、純粋にナナが妨害を入れていたのだ。

だから本来なら拮抗していたであろう衝突は、ナナの攻撃に天秤が傾いた。

衝突の瞬間に両手で武器を振っていたから、恐らくナナは直接剣に鉄球を当てたのではなく、武器を両手に持ちかえる時間を稼ぐために最低でも一回は地面に跳弾させたはずだ。

あるいは、天井も合わせて二回跳ねさせたか、予め天井に打ち上げていたか。この部屋は開けてはいるけれど、平原階層ほど天井が高いわけではないから、そういうことも出来なくはないはず。

詳しいことはわからないけれど、どちらにせよ途方もない精度の投擲だ。

最近になって、ナナの異常な投擲能力も徐々に知れ渡ってきたものの、あの子の見せる投擲のレベルがどんどんと人外じみていくのに笑いしか出てこない。

視認するのさえ困難な意識外の投擲を、近接戦闘の最中に混ぜられたらたまったものじゃないだろう。

「おりゃぁ！」

『甘いですよ！』

それでもハッシュはナナの動きに対応し、盾と剣を上手に使ってナナの攻撃を捌いている。攻撃の手を止めたからか、ダメージはほとんどないようだった。

元より攻撃よりも防御の方が得意なタイプなのだろう。周回のボスキャラとしては時間ばかりかかって面倒なタイプの敵だ。

「ま、それを崩すのが私の仕事なんだけどね」

戦闘が始まってから今までの時間、何も私はずっとナナを眺めていた訳じゃない。

片手のみで記していたとはいえ一分という長い

時間をかけて編んだのは、全十五節の詠唱からなる上級範囲魔法。

魔法を撃つ瞬間に、私は杖を構えた。

「ナナ！　避けて！」

「うぃ！」

「《サンダーストーム》‼」

放たれた雷の暴風が、ナナとの戦いに集中していたハッシュを飲み込む。

私の発声を聞いてハッシュは咄嗟《とっさ》に盾を構えていたけれど、この魔法に対しては悪手だ。円盾で防げるようななまっちょろい範囲の魔法ではないのだから。

《サンダーストーム》。

他の雷魔法に比べれば速度と指向性に欠ける分、風属性を併せ持った複合属性魔法だ。

持っていかれるMP量がかなり多くて乱発は出来ないものの、威力も範囲も同じ上級魔法のライトニング・バリスタを遥かに上回る。速度や連射力、燃費はバリスタの方に軍配が上がるので、使い分けてやればいい。

これはレベル60を超えた最近になってようやく使えるようになった魔法だ。とはいえスキルの熟練度が必要値に達したのがそのレベルだったというだけで、レベルアップで覚えたわけじゃないけどね。

「すっご……」

「ふふ、そうでしょ？　やっと気持ちいい魔法が撃てる熟練度まで来たのよね」

思わず口を開けてしまうくらいには、衝撃的な光景だったらしい。

ハッシュのHPも全体の二割ほど奪い取っていて、ナナの削りも合わせれば既に半分は切っている。

そういう意味ではナナの方がダメージ効率がいいと思われがちだけど、危険を顧みず懐に飛び込んで、無理を通してダメージを与えているナナがおかしいだけだ。

『ぐぬぬ……お見事です、しかしここからですよ！』

ハッシュのＨＰゲージはミラージ同様に二本ある。最後の一本になったからか、若干切迫した雰囲気でそう告げたハッシュは、全身鎧をパージした。

「あら……」

「おー……」


『ロボだ！』

『ロボて』

『可愛い女の子……？』

『人の顔がないんだよなぁ』


弾け飛んだ鎧の下から出てきたのは、端的に言えば女の子型のロボット。

体型が女性型と言うだけで顔は完全にロボだし、なんなら目はピカピカ光ってるし、うーんこの。

『私の真の姿を見せたからには、もはや生かして帰しませんよ！』

「生きて帰れないのはどっちかな〜」

「ナナ……」


ノリがいいのはいいことなんだけど、そのセリフは完全に悪役側の奴じゃない？

＊＊＊

「もう、横着して」

そんな事を言いながらも、私はソファの上で寝息も立てずに眠るナナにそっと布団をかけてあげる。

配信が終わったのが夜の十一時過ぎ。昼食とおやつタイムで二度ほど配信を休憩しつつ、今日は宣言通り十五時間ほどダンジョンに潜ることになった。

どうしてナナがまたソファで寝てるのかといえば、夕食を食べてシャワーを浴びて、ドライヤーをかけてあげている間に寝てしまったのだ。

今は割とだらしない顔で気持ちよさそうに眠っている。

ここ最近は寝苦しそうにしていたのもあって、起こす気にはなれなかった。後で部屋に運んであげればいいだろう。

「何とか地図は集めきれたわね……」

最終的に交換で集まった地図の数は二十一個。

迷宮階層が二十個と最初に訪れた平原階層の分を一個合わせた数だ。

交換出来る全ての地図は私の頭の中にインプットし、地図ごとに最速で抜けるためのルートは完成した。

また、ジュエリーボックスのような美味しいモンスターの場所も見つけた限りは記憶している。

「……倒せたボスはまだ五種類、セイレーンの騎士の情報は未だに断片だけ。九人の騎士全員分のセリフを統合しても、分からないことだらけ……ね」

自分の頭の中を整理するように、タブレットへ今日集めた情報を書き込んでいく。

私ひとりが全てを覚えていればいいのならこんな事をする必要は無いけれど、情報とは共有して初めて意味がある。

ナナに見せるためだけでなく、必要に駆られた時に他のプレイヤーへと見せる為にも記憶はデータとして書き出しておいて損はない。

今、イベントで一番話題に上がっているのは「セイレーンとは何か」という謎だ。

ミラージやハッシュを含む九人の騎士達は、結局自分たちが「セイレーン」に仕える騎士であるという以上の情報は残してくれなかった。

強いて挙げるなら、ナナのおかげで創造神と敵対する存在であるということが分かったくらい。

いくつもの考察が挙げられているものの、核心に至っていると思わせるようなものはない。

ぼんやりと分かるのは、どうやら今回のイベントはただのアイテム集めイベントではないという事。

正確に言えば、プレイヤーにとってはただの素材集めだけど、NPCにとってはそうではないらしいという事だ。

フィーアスに帰還せず延々と周回をしていた私達とは違い、街に帰還してNPCと会話を交わしたプレイヤーはそれなりに多くいる。

そのプレイヤーが聞いた話では、今回のイベントのような「門」はＷＬＯの世界では不定期に発生していて、ＮＰＣにとっては一種の厄災のようなものらしい。

「門」の中に入って敵を討つ必要があり、そうしなければ一定の刻限の後、門の中からモンスターが溢れかえる。

今私達がやっているような周回を「命が有限な」ＮＰＣがやらなければならないから、それはもう地獄のようだったとか。

そんな訳で、とりあえずプレイヤーが門の中でモンスターを倒せば万々歳。イベントはハッピーエンド待ったナシだそうだ。

「なんて、そんな簡単に行くわけないわよね」

間違いなく「何か」がある。

それも恐らく、イベントの最終盤に何かが起こる。

根拠はないけれど、多くのゲームをプレイしてきた私の勘がそう告げていた。

その為にできる準備があるのかは分からないけれど、周回を重ねていれば何が起きても不利には働かないだろう。

どの道、今日一日中ナナがご機嫌だったおかげで、《星屑の迷宮》を効率よく周回するための準備は整えられた。

逆に、今のナナがこうして寝てしまったのも、普段ならありえないほどのハイテンションをキープし続けていたからなのだろう。

覚えた情報を精査し、洗練させるのは明日以降でいい。

イベントは十日間あるのだから。

「私も寝ようかしら……ん？」

ナナを寝室に運ぼうかと思った瞬間に、スマホから着信音が鳴り響く。

夜も十二時を回ったこの時間に電話をかけてくるとなると、余程親しい間柄か謎の営業電話かだけど。

画面に表示されたのは《ロン姉》の文字。それを認識した瞬間、私は反射的に通話のボタンを押した。

『いよーうリン、元気してっかー？』

「ええ、ロン姉は元気そうね」

　耳元で響く元気な声に、変わらなさを感じて少し安心する。

　ロン姉、こと鷹匠龍麗《たかじょうろんり》。誰よりも自由で誰よりも頼りになる、私たちの従姉《あね》の名前だ。

「それにしても、突然どうしたの？　電話なんて珍しいじゃない」

『可愛い妹分の声が聞きたかった、なんて理由じゃダメか？』

「ばーか、それならナナに電話するのが筋でしょう」

『何言ってんだ、リンもアタシの大切な妹だよ。てかナナのＴＥＬ番知らねぇし』

「ロン姉がずっと国外にいるのが悪いんでしょ」

『ちげぇねえや』

　その優しげな声音に嘘がないことは知っているけれど、ロン姉が可愛がっていたのは私よりナナだったのも事実だ。

　いや、別にナナへの嫉妬ではない。むしろ私は「私の方がナナを可愛がってる」という方向でロン姉と張り合っていたのだから。

『ま、じゃれるためにわざわざ連絡した訳じゃねぇしな。……なぁリン、ナナは今眠ってんだろ？』

「そうね。ぐっすり眠ってるわ」

　すやすやともぐうぐうとも寝息を立てている訳ではないけれど、今日のナナは気持ちよさそうに眠っている。

『お前がナナを引っ張り出したのはランから聞いた。くっそ久々に会ったけど、出る話題のほとんどがリンの事ばっかだぜ。ランのやつも変わんねぇよなぁ』

「ラン兄に会ったの？　忙しいからって私とは会ってくれないのよ」

『そりゃお前が日本にいるからだろ。アタシも会ったのはアメリカでの話だぜ。忙しいのは嘘じゃねえさ。アタシが無理やり時間作らせただけだからな』

「ロン姉らしいわね」

　一秒で数百万稼ぐ男と呼ばれるあのラン兄に時間を「作らせる」という時点で上下関係がハッキ

リしている。

まあ、年功序列の関係でロン姉が強権を振るっているだけなんだけど。

それに、ロン姉自身もコレで世界的に影響力を持った人だ。要はロン姉とラン兄はビジネスパートナーでもあるってこと。

まあ、ロン姉自身はもう何もしてないはずだけどね。世界の煩わしさから抜け出した完全なる自由人だもの。

『今日の配信見てたぜ。相変わらず仲がいいみたいで安心した。ナナのやつもあん時に比べりゃ元気になったもんじゃゃねぇか』

「ええ。あの時ロン姉がケアしてくれたおかげでね」

あの子の両親が亡くなった日。

茫然《ぼうぜん》と徘徊《はいかい》するあの子を捕まえて預けたのは、他ならぬロン姉の所だった。

私と一緒にいてしまうと、すっぽりと抜けてしまった心の穴を埋める為に、取り返しがつかないほどに依存してしまうと思ったから。

一番あの子が苦しんでいる時に私がそばにいられないのは本当に苦しい事だった。

でも、そのおかげで今のナナがある。私だけに依存していたナナが、普通に人と会話を出来るくらいにコミュニケーションを取るようになってくれた。

その点について、ロン姉にはとても感謝している。

まあ、ロン姉曰く「アタシは何もしてねぇよ」ってことらしいけど。

ナナは自分で立ち直ったのだとロン姉は言い張っていた。

『元気にゃあなってる。それは確かだろうさ。……で、アイツはちゃんと思い出したのか？』

「……いいえ、まだよ。まだそこまでは」

『そうか。まあしゃあねーんだけどな』

ハァ、と溜息をつきながら吐き捨てたロン姉は、一拍置いてから言葉の続きを口にする。

『でもまあ、間違いなく思い出す一歩手前までは来てるだろ。リンの考えは間違っちゃいなかったってことさ』

「そうだといいんだけどね」

『あんま思いつめんなよ。ナナにあの日のことを思い出させて、スッキリさせてやりたいっつーリンの気持ちはわかるよ。けどな、人が自分から記憶を失うときってのは、壊れそうな自分の心を守るための自己防衛本能なんだ。必ずしも思い出すべきとは限らねえし、仮に思い出せなかったとして、リンのせいってわけでもねーんだからよ』

ロン姉の言うことは正しい。

ナナが記憶を閉ざした理由は、きっと両親の死に耐えられなかったから。

あるいは、両親の死をトリガーにして発生した何かを抑え込むためだろうから。

それを解き放とうとしている私はきっと、最低なことをしようとしているのだろう。

「……ロン姉は私が間違ってると思う?」

『いいや、お前は間違っちゃいないさ。それにな、責めるつもりで電話したわけでもねぇ。久々にリンの声が聞きたかったのもホントの話だ。ま、でも気ぃつけろよ。今のナナは昔に近づいてる分、リンへの依存も深くなってるはずだ。お前の立ち回り次第じゃ立ち直れなくなる可能性だってある。無理だけはさせるなよ』

「ええ、ありがと」

要するにロン姉は心配なのだ。ナナも、私も。二人して潰れてしまうのではないかと心配している。

私達が後悔したあの涙の日。あの時のような苦しみを再びナナに味わって欲しくなくて、私は距離を置こうとするナナの意思を尊重した。

手を離すことはなかったけれど、同じ方向を見てはいなかったと思う。

思い出してしまえば必ずナナの心はひび割れる。だけど、多分、もうその事態は避けられない。

ナナは必ずあの時の事を思い出してしまうし、ひた隠しにしてきた心の傷は切り開かれてしまうだろう。

細心の注意を払って、慎重に事を進める。

この世界でナナの心の支えになれるのは、一切の誇張なく私だけしかいないのだから。

『ああ、そうだ。近いうちにアタシも日本に帰っからさ。お前らのやってるその……WLOだっけ？　アタシの分用意しといてくんね？』

私が決意を新たにしていると、ロン姉から全く別の話題が飛んできた。

しかし、その内容はわざわざ私がやる必要性を微塵も感じられないものだった。

「なんで私に頼むの？　ロン姉なら伝でいくらでも手に入るでしょ？」

『それがさぁ、今の時点じゃ海外からは買えねぇみてーなんだよ。日本にいる奴に頼みゃあいいんだけど、そうなると一番手っ取り早いのはリンだろ？　従姉妹のよしみで頼むぜ』

「ふーん、そうなの」

ＶＲＭＭＯは従来のＭＭＯと違って、チャットだけで会話が済むことは少ない。

自然と口頭での会話になるが、そうすると言語の違いという致命的な齟齬が生まれる。

それを回避するために、ＶＲＭＭＯというものは基本的に国毎にサーバーを分けている場合が多い。

まあ、現実世界では既に高精度の翻訳機械が出来ているのだ。ＶＲに似たような機能が追加されるのも時間の問題だとは思うけど。

とにかくロン姉がＷＬＯを買えない理由は理解できた。

「別にいいけど……来る前にちゃんと連絡入れてよね。あとお風呂はちゃんと入ってきて」

『いつもちゃんと身だしなみ整えて行ってんだろー？』

煽《あお》るようにいうこの従姉は、わざわざ忠告してあげた理由が分かっていないらしい。

「ナナに臭いって言われても知らないからね」

『うぐっ』

「ふふ、じゃあこっち来る時は連絡してね」

ナナは目も耳も良いけれど、嗅覚も鋭い。

その事を思い出したからか、はたまたその光景を想像してしまったからか言葉を詰まらせたロン姉を残して、私は通話を切るのだった。

＊＊＊

「リンちゃん、次の部屋何もないよ」

二日目初回のダンジョン攻略中、前で露払いをしながら走っていたナナは、急に立ち止まってそう言った。

探知スキルと聴覚把握の合わせ技。既に道を覚え始めているせいか、ナナの索敵はどんどんと正確になりつつある。

「どういう事？」

「これまではモンスターがいたりとかアイテム落ちてたりしたでしょ？　次の部屋、多分スイッチとか落とし穴みたいな罠もないねぇ」

表情は相変わらずふにゃっとしているけれど、昨日に比べるとしっかりとした口調でナナはそう言った。

《星屑の迷宮》はローグライクのダンジョンではない。

マップはランダム生成ではなく二十一あるフロアをランダムに十個配置しているだけだし、階段は部屋の中にはなく、そもそも部屋と呼ばれるような場所自体が少ない単純な洞窟型のダンジョンだ。

地図上で大きめな空洞を私たちが便宜上「部屋」と呼んでいるだけだ。

とは言え実際に「部屋」に行けばモンスターがいたりアイテムが落ちてたりとちゃんとそれらしい感じにはなっていたから、やはり通路に比べれば特別な場所のはずだった。

そこに何もないという事に、ナナはこの先に何かしらの危険を感じ取っているのだろう。

「みんなはどう思う？」


『どうとは』

『罠だと思うなぁ』

『ワンチャンレアモンス』

『ワイもレアモンス』

『罠』

『罠』

『ちくわ大明神』

『罠に決まってら』

『おい今なんか変なコメが』

確かに私も、予めそれを把握できていれば何かあるのではないかと警戒する。

例えばリスナーの多くが挙げているように、罠。一応このダンジョンには罠も仕掛けられているものの、これまではナナが引っかかってから回避してるから気にしていなかった。

その引っ掛かりまくったナナが罠が無さそうというのであれば、少なくとも物理的な罠がある可能性は低いのだろう。

脳内マップに浮かぶ情報から考えるに、次に入る部屋は非常に広い。一応この部屋を通らなくとも階段へと向かうルートは別にあるので、少し引き返して別ルートを使うのもありだ。

あるいはレアな強モンスターの出現。そういう場合も往々にしてあるので、その場合はむしろ進むのが正解だろう。

ここで仮に何かしらの罠であった場合に回避を選ぶか、万が一のレアモンスターの可能性を取るか。

どちらを取るかは悩ましいけれど、私とナナなら何があっても怖くない。

「進みましょ。最悪やり直せばいいわよ」

「ん、わかったー。じゃあ私が先行するね」

そして私は、この判断を後悔する事になる。

ナナが一歩部屋へと足を踏み入れた瞬間に、何もない部屋の中に大量のモンスターたちがワープによって現れた。

広い広い部屋の中に、モンスターが留まることなく湧いていく。その数はゆうに五十を超え、百にさえ届かんとする膨大さだ。

ダンジョンの部屋内に足を踏み入れた瞬間に、モンスターが溢れかえるこの現象を。

古き良きローグライクゲームでは《モンスターハウス》と呼ぶ。

その光景を見て、引くか進むかというほんの少しの逡巡が、致命的な時間のロスを生んだ。

ガコッ、という音と共に何かが作動した気配を察知する。

その正体を私が看破する前に、ナナが私の事を後ろに突き飛ばした。

「ナナ!!」

「リンちゃん、ちょっと待っててねぇ」

ナナがそう言って柔らかな笑みを浮かべた瞬間、ダンジョンの地形が変わり、部屋への通路が閉じる。

そうか、今の音は、逃げ場を封じるための罠。

ナナは音を聞いて何が起こるか理解したから、私を守るために後ろへと突き飛ばしたのだ。

厄介な事に、このモンスターハウスはきっちりと逃げ場を塞ぐタイプだったらしい。

「どう、しよ……」

混乱する。思考が定まらない。

モンスターが出現するタイミングに関しては、部屋の中にアラートを示すトラップがない以上は足を踏み入れた瞬間に出るのはおかしなことではない。

けれど、退路を塞ぐタイミングを考えれば、私がほんの一瞬迷った時間がなければ二人で脱出するのも不可能ではなかったはず。

これは完全な私のミスだ。ナナだけを死地に送り込んでしまった、致命的なミス。

ナナを助けに行きたいけれど、ダンジョンの内壁は魔法でもアイテムでも破壊はできない。

反対側の入口は閉じてる？　望み薄だけど、もしかしたら開いているかもしれない。

「……っ！　やれる事をやるのよリンネ、無駄だったとしても」

パン！　と両手で頬を叩いて活を入れる。

私は部屋の反対側の入口を目指すために、来た道を急いで引き返すのだった。

☆☆☆

「あぁ……」

スクナは今、とても安心していた。

それは、リンネを守れたから。

大切な人を死地から抜け出させることができたから。

目の前には百を超えるモンスターの群れ。

いくら広い部屋だと言っても、流石にこの数のモンスターがいれば手狭にも感じるものだ。

などと、普段のスクナならばそんな他愛のない事を考えていたのだろう。

ゆらりゆらりと揺れるスクナに、モンスターの群れから飛び出したキラビットが襲いかかる。

それを見ることとさえせずに《影縫》で天井に打ち上げたスクナは、天井にぶつかりひしゃげて落ちてきたキラビットを打ち払うように消し飛ばした。

その光景が、今にも襲いかからんと前のめりになっていたモンスター達の気勢を削ぐ。

「あは、うふふ、えへへへへ」

笑う。嗤う。蕩けるような笑みを浮かべる。

「私ね、リンちゃんと遊べるのが楽しかったの」

誰に語る訳でもない。しかしスクナの声は朗々と大部屋の中に響き、警戒を露わにするモンスターたちを撫でていく。

そう。今のスクナは酷く感情が揺らいでいた。

リンネと遊べる幸せな時間を奪われた、言葉にしてみればたったそれだけの事。

しかしそれはスクナにとっては世界で唯一心から楽しめる時間を奪われたのに等しい事でもある。

スクナが笑っているのは、彼女が覚えている感情がそれしかないから。

上機嫌であれ不機嫌であれ、スクナは笑う以外にどうやってこの揺らぐ感情を消化すればいいのかわからないのだ。

「あはっ……壊される覚悟はできてるんだよねぇ？」

抑えきれない感情をそのままに、スクナはモンスターの群れへと突っ込んでいく。

プレイヤーを陥れるための罠に、枷の外れかけた化け物が牙を剥いた。

スクナの持つ《影縫》はリンネが想定した通り、存分に振ることさえできれば第五の街《グリフィス》より先でも充分に通用する性能を秘めている。

オーバーヘビーメタル自体、それを精製できる鍛冶師さえいれば、フィーアス時点で入手できる金属としては最上級のものだ。

フィーアス時点での武器の要求筋力値の平均値がおよそ50に満たない程度である中、片手武器でさえ200を超える膨大な要求筋力値。

それさえ満たせていれば、オーバーヘビーメタルの武器は使い手に相応の結果をもたらしてくれる。

《影縫》の持つ火力はもはやフィーアスレベルのダンジョンにおいては暴力の塊でしかなく、そしてずば抜けた耐久値のおかげで壊れる事もほとんどありえない。

故にスクナの取る戦法は。

武器パワーに任せた、徹底的な蹂躙《じゅうりん》である。

手始めに、接敵して十秒の間に七体のモンスターを行動不能にした。

頭を砕く。

腕を潰す。

脚を折る。

目を潰す。

武器を奪う。

そして、あえて殺しはしない。

機動力を奪い、手札を奪う。

殺すために振るう一手がもったいないから、スクナは魔法を使用するモンスター以外を無理に殺すことはしなかった。

少し前に琥珀に救ってもらった魔の森での大発生と違う所は、こちらのモンスターはあちらと違って魔法使いのモンスターだけではないということ。

そして使い慣れた、強力な武器が手元にあることだ。

スクナにとって魔法は致命。適正レベル帯のモンスター相手では、最弱の魔法ですら二発もあれば消し飛ぶほどに、スクナの魔防ステータスは詰んでいる。

前回の時は数で囲んで銃を撃ちまくるような一方的な暴力に晒されていたが故に、スクナは延々と動き回る事を強いられ、万一にもダメージを負えない状況に追い込まれていた。

しかし今回は、魔法のような遠距離攻撃を持ったモンスターが少ないおかげで、スクナは相手の攻撃すべてを躱す必要はない。

自ら距離を詰めて近接戦闘に持ち込んでくれるのであれば、スクナはいくらでも捌ききれる自信があった。

戦場となった大部屋に、殴打の音色が響き渡る。ゴッ、ガッ、グシャッというシンプルな打撃音が鳴る度に、モンスターの悲鳴が響き渡る。

「あは、あはははは っ! あぁ、気持ちいいっ……!」

スクナはこの地獄のような戦いに心地よささえ覚えていて、その表情から恍惚の色が褪せることは無い。

戦いが始まってまだ三分と経っていない。

しかし既に十を超えるモンスターがその命を散らし、二十近いモンスターは身体を破壊されて身動きが取れずにいた。

こんな状況でも、いやこんな状況だからこそ、スクナは面白半分で色々なことを試していた。

飛びかかってくるラビット種のモンスターを投げナイフに突き刺すように受け止め、突き刺さったモンスターごとボールのように投擲してみたり。

メタルベアの四肢を砕いて盾として使ってみたり。

不意打ちをしかけてきたつもりのジュエリーボックスの口にホブゴブリンを放り込んでみたり。

久しぶりに出会ったバタフライ・マギの羽をもいで、地面に叩き落としてみたり。

あえて投げナイフ自体を近接戦闘で使ってみて、三振りで壊れるのを見て笑ったり。

幼い子供の持つ無知であるが故の残虐性。

それに近い行動を重ねては、スクナはただただ爽快な気分を味わっていた。

まるで本来の自分に戻っていくような感覚。

不機嫌の元を消化するために、ただただ八つ当たりを繰り返す。

そうして抑えつけていた衝動を解放する感覚を、スクナは心の底から楽しんでいた。

見た目にそぐわぬ筋力を駆使してメタルベアの首を捻ったスクナは、HPを全損して消えていくメタルベアを後ろから飛んできた魔法の盾として放り投げる。

完全な不意打ちのつもりで魔法を撃った《ホブゴブリン・メイジ》はそのような方法で防がれる事など思いもよらず、一瞬戸惑いを見せる。

その間に、既にポリゴンへと還りつつあるメタルベアの陰に隠れて距離を詰めていたスクナは、ホブゴブリン・メイジの頭を素手で掴んで地面に叩きつけた。

「脆い脆い」

魔法職のモンスターは物理耐久が低い。《影縫》を突き立てて喉を潰すと、後ろから迫っていた《プチゴーレム》を振り向きざまの回し蹴りで吹き飛ばす。

「これで三十と四十一っと」

殺した数と戦闘不能にした数を正確に把握しながら、だいぶ広々とした大部屋の中でスクナは目をギラつかせる。

魔法を使いそうなモンスターを優先的に潰しつつ、殴り壊しやすいモンスターはなるべく壊しながら戦ってきた。

これまでちょくちょく周回の中で戦ってきたモンスターの中でも、今蹴り飛ばしたプチゴーレムは案外に難敵だ。

バスケットボールに四肢がついたような小さなモンスターなのだが、なんと言ってもシンプルにタフなHP量を持っている。

動きは鈍重なものの一撃は重く、当然ながら防御力も高め。先程までの混戦では最も注意して距離をとっていた相手だ。

「ま、それもこれだけ広くなれば関係ないけどねぇ」

半数を超えるモンスターがものの十分で戦闘不能にされ、流石のモンスター達もスクナを前に迂闊に近寄れないでいる。

既に遠距離攻撃持ちがほとんど壊滅し、残っているものも目を潰されたり喉をやられたりと、魔法や矢を打てる状態にはない。

数的有利は常にモンスター側にあるはずなのに、複数で襲いかかってもそれ自体がスクナの利として働いてしまうこの矛盾。

「ねぇ、来ないの？」

短期間で多くのモンスターを倒し続けた結果か、ダメージエフェクトや死亡を表す赤いポリゴンが漂う大部屋で、スクナは全てのモンスターを睨めつけるように見渡す。

迂闊に攻めてもこれまで散っていったモンスターの二の舞だ。簡易とはいえ下手に思考する知能を持つが故に、暴虐の記憶がモンスター共の足を止めてしまう。

スクナは一度首をコキッと鳴らすと、地面に倒れているモンスターの一体に《影縫》を振り下ろす。

シンプルに四肢を折る、あるいは目や喉を潰すことで動きのみを封じてはあるが、未だ四十近いモンスターが地面に転がったままだ。

処理できる時に処理しておかなければ、思わぬところで足をすくわれる可能性も否定しきれない。

どの道モンスターたちが足踏みしている今、暇つぶしがてらに処理しておくに越したことはなかった。

そんなゴミ処理のような行為をやや無防備に行うスクナの背を、虎視眈々と狙う影がひとつ。

《ホブゴブリン・ハイアーチャー》。このモンスターハウスの中では最上位の、フィールドでもグリフィスより先に出現する強モンスター。

彼は己の同胞が無慈悲に葬られ、盾として使われる屈辱を必死に耐え、多くのモンスターの陰に隠れて、たった一度でもスクナが油断するであろうチャンスを狙っていた。

ゴブリンアーチャーの比ではない強力な大弓を

引き絞り、モンスターたちの隙間を縫う熟練の一射を放とうとしたその時。

一瞬だけ通ったその射線を、僅かに早く銀色の凶器が貫いた。

ホブゴブリン・ハイアーチャーは唐突に右半分の視界が奪われた事に驚き、思わず構えていた矢をあらぬ方向へと放ち、その矢は味方のホブゴブリンを後頭部から脳天を撃ち抜いた。

「最初からずっと君を警戒してたんだよねぇ」

彼を守るように立っていたモンスターの群れをすり抜けて、スクナは混乱するホブゴブリン・ハイアーチャーの左目を抉《えぐ》りとる。

何も見えない真っ暗闇の中、ホブゴブリン・ハイアーチャーは無念にも彼の同胞と同じ末路を辿る事になった。

「五十一と二十八。うん、流石に減ってきたね」

ホブゴブリン、ハイアーチャーを倒して周囲を見渡したスクナは、再び寄ってきたプチゴーレムの足を払って倒してから頭を地面に埋め込むように踏みつける。

四肢をじたばたさせるプチゴーレムを笑顔で見つめながら、《影縫》を数回振るってHPを削り取った。

「さて、もういいかなぁ」

もはや戦意を感じ取れないモンスターの群れを見て、スクナはぐっと伸びをした。

そのHPゲージは僅かに三割程度しか減っておらず、百十一という大量のモンスターを相手したとは思えない消耗具合だった。

唯一の勝機であった一射を予め潰されて、戦いの最中にレベルを上げたスクナにもはや勝てる道理はなく。

「うん、まあ楽しかったかなぁ」

最後に残ったメタルベアを《叩きつけ》で倒したスクナは、戦い始める前に比べればずっとスッキリした笑顔でそう言った。

合計戦闘時間、二十五分。たったそれだけの時間で、スクナはモンスターハウスを殲滅しきったのだった。

＊＊＊

「もう二十分も経ってるわね……」

反対側の入口も当然のように閉じていて、落胆とまではいかなくとも多少の諦めを胸に入口《出口？》の前で座り込んでから、既に二十分が経つ。


『リンネもちつけ』

『死んでないんでしょ？』

『ナナなら大丈夫やろ……多分』

『そうだよ……きっと』

『めいびー』

『→なんか言えw』

「あのねぇ……励ます気あるの？」

全くもって励ましにならないリスナーたちの言葉。

今日の配信はナナではなく私のチャンネルで行っているせいか、昨日よりは慣れ親しんだリスナーの反応が多い。

いつもの通りの雰囲気でコメントをしてくれるおかげで、少し気が楽になっているのも確かなんだけど。

ナナに関する事になると、私は普段では考えられないくらいに弱くなってしまうらしい。ただのゲームの中の出来事だと割りきれないくらいに、今の私は不安と焦りを感じていた。

それでも、コメントであったように悪いことばかりではない。

二十分が経ったと言っても、パーティメンバーとして見ることが出来るナナのＨＰは三割程度しか減っておらず、状態異常なんかにもかかっている様子はない。

最初の五分ほどで一気に二割近く減って以来、ほとんど減っていないのだ。

「あら……？」

ガコッ、と。

ナナを心配しつつ、出来ることもないのでリスナーたちと戯れていると、再び聞き覚えのある稼働音が耳に届いた。

モンスターハウスの扉が開く。開き切るのを待つ余裕もなく、通れそうな大きさになってすぐに部屋の中へと駆け込む。

ナナは部屋の中央で、何かの上に座って私を待っていた。少し項垂れているせいか、私が部屋に入ってきたことには気付いていないようだった。

「ナナ！」

「……あ、リンちゃん」

興奮もなく、冷めた様子でもない。少しだけぼんやりとした様子は、紛れもなくいつものナナのものだった。

座ったまま私の方を見上げるナナを見て、私は駆け出した。

「わぷっ」

「大丈夫だった⁉　怪我はしてない？」

「リンちゃん、ここゲームの中だよ？」

「ふふっ、そうね。……よかった、よかったわ」

無事な姿に安心して思わずナナを抱き締めると、ナナから指摘された事で自分がどれだけ焦っていたのかを理解して思わず笑ってしまった。

ナナは、本当にあの数のモンスターを殲滅してしまったのだ。

「ねぇリンちゃん。これ見てよ」

「ん？　そういえば何に座ってるの？」

「宝箱。モンスター全部倒したら出てきたの」

『でっけぇ！』

『これまでの比じゃなくて草』

『高さだけでもとんでもないな』

リスナーのコメントの通り、ナナが椅子にしていたものは、錆び付いた宝箱のようだった。

草原に埋まっていたものや、迷宮探索で見つけたものとはわけが違う。かなり大きな宝箱だった。

流石にジュエリーボックスという訳じゃないと

は思いたいけど、果たしてこれはなんだろうか。

錆の下にうっすら見える装飾は相当に豪華なものので、あの規模のモンスターハウスを突破した報酬と考えると少し期待してしまう。

「リンちゃん、開けていいよ」

「いいの？」

「うん、私はあまり興味ないから」

ぼんやりとした様子でそう言ったナナは、本当に興味がないのか宝箱に視線を向けてはいない。

それどころか私が宝箱を開けようとする姿を見てさえいない。

浮ついたように視線をさまよわせていた。

その時、滅多に聞いた事のない音が、ナナの方から聞こえてきた。

「は……ぁっ……」

それは口から漏れる吐息。小さな小さな呼吸音。

まるで疲れているかのように、ナナは音を立てて呼吸を繰り返している。

戦いの後に、疲れて呼吸が乱れることは仮想空間でもよくあることだ。精神的な疲労もそうだけど、現実世界で疲れた時に取ってしまう癖というのは案外仮想空間でも再現される。

だから、モンスターハウスを攻略して疲労し、息を乱していたとしてもおかしくはない。

普通に考えれば、なんならそうでないほうがおかしいくらいだ。百を超えるモンスターをたったひとりで倒すなんて、あまりにも常軌を逸しすぎている。

なぜならナナは全体攻撃や範囲攻撃を一つとして持っていない。それはつまり、ナナは一体一体丁寧に倒さなければならない状況下であって、たった二十五分ですべてのモンスターを殺したのだ。

疲れないはずがない。が、それはあくまでもナナでなければの話だ。

（違う。違う。疲れているんじゃない）

ナナは生まれつき無尽蔵の体力を持っている。

運動にせよなんにせよ、私は生まれてこの方ナナが呼吸を荒げているところなんて一度だって見たことはない。

つまり、ナナにはそもそも呼吸を荒くするという癖自体がないのだ。

「っ……！」

ゾッとした。

宝箱にかけた手が震える。

衝動を抑えつけるように息を整える姿が、あの事故の日のナナにそっくりだったから。

「……リンちゃん？　開けないの？」

「え、ええ、ごめんなさい。錆び付いてて鍵の場所がわかりづらくて」

ナナの言葉で、ハッとする。そして、嫌な思考を振り払う。

ナナが大金星……というより、偉業を成し遂げた。それでいい、それでいいのだ。

ついでに後で、ナナのプレイアーカイブを見せてもらおう。編集なしで動画サイトに投稿するだけでも莫大な再生数を稼げそうな気がする。

ちなみにプレイアーカイブというのは、無配信録画設定とでも呼ぶべきものだ。

配信オプションを最大グレードのフルオプションで購入しているプレイヤーは、毎月相応額の課金を強いられる代わりに配信外でも自身のプレイを全て録画する事ができるようになっている。

お値段なんと月々五万円。録画データの保存期間も一週間と短い。まあ、ＶＲの動画データは莫大な容量になるので、色々考えるとそれでも安いくらいだ。

ナナの配信投げ銭額はアルバイトをしていた時の月給の三倍はゆうに超えてるから、月五万払っても余裕のはずだけどね。

まあ、そこら辺はどの道私のポケットマネーで事足りる。ナナに出させるまでもない。

「さ、開けるわよ……！」

ギシギシと音を立てて、錆び付いた宝箱を開く。

煌びやかな光はなく、厳かな雰囲気もない。

開いた宝箱の中身は、「透明な星屑の欠片」と「一冊の分厚い本」だった。

「うーん……？」

「本？　珍しいね、このゲームではあんま見ない気がする」

「そうねぇ」

少し気持ちが収まったのか、ナナも宝箱の中身を覗きに来た。

ナナの反応に納得しつつ、私はこのふたつのアイテムについて思索を巡らせた。

星屑の欠片は金平糖のような見た目という言葉の通りに、インベントリから取り出した時の個々の色は割とランダムだ。

大抵が純色に半透明の白を加えたような、まさしく金平糖というような見た目をしている。

対してこの星屑の欠片はガラス細工のようにはっきりとした透明で、欠けた部分も全く存在しなかった。

もうひとつの本については理解のしようがない。

とりあえず、ハードカバーの古びた本ということぐらいしかわからなかった。

「私は本を見てみるわね」

「お願い。私は欠片の方を見てみるよ」

とりあえずナナが読まなそうな本に手をつけ、星屑の欠片はナナに渡した。

インベントリに入れた本の名前は《スキル書：歌姫の抱擁》。その効果をざっくり言うと「使用者は、レアスキル《歌姫の抱擁》を習得できる」というものだった。

「レアスキルのスキル書と来たか」

『レアスキル？』

『地味にやばくね？』

『初めて見た』

「私もよ」

スキル書。それ自体は割とオーソドックスなアイテムだ。

ほとんどの基礎スキルはスキル書を使って覚えるもので、それを発展させてより強力なスキルを入手するのがＷＬＯにおけるスキルの覚え方である。

例えば初期に選べる武器のスキル書なんかは、どれも店で１０００イリスくらいで買える。

スキルをそのまま買うようなもので、使い方もコマンドひとつだから、大半のプレイヤーはスキル書というアイテムが本であることさえ認識していないかもしれないくらいだ。

逆に、スキル書を使わないで直にスキルそのものを手に入れることもある。

ネームドボスのような強力なモンスターからのドロップの場合は、スキルそのものがプレイヤーのスキル欄に追加されたりするわけだ。

似たような物なのに、なぜ分けるのか。

それは、基本的にはスキル毎の価値の差だろう。

スキル書の場合は所持者から譲って貰えば他人でもそのスキルを覚えられるが、ドロップ入手の場合は倒したプレイヤー限定でしか手に入れられない。

ナナの持つ《餓狼》や私の持つレアスキルのように、強いスキルは強いモンスターを実際に倒して手に入れろという運営の意図から来るものだと言われている。

とはいえ今私の手にあるスキル書のように、レアスキルのスキル書というものも存在はするようだ。

まあ、今初めて知ったんだけどね。しかしこの《歌姫の抱擁》というスキル……効果を見たところ、私よりも「ナナ向け」のスキルだろう。

「リンちゃん、これも地味にスゴイよ。ただの星屑の欠片だったけど、見てこの個数」

「どれどれ……んっ⁉」

思わず変な声を出してしまった。

ナナのメニューカードに燦然《さんぜん》と輝く「星屑の欠片×五千」という文字。もしかして星屑の欠片って、個数ごとに纏めることで色が変わったりするのかしら。

ナナの話だと今の五千という数字は自分が今持っている星屑の欠片とは別に、透明な星屑の欠片を解凍した結果手に入ったものらしい。

さっきの透明な星屑の欠片は、周回十回分くらいの量をたったひとつで賄うアイテムだったということだ。

「ナナ、これはアナタにあげるわ」

「え？　いいの？」

「元々ナナがひとりで勝ち取ったものよ。魔法スキルだったらさすがに勿体ないから私が貰ったかもだけどね」

「確かに、私が魔法スキルなんて覚えても宝の持ち腐れだもんね」

先ほどまでの様子はすっかりなくなって、いつも通り微笑みながら自虐的なことを言うナナ。

ナナは魔防の低さに注視されがちだけど、ＭＰも知力も果てしなく壊滅的だ。普段必要ないから言われないだけでね。

だからこそ、魔法以外の部分でしっかりとスキルを整えなければならない。今返したスキル書は、間違いなくナナにとって必要なものだった。

「歌姫の抱擁かぁ……セイレーンと関係があるのかなぁ」

「間違いなくあるでしょうけどねぇ……」

ナナがスキル書を使ってスキルを覚えるのを傍から見つつ、私はナナの漏らした言葉に同調する。

セイレーンとは本来、歌に関係する化け物の名前。海難事故を起こすだとか、そういう言い伝えがあるモンスターだったような記憶がある。

《歌姫の抱擁》というスキル名でセイレーンと関係がないとは考えられない。

「んー……スキル枠が足りないぞ……」

「今はなんのスキルをつけてるの？」

「《打撃武器》《片手用メイス》《両手用メイス》《素手格闘》《探知》《餓狼》《投擲》の七つに、それからレベル50で取った《瞬間換装》スキルかな」

「《瞬間換装》って、複数の武器の熟練度を上げると出てくるやつ？」

「多分ね。投擲武器を一瞬で装備できて楽なんだー」

なるほど、どうやって投擲アイテムを取り出しているのかと思ったら、そういうスキルも手に入れていたのか。

《瞬間換装》は、確か三つ以上の武器スキルを熟練度50にすると入手できるスキルだ。派生武器スキルでも条件を達成できるから、入手条件としては難しくない。

確か、予め専用の換装用インベントリに入れておいた武器であれば、SPを消費する事でノーモーションで装備変更することが出来る。

その効果が投擲アイテムにまで及ぶのは初めて知ったけれど、投擲スキル自体が人気無さすぎて全然開拓されていない以上は当たり前のことだった。

そもそも《瞬間換装》自体が、複数の武器をそこそこの練度で扱えるプレイヤーにしか縁のないスキルだ。

そんな風に中途半端にスキルの熟練度やプレイヤースキルを磨くくらいなら、一本の武器に絞るのがVRの常道である。

さらに言えばタダでさえ使用者に多彩な技術を求める《瞬間換装》に加えて、完全プレイヤースキル依存の投擲スキルを持っていて、両方実践レベルで使うとなると三万人のプレイヤーがいるにしても両手の指で足りるかどうかだろう。

ぶっちゃけ現状で両方を使いこなせてるのはナナだけだと思う。

それでもナナの発見は投擲スキル持ちにとっては革命的なものだ。投擲武器を身につけたりインベントリから取り出すのは、想像以上に手間なものなのだ。

《瞬間換装》自体は決して入手の難易度が高いわけではないし、投擲スキル持ちにとっては積み得スキルになっていくかもしれない。

「どうしよっかなー」

「ナナ、それパッシブスキルよ。どうせ今は《影縫》しか持たないんでしょ？　両手用メイスか素手格闘のどっちか付け替えちゃえば？」

「ぱっしぶ？」

「常時発動スキルってこと」

スキル制のゲームなら、どんなゲームでもアクティブスキルとパッシブスキルの二つのスキルは存在するものだ。

アクティブスキルは、自分の意思で発動タイミングを選べる基本的なスキルの事。アーツを使えるスキルはだいたいこれに当てはまる。

逆にパッシブスキルは、ステータスや耐性に関わるような常時発動型のスキルの事である。

例えば、《片手剣》スキルを熟練度１００まで上げると、「片手剣装備時攻撃力１．１倍」というスキル効果が発動する。

これは装備さえ付けていれば常時発動しているタイプなので、パッシブスキルに当たる訳だ。

逆に《スラッシュ》のような能動的に発動するアーツは、完全なアクティブスキルと言えるだろう。

「と言うかナナはパッシブスキルくらい知ってるでしょうが」

「えへへ」

私が突っ込むと、ナナは照れくさそうに笑った。

ナナにだって、私と一緒にどれだけのゲームを制覇してきたかもわからないくらいにはゲームに傾倒していた時期があるのだ。ゲーム知識に関してはそれなりにあるはずである。

まあ、あの頃は私がやらせていただけってところがあるから、あまり意識していなくても無理はないけど。

「ん？　リンちゃん、これってもしかして……」

「ええ、今のナナにピッタリでしょ？」

スキルの効果を確認したのか、驚いたような表情を浮かべて私のローブをちょいちょいと引っ張るナナに、私は少し得意気な笑みを返すのだった。

『効果を見せなさい』

『二人して意味深なのいくない！』

『詳細はよ』

『はよ』

「えーっとねぇ、こんな感じ」

『ほーん』

『使えるんか……？』

『解散！』

「あんたらねぇ……」

自分から見せるようにせがんできたリスナーの手のひら返しに、私は思わずため息をついた。

＊＊＊

『……くっ、ここまでか』

膝をつき、そんなないかにも力及ばずだったみたいな雰囲気を出すセイレーンの騎士の一人、《リネット》。

実際には私たちにタコ殴りにされて為す術なく倒されてるんだけど、若干そういう演技に酔ってる感じの厨二病騎士っぽいので突っ込むのは流石に可哀想だった。

そして何より、ＨＰが全損してなお死ぬ事なく言葉を遺そうとするその気概に免じて聞いてあげることにした。

『よくぞ我らセイレーンの騎士を討滅した。……しかし努努《ゆめゆめ》忘れるな。我らは所詮数合わせ、真なる騎士たるかの御方より任命されただけの偽りの騎士であると』

「《デッド・ウィンド》！」

『ぐわあああああああああっ！』

私が放った上級風魔法の《デッド・ウィンド》を受けて、ちゅどーん！　という若干ギャグ調な効果音と共にリネットは消えていった。

「リンちゃん、いいの？」

「ああ、うん。多分また難易度が上がるって話だけだろうし、なんかどの騎士も似たようなこと言うみたいだから」

「ああ、もう情報出てるんだ」

「そゆこと。むしろ私たちが時間かかりすぎなのよね」

九人の騎士を倒し切った段階で、「真なる騎士」とやらの情報が明かされるのは初日の時点で既出の情報だった。

私たちは九人目となったリネットを倒すまでに十二ミラージ三ハッシュとサーバーⅣに出やすい騎士たちが随分ダブったので、もう二日目も終わりに差し掛かろうというこのタイミングでやっと聞けた訳だけど。

というかミラージが出すぎなのだ。もう少し均等に出てくれないと飽きが来るという話である。

「ま、真なる騎士とやらとは別にモンスターハウスっていう難易度上昇要素も出たし。まだまだ仕掛けはあるんでしょうけどねぇ。ま、ナナのお蔭でモンスターハウスを潰せる分効率は上がってるし、今日はこの辺りにしておきましょ」

「うぃっす」

ナナから聞くのは珍しい返事が返ってきて、思わず私は立ち止まる。

「何それ」

「リスナーの人がよく使う返事みたいなやつ」

「ふーん……可愛いからありね」

『それでいいのか』

『うぃっす』

『ウィッス』

『うぃっす』

『かわいい』

「ナナに変なこと覚えさせないでよね」

そうはいっても、リスナーのコメントを拾っていると、何ともいらない知識を拾ってきてしまうのはあるあると言えばあるあるだ。

ナナがそういうのを拾ってくるとは思わなかったけれど、配信中はちょこちょこリスナーのコメントを読んでるみたいだし、案外楽しんでストリーマー生活を送っているのかもしれない。

今日は私が配信してるからナナは配信自体はしていないけど、明日はナナの視点で配信する日だ。

私のリスナーとナナのリスナーは近いようで遠

い。配信主の私たちが近いから自然とリスナーは被るけれど、それでも片方の配信しか見ないリスナーというのは存外に多いものだ。

例えばチーミングゲームのプロチームでも、ある特定のエースプレイヤーだけがとても人気があり、残りのメンバーがぼちぼちの人気で落ち着いているということもある。

しかしその残りのメンバーに対する熱烈なファンがいたりもする。ＦＰＳで得意武器が同じだとか、使っている武器が好きだとか。

例えばナナであれば鬼人族というビジュアル面がひとつ、打撃武器を使うという配信者でもやや珍しい部分がひとつ、人間離れした戦い方がひとつ、投擲の上手さ、若干配信慣れしていない初々しさ、ｅｔｃｅｔｃ。

そう言った要素を組み合わせて、初めて固定のリスナーというものは生まれてくる。

私は自他共に認めるリスナーの多さを誇るゲーマーではあるけれど、私のプレイは基本的にナナのような奔放なものではない。

そういうのを望んでいるリスナーからは、ナナの視点の方が楽しめたりするだろう。

「とりあえず今日はこの辺で切り上げましょ。時間も時間だし、明日からも長いからね」

「うぃっす」

「それじゃあお疲れさま。みんなちゃんと夜は寝るのよ？」

「お疲れ様でーす」


『おつ』

『おつ』

『おつー』

『おつおつ』

『おちゃ』

『お疲れー』


【モンスター】星屑の迷宮攻略スレ7【ハウス】

1：ベラルーシ
このスレはダンジョンイベント：星屑の迷宮に関する攻略スレです。攻略に関わる情報、イベント進捗などイベントに関わる内容ならなんでも好きに話し合え～。

――

129：パパイヤ佐藤
結局モンスターハウスは二日目から追加された要素なんかね

131：メシア
＞＞129
まあそうだろ
一応雑魚しか湧かないみたいだし、六人パーティでガッチリ固めれば突破はできるってドラゴさんが証明してたじゃん

132：嵐
ドラゴとかいうクソ廃人基準に話進めるのやめろ

134：ティビティ
ドラゴンファングのリーダー、最近レベル75超えたらしいっすね……（震え声）

135：アロイ
ひぇっ

137：ノブテツオサム
ひぇっ

138：メシア
でもドラゴさんってめちゃくちゃ堅実じゃん全プレイヤーで一番参考にすべきプレイヤーだと思うんだけどな

140：ノブテツオサム

>>138
プレイ時間以外は同意

143：モモモン
今のところモンスターハウスは物量をなんとか突破できれば報酬ゲット、出来なければ六時間ロス確定のクソトラップやな

144：乱回胴
ウチも結構痛手を負わされました

145：クロポン
HEROESの公式がやベー動画上げてんだけど
【星屑の迷宮：モンスターハウスソロ攻略】

146：ミミ
>>144
円卓の騎士さん!?
何してんすかこんなとこで！

147：アロイ
>>145
ネタかな？

148：メシア
>>145
ソ……ロ？

149：海の子
>>145
攻略（攻略したとは言ってない）

150：クロポン
いいから見ろ
見ろ（震え声）

151：マノウォー

>>145
これちょっと前スレで話題に上がってたリンネの配信のやつ？

153：ファーラウェイ
>>151
ああ、そういやなんかあったな
スクナたんがなんかやらかしたんだっけ？

155：マノウォー
>>151
スクナたんがひとりでモンハウに閉じ込められて全員倒して出てきたとかいう眉唾
配信中でアーカイブ見れんからそいつの妄言ってことにされてた
ところで二人が配信終わったのつい十分前くらいなのになんでもう動画上がってんの??
プレイアーカイブにしても早すぎね？

158：ペガサス星光
>>155
そらもう量子コンピュータ様を使ってエンコも一瞬よ

160：ファーラウェイ
>>158
有り得なくなさそうなのやめろ
まあ見てみるかぁ

161：ヒノデマル
あの黒い武器かっこよくない？
ワイも欲しい

162：てつど
>>161
じゃあまず筋トレだね（はぁと）

163：ヒノデマル

>>162
なんで？

164：てっど
>>163
要求筋力値200超えだよ（ボソッ）

165：ヒノデマル
>>164
桁がおかしくない？

166：てっど
>>165
だってオバヘビ製だもん
誰製かわかんねんだよなぁ

168：マノウォー
161～166
ここまで三十秒ってマ？

169：てっぺんヒミコ
廃人どもめ……

170：ファーラウェイ
なんつーかうん、まだ始まって五分くらいなのに何が起こってるのかわかんなすぎる

171：アロイ
うん、わからん

172：てっぺんヒミコ
スクナたそどっちかと言えばスピードキャラのイメージだったんじゃがパワーがえげつないのぅ

173：メメメ・メメメ・メメメル
スクナさんの話と聞いて駆け付けましたどうもメグルです

174：アロイ
鬼人族が集まり始めて草
専用板あるのにｗ

175：ファーラウェイ
どうしてこう……この子は部位破壊をこんなにも容易く行うのか

176：輪舞曲
いやこれ武器の性能やばくねぇか
どちゃくそ強いやん

177：嵐
＞＞175
「ＷＬＯはノーマルモンスターも精巧に作り込まれてるから、凄い壊しやすいんだよ」
ナナペディア参照

178：悪いスライム
オーバーヘビーメタルはクソ重なのを除けば現行最強の金属だゾ
でも確か、オーバーヘビーメタルって鍛冶スキルの中でも打撃武器をみっちり作り込まないと精製出来ないはずなんだよな
打撃武器に造詣が深い鍛冶師っつーとクロガネ氏だがあの人今グリフィスだしなぁ

179：ドラッキ
＞＞177
倒すじゃなくて壊すって表現なの震えるわ
ところでナナペディアとは？

180：てっぺんヒミコ
ナナペディア知らないとかエアプじゃな？

181：メメメ・メメメ・メメメル
＞＞178

クロガネ氏とはこの間お話ししましたが、残念ながら知己ではないそうですね
ただ、製作者のことは知っているようでした
教えてはいただけませんでしたが

182：嵐
＞＞179
元々リンネウィキの一部にリンネの発言を元に作られてた架空の親友ナナの伝説を纏めたページがあった
まさかのモノホンが現れた上にリンネの言葉が嘘ではなかったことと本人の無自覚な暴れっぷりから専用ページとして隔離されてナナペディアと呼ばれるようになったらしい

183：悪いスライム
＞＞181
なるほろ
しかしまあ貴重なオバヘビを金棒に仕立て上げるなんて勿体ないようなむしろそれしかないような

184：てっぺんヒミコ
十分でモンスターの群れが半壊しとる……こわ……

185：ドラッキ
＞＞182
架空の親友で草生える
スクナたんみてるとなんかプログラムされたAIとか言われた方が納得いくけどな

186：メメメ・メメメ・メメメル
しかし、本当にいい武器ですねアレ
多分攻撃力以外のリソースを一切排除してるのかな
片手用の金棒というシンプルな形状もリソース的には極小で済みますからその分武器性能

に振ってるのかも

187：ファーラウェイ
＞＞182
ナナペディアに行くとナナの名言集見れて楽しいよな

188：輪舞曲
＞＞186
そっか……武器のリソースなんてのもあるんだ
ヘビメタのあの漆黒感大好きなんだけど刃物に使えないからなぁ泣
金棒使いなんてスクナたんしかいないしただの金棒がもはや専用武器扱いでちょっと羨ましいぞ

189：てっぺんヒミコ
昨日の配信でイベント武器に金棒がないって寂しそうな顔しとったぞ

190：ドラッキ
草

191：パパイヤ佐藤
草

192：悪いスライム
草

193：メメメ・メメメ・メメメル
草

194：乱回胴
草

195：ファーラウェイ
草生えるわ

しかし今回のイベ武器、ちょっと悪用できそうだよな

196：嵐
＞＞189
金棒に取り憑かれてますねこれは

197：アンカ
＞＞195
スクナたんの必殺技だよね

198：乱回胴
悪用とは？

199：てっぺんヒミコ
ゴブリンの目を抉って嬉しそうにしてるスクナたんかわいいんじゃぁ……

200：メメメ・メメメ・メメメル
てっぴみさん……

201：ファーラウェイ
＞＞197
そゆこと
＞＞198
イベ武器の耐久は初期武器と同じ
フィニッシャー
トリリア相当の火力
あとは分かるな？

202：てっぺんヒミコ
てっぴみ!?
てっぴみとかよばれたの初なんじゃけど!?

203：乱回胴
＞＞201
理解しました
うーんそれにしても凄い。マスターならこれ

と同じことできるかな……

204：嵐
スクナたんみてると打撃武器もありだなって感じてしまう
剣で部位破壊ってなると結構難しいんだよね

205：メメメ・メメメ・メメメル
斬撃武器は出血を起こしやすい分部位破壊値は低めですね

206：てっぺんヒミコ
結局スクナたんが急所やら弱点やらを正確無比に狙い続けるバケモノなだけじゃからあんま気にせん方がええぞ
何があの子をあそこまで容赦ない急所狙いに駆り立てるんじゃろうか

207：てっど
>>203
君んとこのマスターもだいぶ人間やめてるからね……

208：ファーラウェイ
結局二十五分でケリつけたな
分間四体チョイと考えると無理ではないか……？

209：メメメ・メメメ・メメメル
私も見終わりました
これを攻略と呼ぶのはちょっと無理ですね

210：嵐
>>218
理論値なら無理じゃない理論やめろ
スクナたん見てると投擲ってぶっ壊れスキルに見える
ホブゴブ弓兵倒した時のアレ肝が冷えた

一体どのタイミングで狙われてるって気づいてたんだろ

212：てっぺんヒミコ
後半流石に動き鈍ってたのぅ
そこまで見越して前半で壊しまくってたんじゃろか

213：アンカ
>>210
言葉を聞く限りでは割とずっと警戒してたっぽい
どのタイミングで姿を視認したのかはわからんけど……
投擲スキル自体は有用だから練習してもいいんじゃない？
魔法あったらいらんけど

214：アロイ
ホブのハイ系職業普通に強いから嫌い
ゴブリンらしからぬ強さ

215：乱回胴
エリートのクソさに比べたらマシですよ

216：メメメ・メメメ・メメメル
エリートは私も苦手です。単発限定とはいえ上級魔法当たると詰むので

217：ファーラウェイ
ゼロノアの話？
エリートとか見た事ないぞ

218：嵐
ごめん安価ミスった
>>218は>>208宛てな

219：てっぺんヒミコ

＞＞216
童子は大変じゃのぅ
魔防型は魔法が気にならんぶん普通のゴブリンが痛いんじゃ

220：レイジングスピリッツバスター
所でこの宝箱の中身ってなんだったか分かる？

221：ファイナルディザスターレイ
モンスターハウスをひとりで殲滅した化け物の話はここですか？

222：トルネードスラッシュNEO
俺様参上！

223：アロイ
厨二病は帰ってどうぞ

224：マノウォー
ちょい離席してた
そのPN辛くないの……？

225：てっぺんヒミコ
仲良し厨二軍可愛いのぅ

226：メメメ・メメメ・メメメル
＞＞224
名前は人それぞれですから
＞＞220
先程並行してリンネさんのアーカイブも見てましたけど、どうもレアスキルと大量の星屑の欠片が手に入ったみたいですね

227：マノウォー
ドラゴさんの時はイベ武器交換チケみたいなのだったらしいけど

228：ファイナルディザスターレイ
モンスターハウスクリア報告って現状いくつあるんです？

229：嵐
メグルさんとマノさんの話の報酬差でっかいね
クリア人数の差？

230：マノウォー
レアスキルってマジ？
ホントならモンスターハウス頑張らなきゃじゃん

231：ファーラウェイ
＞＞228
ドラゴさんが廃人六人パーティでの安全攻略
スクナたんがソロ攻略（白目）
以上！　解散！

232：リンネ
はいはい話題を投下しに来たわよー

233：ファイナルディザスターレイ
＞＞231
あざます

234：嵐
なっ

235：てっぺんヒミコ
にっ

236：マノウォー
ぬっ

237：乱回胴
ねっ

238：アロイ
のっ

239：ファーラウェイ
やったぜ

240：嵐
完成するの珍しいな

241：リンネ
レアスキルの名前は《歌姫の抱擁》
パッシブスキルで魔法使いよりは戦士向きね
効果は自分で手に入れて確かめなさいな
ついでにあの後モンスターハウスをスクナとふたりで攻略してきたわ。報酬にレアスキルはなかったけど星屑の欠片が二千個くらいと倒したモンスターのレア素材が二つくらい手に入ったわね
モンスターハウスはクリアできるなら美味しいんじゃない？
ふたりで攻略した動画も後で私のチャンネルに上げとくからチャンネル登録よろしくね
じゃ、私はスクナとご飯食べてくるから

242：嵐
情報量と勢いで草

243：メメメ・メメメ・メメメル
しれっとふたりで攻略してきたとか爆弾放り込まれましたけど

244：てっぺんヒミコ
攻略にかける時間次第じゃが確かに効率はよさそうじゃのう

245：アロイ
報酬格差は攻略人数の差ぽいな

２４６：ドラゴ
ふむ、なるほどな
リンネ女史、情報提供感謝する

２４７：ファーラウェイ
＞＞２４５
つってもどの道ソロは無理だな
あんま言及されないけどスクナたんってＳＰ
強化系のレアスキル持ってるっぽいし
それがなきゃどの道ＳＰ切れで死ぬ

２４８：乱回胴
ドラゴさん配信お疲れ様です

２４９：ドラゴ
私としても三人までなら絞れるかと考えてい
た所、二人とは先を越されてしまったな
しかしスクナ女史はとてもではないが１人と
カウントして良いものか……

２５０：メメメ・メメメ・メメメル
このゲームならレアスキルの入手法は別途あ
りそうですけどね。イベント終盤の欠片交換
にしれっと追加されててもおかしくないです
よ

２５１：アロイ
＞＞２４９
わかるよ（わかるよ）
てかリンネの並行詠唱とか考えるとあれで二
人扱いなのもはやギャグでしょ

２５２：てっぺんヒミコ
ドラゴ殿の堅実なプレイは我らの希望じゃよ

２５３：嵐
報酬はモンスターハウスの規模にもよるかも

だし

正直イベントだれるかなと思ってたけどそんなことなさそうだな

☆☆☆

深夜。唐突に目が覚めた。

なんだか、とても頭が重い。

リンちゃんは……よく寝てる。

毎日リンちゃんの指示通りに迷宮を駆け抜けてるだけの私と違って、リンちゃんは配信とかマッピングとかスケジュールの管理まで含めて全てやってくれている。

頭を使うのが得意とはいえ、リンちゃんもきっと疲れてるのだ。

起こすと悪いからと音を立てずにベッドから抜けて、そのままベランダに向かう。

大きな部屋の割には狭いように思うけど、それでも広いベランダの欄干に両手を置いて、眠らない街の光を見下ろして。

涼し気な風が吹いている。

夜風に当たりたかった。

そして、ぼんやりと空を眺めたかった。

こうして空を眺めていると、昔の事を思い出す。

遠い、遠い……色褪せた記憶。

リンちゃんに出会う前の、虚ろな記憶を。

私の記憶は、実の所とてもまばらで精度に欠ける。

そんなことに気づいたのはごくごく最近で。

赤狼アリアと戦って以来だろうか。睡眠をとるたびに、私は覚えていない記憶を呼び起こされてきた。

特に記憶が朧《おぼろ》げなのが、小さい頃と十五歳前後の記憶。

その中でも、最近思い出したのは小さい頃の記憶の方だ。

それは、私の原点とも呼ぶべき記憶で。

リンちゃんと出会う少し前から、リンちゃんと本当の意味で仲良くなった時までの記憶だった。

昔の私はよく笑う、好奇心旺盛な子だった。

三歳から十五歳までの私しか見た事がない人なら、そう言っても絶対に信じてはくれないだろう。

最近の私しか知らない人なら、ちょっと意外だと思われるくらいで済むかもしれないけどね。

今と、ちょっと前と、小さい頃と。

我ながらよくここまで差異が生まれるものだと思うほどに、私は別人のように変化してきたように思う。

今更なことだけど、私の体は他人とは違う。

人間の形をした何か。そう言われた方がしっくりくるくらいに、私の身体の作りは人間離れしている。

身体能力も、反射神経も、五感の鋭さも、生物としての機能そのものが常軌を逸している。

私はずっと、それをどうにか抑えながら生きてきた。

初めてお母さんを壊してしまった時から、ずっと。

昔から、物を壊すのが好きだったんだ。

おもちゃを力ずくで引きちぎったり、叩いたりしてみたり。

虫を握り潰してしまったり。

積み木をひしゃげさせて、ささくれで手を血だらけにしてしまったり。

私は幼少期からそれだけの力を既に持ってしまっていて、それは緩やかな破壊衝動として周囲に牙を剥いていた。

それこそ、物心がつくかつかないかという幼い期間を、私はひたすら壊す事ばかりで過ごしていたのだ。

お父さんとお母さんは、そんな私を見て心配してくれてはいたけれど、怒ったりはしなかった。

二人にとっても、初めての子供。どのくらいが「普通の子供」の範囲であるのかがわからなかったからしい。

私の破壊行為は二歳に上がる頃には家電にも及び始めていたけれど、それでも幸いなことに家の外までは及ばなかった。

それも含めて、二人は黙って私を見守っていてくれたんだと思う。

そして、事故は起こる。

そう、あの日は久しぶりに両親と一緒に三人揃ってお出かけの日だった。

大好きな両親とのお出かけで、私は嬉しくて。楽しくて。

お母さんと繋いだ手を、思わずぎゅっと握りしめて。


ぱきゃっという何かが壊れるような音と共に、生暖かい液体が弾け飛んだ。

それはとても綺麗な赤色で、とても温かい液体で。

それが潰れてしまったお母さんの手から飛び散った鮮血だと気づくのに時間は要らなかった。

痛みでうずくまるお母さんと、駆け寄ってくるお父さんと、救急車の音と、突然の惨事に対する喧騒が印象的だった。

怖い。そう感じたのは、生まれてから初めてのことだった。

自分の力が、大切な人を壊してしまうものであると……そう気付くのに十分なほど、私の力は既に人の域を超えていて。

私はその時初めて、物を壊すということがどれほど愚かで恐ろしい事なのか、幼いながらにぼんやりと理解したのだ。

その事故以来、私は物を壊さなくなった。

何が壊していい物なのかが分からなくなったからだ。

人にとって大切な物はそれぞれ違う。

朧げながら、そんな事実に気がついたから。

そして何よりも、大切な人を壊してしまうのが怖くて怖くて仕方がなくて……幼い私はこう思ったのだ。

「なんにも触らなければ、壊れてしまうことはない」と。

力が制御できていたのなら、ここまで極端な思考には至らなかったのかもしれない。

けれど、私は自分の力を制御できるほど大人ではなかったのだ。

それからの私は、世界への興味そのものを閉ざした。

好奇心はなくなった。

欲求を捨て去った。

食事も給水も、与えられない限りは行わない。

唯一睡眠を除いて、私は自由意志というものを捨て去った。

そんな私の姿を見て、お父さんとお母さんがどう思っていたのかはわからない。

けれど、二人はそんな私に愛を注いでくれていた。

とても悲しそうな顔で、物言わぬ人形と化した娘を、それでも愛してくれていた。

それでも、私が拒絶してしまったせいで、私と両親との間から触れ合いというものはなくなって。

互いが互いを愛するが故に、私たちの間には歪な親子関係が生まれていった。

生まれてから二年と半年ほど。

それが、私が人形になるまでに過ごした、最も人間らしかった期間だった。

それから半年。何もしないままに過ごした期間で、私の情動は完全に停止していた。

成長はしていた。忌々しい事だけれど、身体能力はより強くなっていた。

それでも私の心は、どこまでも冷たく凍りついていた。

それでいい。私はこのまま死ぬまでそう過ごすのだと。

心の凪《な》いだ世界の中で、どこか心地よささえ感じていたように思う。

そんな停滞した環境をひっくり返したのは、お父さんとお母さんだった。

ほとんど一年ぶりに外出をした私が連れていかれたのは、二人の友人のお家。

テレビでしか見たことがないような大豪邸。鷹匠家のお屋敷だった。

その豪邸を見たからと言って私の心が揺れ動く

様な事はなかったけど、決定的だったのはその後の話。

それこそが、鷹匠家の令嬢との出会い。

すなわち、リンちゃんとの出会いだった。

幼い頃のリンちゃんは私よりも少し背が小さくて、私がこれまで見た人間の中で最も脆くて儚い生き物だった。

いつでもどこでも楽しそうで、元気いっぱいの女の子。

人形のように何もしない、面白みのない私を押し付けられても、文句一つ言わずに色んな場所に連れ回してくれた。

その小さな、ぎゅっと握られる手のひらの温度が、とても温かく感じたのを覚えている。

昔から運動音痴だったリンちゃんはそれでも外で遊びたがったし、よく怪我をする子供でもあった。

遊具を使って遊ぶ時も、普通に走り回って遊ぶだけでも、必ずと言っていいほどリンちゃんは怪我をした。

最初はそれを見ていてもなんとも思わなかったけれど。

リンちゃんが怪我をするなと傍目から見ていてわかった時に、助けなければと思うようになって。

その度に、お母さんを壊してしまった時の赤い色が脳裏に浮かんで、私の体は動かなくなった。

リンちゃんを壊したくなかったから、私はどうしても自分からリンちゃんに触ることができなかったのだ。

それでも、助けたいと思うくらいには私の心は揺れ動いていて。

壊したくないと思うくらいには、リンちゃんの事を大事だと思うようになっていて。

ゆっくりと、ゆっくりと。

凍ってしまった私の世界は、リンちゃんの手のひらの温度で溶かされていった。

色のない世界が色付くように、世界が色彩に溢れていく。

私ひとりでは何一つ考えることもままならない

というのに、リンちゃんに連れ回される世界はその全てが光って見えて。

その手のひらから伝わる体温が、お日様よりも温かく思えて。

気付けば私の世界には、リンちゃんという太陽が燦々と輝いていたのだ。

リンちゃんと触れ合うために、私は自分の力を完全に制御下に置けるようになった。

どんなに窮屈な生き方だとしても、リンちゃんの傍に居たかったから。

例え自分の命を散らす事になったとしても、自分の命なんかよりも遥かに大切な存在だったから。

リンちゃんと仲良くなった後。あの犬からリンちゃんを守れた時、私はとても嬉しかった。

忌々しいとしか思わなかった自分の力に、初めて感謝する事ができた。

そして誓ったのだ。

この力の全ては、リンちゃんの為に使おうと。

そして、多少力の制御ができるようになって、再び両親に触れられるようになったおかげで、気づいたこともあった。

私は両親から愛されていた。あの惨事を経てもなお、一瞬たりとも両親から嫌悪という感情を向けられてはいなかったのだ。

どれほど歪な関係であったとしても、二人から無償の愛を注がれていたのだと。

そして、私は両親を何よりも愛していたのだと。

そんな当たり前の感情を、ようやく理解できたのだ。

戻らないものもある。けれど、これから積み上げられるものもある。

私はリンちゃんと同じくらいに、お父さんとお母さんの事を大切に思っていた。

私の世界には、お父さんと、お母さんと、それからリンちゃんの三人だけが居て。

その三人さえ居てくれれば、どんな事があっても私は幸せで居られるんだと思っていた。

だから…………?

☆☆☆

ベランダで、バタンと。

何かが倒れる音がした。

☆☆☆

「今日は一段と賑わってるわねぇ」

嬉しさ半分ため息半分のリンちゃんの言葉に、頷くことで同意する。

早朝にフィーアスへと降り立ったはずの私たちは、まだ六時過ぎだと言うのにいつもの倍は混雑している門の前に立っていた。

イベントの八日目。

このダンジョンイベントもようやくロスタイムに入ったと言うべきか、佳境に入ったと言うべきか。

金土日という追い込みの三日間、街はいつも以上に賑わっていた。

社会人に学生に、今夜あたりから混雑はピークになるだろう。

ともかくここからは星屑の欠片集めも正念場だ。今日も気合を入れて周回を頑張らなきゃ。

「ナナは大丈夫？」

「うん。ログインしたらスッキリした」

ほとんど何も覚えていないんだけど、どうも私は今朝ベランダで寝ていたらしい。

夢遊病かな？　と思ったけど、夜風に当たりたくてベランダに出たのは覚えてる。

まあ私の事だから風が気持ちよくて寝てしまったんだろう。公園のベンチでいつの間にか夜だったこともあるし、よくあるといえばよくある事だ。

とはいえ朝は少しぼーっとしてたから、リンちゃんが少し心配してくれてるみたい。

『なんかあったの？』

『体調悪いなら寝て』

「んー、ベランダで寝ちゃってねー」

『風邪引くぞ』

『体調悪い説』

『お庭じゃないんだ』

『リンネハウスのベランダ広そう』

『ベランダにプールありそう』

「あはは、みんなが想像してるほどは広くないと思うよ」

最初の方はリンちゃんだけがやっていた配信も、余裕が出てきた辺りから私も一緒にするようになった。

私の視点というのも割と需要があるらしい。

リンちゃんの四分の一もいないけど、それでも私の配信を見てくれている人はそれなりにいる。

イベントが始まってすぐあたりは私もなんかこう興奮しちゃってまともじゃなかったし、落ち着いてきてようやく配信ができるという感じなのだ。

「今日辺りからもう一段くらい難易度上がりそうだよね」

「そうねぇ。難易度上がる条件も未だによくわからないけど」

モンスターハウスの追加から先、今週に入ってから目立った難易度の上昇はほとんどない。

いくつかの即死トラップが追加されたくらいで、その即死トラップもすごくわかりやすく設置されているから引っかかる方が間抜けなだけだ。

ただ、モンスターハウスの数はかなり増えた。

具体的には一周毎に二部屋以上はある感じで、だいぶ頻度が上がってきたように思える。

小部屋でも一部屋潰せばボス戦一回分くらいの収穫は得られるので積極的にクリアしているけど、レアスキルは最初の大部屋以来ドロップしていない。

レアスキル《歌姫の抱擁》。かなり特殊な条件下で発動する代わりに、その効果はレアスキルの名に恥じない強力なものだ。

《餓狼》の様にデメリットがあるタイプではなく、

発動条件自体が特殊なタイプ。

その効果を発動できたことは未だないけれど、このスキルに関してはプレイヤーによっては完全に死蔵してしまう事もありうる。

私はこのスキルを発動できるであろうスキルを持っているけれど、もし仮にそれが発動する事があるとすれば、それこそ赤狼アリアクラスのモンスターとの戦いになると思っていた。

「それじゃあ行こっか」

「そうね。今日もがんばりましょう」

リンちゃんと視線を合わせてから、私たちは門を潜った。

門の先に広がるワープゲートとでも言うべき不思議空間を通るのはほとんど一瞬のことだけど、その刹那の時間に空間そのものが大きく揺らいだ。

「きゃっ！」

「リンちゃん！」

揺らぎに飲まれそうなリンちゃんの腕を、咄嗟に掴んで抱き締める。

揺らぐ空間の中を振り回される。私もリンちゃんも声を出すこともできず、まるで無重力空間のように不安定な世界の中で翻弄される。

一瞬の浮遊感の後、リンちゃんの下敷きになる形で私たちはその空間から放り出された。

「……えっ？」

目に映ったのは、ダンジョンの天井。

そして数え切れないほどのモンスターと、あまりに広すぎる部屋の造りだった。

ほとんど無意識に《影縫》を抜き、リンちゃんを守るようにモンスターの動きを精査する。

本来ならばセーブポイントを通してダンジョンへと入るはずなのに、私たちが落とされたのはダンジョン内部。

それを囲むのは百を優に超える、数えるのも馬鹿らしくなるほどのモンスターの群れだ。

つまり私たちが落とされたのは、ローグライクゲームなら最悪クラスのトラップフロア。

すなわち、フロア全域がモンスターハウスのパニックフロアである。

「《エレキバリア》！」

リンちゃんも一瞬で状況を理解したのか、最初に発動した魔法は《エレキバリア》という雷属性の上級防御魔法だった。

視線を合わせる必要さえない。アイコンタクトなんてなくとも、私とリンちゃんはやりたいことがハッキリと分かっているから。

「飢え喰らえ、狼王の牙！」

だらだらと構えている余裕はない。

私は《餓狼》の起動を行うと同時に、目の前のメタルベアに向かって思い切り《影縫》を投げつける。ぐしゃりと音を立ててメタルベアの頭を貫いたのを確認してから、一瞬で死体と化したソレを踏み台にして飛び上がる。

空中で《瞬間換装》。両の手に合わせて四本の投げナイフ。それを、先程見渡した中で厄介そうだったモンスター目掛けて放つ。

当たる。それがわかっている以上、結果をいちいち見ている暇はない。

着地点にいたキラビットを踏み潰し、死体が消えたことで地面に落ちようとしている《影縫》をキャッチする。

「おりゃぁ！」

《影縫》を掬い上げるように振り上げ、プチゴーレムを吹き飛ばす。殺すのではなく、あくまでも吹き飛ばすのが目的だ。

これは言わばプチゴーレム砲。狙うはモンスターの群れの奥に隠れているモンスターだ。

最初にざっと見ただけでもホブゴブリン・ハイアーチャーが八匹見えた。

アレはモンスターハウスの中でもぶっちぎりに厄介なモンスターだ。目を潰すか指を落とさない限り、常に狙撃の恐怖と戦わなければならない。

先程の投擲で目を四つ潰し、リンちゃんへの射線が通っているのは二体。そのうち一体は今のプチゴーレム砲で潰せたはずだ。

もう一体は一番近くにいたやつだから、普通に殴り殺しにいける。相手もそれは分かってるだろうから、おそらく今は必死に逃げているはずだ。

残りの二体はかなり奥の方に見えていたから、しばらくは問題ないだろう。

冷静に状況を分析しながらも動くのは止めない。リンちゃんの露払いをするように、《影縫》を振るって三体のモンスターを消し飛ばした。

「でりゃあああああっ！」

《影縫》を振るう。振るう。振るって振るって振るいまくる。

一体一体丁寧に頭蓋を砕いてやれば、一瞬にしてポリゴンへと変わっていく。

二日目のモンスターハウスから先、上がったレベル分のボーナスを全て筋力に注ぎ込んだ私の筋力値は既にあの頃の比ではなくなっている。

ボスとの連戦、モンスターハウスの連続踏破。わずか五日で20レベル近いレベリングを行った私はレベルにして70を優に超え、筋力値はついに300の大台に乗った。

打撃武器スキルの熟練度が300を超えたことによる武器攻撃力倍率の上昇も相まって、今の私は、もはやあの時の私とは一線を画す火力を得ているのだ。

それに加えて餓狼の発動。そもそも前回は餓狼を発動していなかったから、その時点で火力は一・五倍だ。そこに諸々の上昇値が纏めて乗るから、ざっと見ても当時の二倍は優に超えていた。

ただでさえ、ほとんどのモンスターは適正レベルが50に満たないフィーアス周辺のモンスターだ。もはや部位破壊の必要さえない。

クリティカルヒットひとつで敵が消し飛ぶほどに、このレベル帯での私の火力はぶっ飛び始めていた。

とはいえ、ホブゴブリン・ハイアーチャーに限らず強力なモンスターも混じっているのがモンスターハウスというものだ。

規模が大きくなればなるほど、モンスターの強さも玉石混淆になっていく。

まずは厄介な飛び道具持ちを殺しつつ、モンスターの総数を減らす必要がある。

そのためには私以上に、リンちゃんの魔法が必須だろう。

リンちゃんは多くの魔法を使い分ける知恵も知識も実力もあるけれど、本来のリンちゃんのステータスはガッチガチの魔法特化。

すなわちリンちゃんは、広域殲滅型の魔法使いなのだ。

私が十数体のモンスターを屠った瞬間に、リンちゃんの歌声が響いてくる。

エレキバリアによる守りは強力だが、長時間は持たない。

私がある程度のヘイトを稼いだことを見越して、リンちゃんは詠唱を始めたのだ。

指揮をするように振るわれる両腕で描く補助魔法と、全二十節に及ぶ歌で奏でる上級雷魔法。

使い勝手のいいライトニング・バリスタとは異なる、言わば最高に使い勝手の悪い、雷魔法の問題児。

「《ライトニング・ボルテックス》！」

大きな声で、リンちゃんはその魔法の名前を叫んだ。

魔法を放ったリンちゃんを中心に、文字通り雷撃の大渦《ボルテックス》が広がっていく。

降り注ぐのではなく、術士を中心に拡散する雷撃の嵐。

リンちゃんほどの魔法使いでさえＭＰの三割以上を消費してようやく放てるほどの魔法は、リンちゃんの周囲のみならず全方位へと破壊の嵐を吹き散らした。

周囲にいたモンスターの中にそれを耐えきれる魔防の持ち主はおらず、リンちゃんは半径二十メートルほどのモンスターを消し飛ばした。

私が稼いだヘイトよりも遥かに大きなヘイトを一瞬で稼いだリンちゃんにモンスターの視線が集まる。

その僅かな空白の時間で、私はモンスターを踏み台にしながらこの群体を飛び越えた。

フロア全体に広がるタイプのモンスターハウスは、その実全てのモンスターがプレイヤーに対してヘイトを向けているとも限らない。

特にここにいるモンスターはモンスターたち自身の密度が尋常ではない関係で、そもそもプレイヤーの存在に気づいていないモンスターが存在するのだ。

その中に、居るか居ないかでモンスターハウスの難易度が遥かに変わる非常に危険なモンスターを見つけてしまった。

幸いにしてまだ私たちに気がついていないソレを狩るために、私はリンちゃんの傍を離れてまでモンスターを乗り越えたのだ。

「せりゃあ!」

空中で逆手に持ち替えた《影縫》を、流星の如く投擲する。

轟音と共に風を切って進む《影縫》が貫いたのは、ローブを纏ったヒトガタ。

綺麗に頭を吹き飛ばしたおかげで、幸いな事に何一つされることなく倒す事ができたようだった。

「よっしゃ!」

今のモンスターの名前は《ロールプレイヤー・タイプバッファー》。第六《ゼロノア》の街から先のダンジョンに現れるという、名前の通り厄介なバフスキルを使ってくるモンスターだった。

《ロールプレイヤー》というモンスターは、本来ならば四体一組で出現するパーティモンスターだ。タイプウォリアーなら戦士、タイプマジシャンなら魔法使いと言った具合にそれぞれが別の役割《ロール》を持つ。

ぶっちゃけて言えば、単体性能で見ればゴブリンの上位互換のようなモンスターなのだ。

ゴブリンと違う点はその体が人形であり、良くも悪くも機械的な思考しかしないこと。

戦いとなれば情け容赦はなく、ゴブリンにありがちな甚振《いたぶ》るような行為もない。

常に命を狙ってくるキリングドールである。

これがバッファーになると、MPが尽きるまでひたすら支援魔法を連打するクソモンスターとなる。

それでもパーティで出現するのであれば支援魔法をかける対象が限られているからそれほどの脅威ではなくとも、このモンスターハウスという環境においてこの特性は地獄を産む。

膨大なモンスターに延々とバフをかけ続けられる恐怖は、想像よりもずっと怖いものだった。

そんな恐怖体験を思い出しながらも、《影縫》に気を取られたモンスターを足場に武器を回収しに行く。

突如飛んできてロールプレイヤー以外にも数体のモンスターを屠った《影縫》は、良くも悪くもモンスターの気を引いてくれていたからだ。

着地の際に一瞬だけ《メテオインパクト・零式》を取り出して、足元にいたモンスターをスタンピングしてからしまい直す。

そのまま遠巻きに《影縫》を眺めるモンスターたちの間を縫って《影縫》を拾い上げて、勢いのままに目の前のモンスターを吹き飛ばした。

「次ぃ！」

全力で投擲すればそれだけで数体のモンスターを消し飛ばす自分の筋力と《影縫》の威力に震えるけど、まあ気持ちいいしいいかと思い直す。

後ろから飛んできていた魔法を目の前のプチゴーレムを掴んで盾にして防いで、そのまま再びプチゴーレム砲を打ち上げて魔法を使用していたと思われるホブゴブリン・メイジを押しつぶす。

プチゴーレム砲、軽い質量兵器だなぁ。モンスターで野球するのは楽しいんだけど、《影縫》の振り抜きに耐えてくれるのがプチゴーレムしかないのは問題だ。

「……《ボルトアロー・デスレイン》！」

私が面倒なモンスターを処理している間に、リンちゃんがまた広域殲滅用の魔法を発動している。

《ボルトアロー・デスレイン》は、名前の通りボルトアローを雨のように降らせるシンプルな魔法だ。

ボルトアローを初級魔法と侮るなかれ。

知力が高ければ高いほど、魔法の威力は高くなる。

それがたとえ初級の魔法であったとしても、リンちゃんのステータスで放てば文字通りの死の雨が降る。

「わー、えっぐい」

ボルトアロー・デスレインのボルトアローは、操作しようと思えば照準を操作できる。

大体五十から百本。難易度のイメージとしては、それだけの本数の手を同時に操るような感じだ。

普通ならできない。人間は二本しか手がない生物なのだから。

けれど、残念ながら。

そういうのはリンちゃんの得意分野だ。

全ての矢が正確にモンスターの急所を貫き、動きを止めさせる。

一撃で倒せない敵には二発目を。そうでなければ三発目を当てていく。たかがボルトアローだけで、周囲のモンスターに動くことさえ許さない。

リンちゃんの周囲数十メートルは、まさしく不可侵領域の如く。

降り注ぐ雷鳴がダンジョン内に響いていた。

「我、雷を希《こいねが》う」

雷撃の雨の中を歩きながら、リンちゃんは更なる詠唱に入る。

未だに数十本残るボルトアローを正確に操作しながら、リンちゃんが放てる最高火力の魔法を詠み上げ始めた。

「慈雨を切り裂く迅雷、悲劇を織り成す轟雷、実り齎す稲妻の如き御身を謳う」

リンちゃんを中心に魔法陣が広がる。広く、広く、雷属性を示す黄色の魔法陣が広がっていく。

それを止めようと駆け寄るモンスターが、雷の矢で貫かれる。雷の雨は意志を持っているかのように、群がるモンスターたちを寄せ付けない。

それを嫌って遠くから狙いを定める射手は、私がこの手で蹴散らした。

「雷の精霊よ、我が祈りを汝の主の元へと届け給え。雷の精霊王、其の麗しき名はティスタミア」

広大な、それこそドームのように広く大きな部屋の全体に、魔法陣から零れた紫電が走る。

詠唱しながらリンちゃんが掲げたのは、黄色に輝く宝石のような結晶。

その名を《雷の精霊結晶》。

それは、精霊への橋渡しにして精霊王への捧げ物。

雷魔法スキルの熟練度が500を超えた者に許される、代償を払う事で一時的に精霊王の力を借りるための儀式である。

「発動の承認を確認。精霊王との魔力共振を開始」

空気が震える。リンちゃんの姿が揺らめいて見えるほどに、濃密な魔力が停滞していた。

「天秤よ、降りよ！　汝は全てを焼き尽くす裁きの火花なり！」

詠唱は僅かに二節。

空を覆っていたボルトアロー・デスレインは全てが魔法陣へと吸い込まれ、消えた。

嵐の前の静けさの様に、溢れ出る力は全てがリンちゃんの元へと集まった。

この八日間の周回で初めて、リンちゃんはその杖に手をかける。

ネームド素材を使って作られたというその杖を、リンちゃんは決して手に取ることをしなかった。

それはその杖そのものが、動作の全てで魔法を描くリンちゃんにとっては枷であったから。

しかし、こと一撃の火力に全てを込めたいこの瞬間においては、ソレを構えるのに躊躇《ためら》うことはない。

杖の銘は《蒼玉杖》。雷の魔力を増幅するための機構を備えた、リンちゃんに相応しい一本だった。

カン！　と音を立てて突き立てた《蒼玉杖》から、抑えきれない雷の魔力が溢れ出る。

リンちゃんは、すぅと一息大きく吸って。

雷属性魔法、その最上級魔法のひとつ。

その名を、静かに口にした。

「《ジャッジメント》」

全てを焼き尽くす天の炎が、フロア全体を蹂躙した。

最上級雷属性魔法のひとつ、《ジャッジメント》。殲滅力に全てのリソースを割いた、紛れもなく現行最強クラスの魔法の名前だ。

裁きの名を冠した雷は、フロア中の八割以上のモンスターを焼き払った後、静かにその幕を閉じた。

残るモンスターは一割ほど。そのどれもが雷属性耐性が高かったり、魔防が高かったり、その上で運良く生き残れたモンスターたちだ。

「はぇ～……」

思わず呆然としてしまうけど、気を取り直して武器を構える。

リンちゃんは《ジャッジメント》の反動で完全に使い物にならなくなったから、ここからが私の仕事だ。

とは言え、リンちゃんの魔法がほとんどのモンスターを焼き尽くした今、私は一匹ずつ丁寧に潰すだけでいい。

結局リンちゃんが放ったたった三発の魔法で、モンスターフロアとでも呼ぶべきこの大型モンスターハウスは、ほとんど壊滅してしまったのだから。

「ラスト一匹～！」

なぜ生き残っていたのかさっぱりわからないただのホブゴブリンを《影縫》で屠り、モンスターフロアの掃討を終了する。

ぶっちゃけ私、ロールプレイヤー・タイプバッファーを倒さなくてもよかったのでは？

なんて思ってしまったけれど、よくよく考えたらこのゴブリンが生きてたのは魔防バフのせいなのではないだろうか。

もしかしたら私が見逃した範囲にもう何体かバッファーがいたのかもしれない。

複数体に魔防バフを張られても面倒だっただろうし、さっさと倒して良かったと思おう。

それに、《ジャッジメント》を打った後のリンちゃんは《フィニッシャー》なんかよりもはるかに重いデメリットを背負う。

ここで私がいなければ、リンちゃんは結局やられてしまったかもしれないのだから。

それにしても、切り札のひとつになりそうとは聞いていたけれど、途方もない火力だった。

フレンドリーファイアをオフにするアップデートが来ていなければ、私も即死は避けられなかったね。

その様子は、言うなれば雷の津波。

フロア全体を舐め尽くすように、全てのモンスターを焼き払っていったのだから。

「リンちゃん、終わったよー」

「……ありがと。初めて使ったけど、やばいわね……」

へたり込んで疲れ果てた様子のリンちゃんに、魔力ポーションを渡す。

単純な魔力切れだ。琥珀と戦ってSP切れした時に私も相当に気怠い気持ちを味わったけど、私でアレなんだからリンちゃんは尚更だろう。

「しかも一発300万イリス。今回のイベントの稼ぎは半分以上がパァじゃない？」

「ほんとにね……使わなくてもクリア出来たとは思うけど、こうでもなきゃ使うチャンスがね……」

300万イリスと言うのは、《雷の精霊結晶》の時価の事だ。

《精霊結晶》自体が非常に貴重なアイテムで、現状でさえいくつもの用途がある。

武器にすれば強力な属性武器になるし、ただ持っているだけでも魔法の増幅器になるのだ。

現にリンちゃんがこれを持っていたのは、魔法を強化するためだったらしい。

本来なら魔法ひとつ撃つために使い捨てるなんて、あまりにも勿体ない使い方だ。

グリフィスにマイハウスを買えるくらいの値段だと言えばその価値がわかるだろうか。いや、この例えだと言ってる私もわからないや。

それでも、それだけの事をしてでも、リンちゃんにはこの魔法を撃ちたい理由があった。

「でも……これでやっと《雷精霊魔法》スキルが解放されたわ」

「解放条件が『精霊王との接触』なんだっけ？」

精霊王というのが何なのかは詳しくは分からないけど、要はなんか魔法のすごいやつだ。

接触というのは、純粋にフィールドやダンジョンで出会う方法がひとつ。

そしてもうひとつが今のように、最上級魔法の発動を通して精霊王の魔力に触れるという方法らしかった。

「あんなの会えるかどうかなんてほんとただの運でしかないし、だからといって《ジャッジメント》を使おうにもこっちはこっちで発動条件が面倒だし……」

「モンスター百体以上を同時に発動対象に設定しなきゃいけないんだよね。普通のフィールドやらダンジョンじゃ難しいもんねぇ」

魔法に「裁き」の名を冠しているだけあって、威力以上に発動条件がやばすぎる。

百体のモンスターと同時に戦うようなシーンがどこにあるというのか。いやここにあったけども。

他にも使用に必要な魔力量とか、使用後に全ての魔力が枯渇するとか、とにかく殲滅力に全振りした結果、色々とデメリットが多くなりすぎた魔法だった。

その分、詠唱は決して長くないので、儀式を含めても三十秒もあれば発動できる。そういう意味ではむしろ、モンスターハウスを殲滅するための魔法なのかもしれない。

ちなみに他の属性にも儀式を通じた最上級魔法はある。

気になって調べてみたけど、どれもドン引きしたくなるような発動条件と、それに見合った火力を持つ化け物魔法ばっかりだ。

リンちゃんが《ジャッジメント》を使えるようになったのは今回のイベントが始まってからの話で、確か三日目の昼くらいだったと思う。

それ以来リンちゃんは《雷精霊魔法》スキルの習

得をするために、ずっとコレの発動を狙ってきた。

でも、百体規模のモンスターハウスとは最初の一回以来遭遇できなくて、歯がゆい思いをしていたのだ。

だから今回のモンスターフロアへの強制転移は、リンちゃんにとっては僥倖だったという事になる。

「というかナナも餓狼のデメリットでHP削れてるんだから。ちゃんと回復しときなさいよ」

「あ、そうだった」

轟く雷鳴にかき消されてしまったけど、一応餓狼の解除ワードは既に口にしている。

だいたい二分程度の使用だったからHP的には四割削れたくらいだ。

「はぁ……とりあえず宝箱を見てみましょ。30万イリスを少しは補填できるといいんだけど」

「欠片が一万個とかじゃない？」

「妙にリアルな予測はやめてよね」

モンスターハウスのクリア報酬はまちまちだけど、流石にこの規模のモンスターハウスだ。多少は報酬に期待もしたくなる。

私がひとりでクリアしたあのモンスターハウスの報酬がレアスキルと星屑の欠片五千個だった事を考えると、適当に言った数字も案外的を射ているのかもしれない。

「でも豪華な宝箱だねぇ」

「ナナの時のもサビを落とせばそこそこ豪華だったけど、これは別格ね」

そう。この宝箱は大きい。とにかく大きい。

宝箱の口が私の胸元にあるくらい、巨大な宝箱だった。

私じゃ開けても覗き込むので精一杯かもしれない。

「ナナ、開けていいわよ」

「え？　いいの？」

「あの時のお返し。別に誰が開けたから中身が変わる訳でも無いもの」

ああ、そう言えばあの時は疲れていてリンちゃんに任せちゃったんだっけ。

それじゃあ遠慮なく、と重たい宝箱の蓋をぐっと持ち上げると、ゴゴゴゴッと音を立てて宝箱が開いた。

「あら……ふふ、凄いわね」

「ザックザクだぁ」

覗き込むも何もない。ジャラジャラとこぼれ落ちるほどの金銀財宝の山が、どでかい宝箱にめいっぱい詰め込まれていた。よく見ると星屑の欠片も混じっている。

こういうシンプルにわかりやすい報酬だとは正直思っていなかったので、私もリンちゃんも素直に顔をほころばせた。

「あら、これイリスじゃなくて本物の黄金だわ。換金しなきゃ使えないわね。銀……の中にプラチナも混ざってるか。これは宝の山ねぇ」

「宝石とかはものによって結構違うよ。うーん、あんまりレアな感じのはないなぁ」

「まあ、売れるだけ儲けもんでしょう。うーん、それにしても金ばっか……ん？　これは……」

金を掻き分けながら宝箱を掘り進んでいると、リンちゃんが何かを見つけたようで、疑問符を浮かべながらソレを引き抜いた。

リンちゃんが手にしているのはスキルブックのような本ではない。薄っぺらさ的に手紙だろうか？

「《黄金の招待状》……招待状？」

「招待状って事は、どこかに行くのに必要だったりするのかな？」

「うーん……イベントに関係あるのかしら？」

二人で首を傾げつつ、他にもないか掘り進める。

黄金の招待状は、案の定私の分も入っていた。


——

アイテム：黄金の招待状
レア度：ハイレア
黄金の試練への招待状。試練に挑みし者よ、覚悟を持って封を解け。
※このアイテムは、未開封のままボスモンスタ

ーを討伐すると消滅します。

――

「黄金の試練……お金がザックザク？」

「いや、多分違うでしょ。とはいえこのフロアのクリア報酬よねぇ……ボーナスステージの可能性もなくはないかしら」

「でも、覚悟を持ってって書いてあるね。ボーナスならそうは書かないかなぁ」

「ふむ……とりあえず他の報酬を見てからにする？」

「それもそうだね」

考えるのが面倒になったのか、リンちゃんはとりあえず後回しにすることを決めたらしい。

どの道ダンジョンクリアで消滅するような注意文の書き方だし、挑まないという選択肢はない訳だ。

それなら浮き足立っている今よりも、きちんと報酬を確認しきってからの方がいいだろう。

「あっ、やっぱりスキルブックもあるよ」

金をインベントリに掻き込みながら掘り進めていくと、見覚えのある本が一冊入っていた。

「《歌姫の抱擁》じゃないわね。《輪唱》？　一応レアスキルみたいだけど……ああ、これはナナには要らないやつだわ」

「どんな効果なの？」

「MPを三倍消費する代わりに、ひとつの魔法を同時に二発撃てるみたい」

ひとつの魔法を連続で二発撃てる。それはつまり、魔法を発動すると二つになるようなイメージだろうか。

MPが三倍消費されるというのがデメリットだと考えると、単純にこの解釈であってる気がする。

「純粋に火力が二倍になるってことかな？」

「多分。効果が及ぶ魔法の種類には制限もあるし、熟練度上げに影響するのかが気になるけど……とりあえず私が貰うわね」

魔法が使えない私には必要ない物である以上、それに異を唱える理由はない。

それにしても、これまであまり気にしていなかったけど、モンスターハウスの報酬もプレイヤーの貢献度に比例して中身が変わるんだろうか。

二冊出たレアスキルのスキルブックがどちらもその時のMVPに合った物だったのを見て、私はふとそう思った。

「後はあんまりよさげな報酬はないね」

「200万くらいは取り戻せそうだから私としては安心したけどね……」

「まあまあ、100万イリスでスキルを獲得できたと思えば……」

「そうね。それに、何だかんだナナの予想通り欠片は一万個くらいありそうだし。流石に一万個ってなると半日分くらいはいっぺんに稼げちゃったわね」

「後は《黄金の招待状》をどうするかだねぇ」

私は再び先程の手紙を取り出すと、封を開けないままそれを眺める。

開封すれば消えてしまうけれど、開封しなくてもボスを倒せば消えてしまう。

で、あるならば。

試練に挑まないという選択肢はないだろう。

「ま、もう少し休んでからにしましょ。ステータスだけでも全快にしておかなきゃ」

「そうだね」

リンちゃんは魔力切れによるステータスの低下が本当にしんどかったらしい。

宝箱の中身を一通りさらってから、リンちゃんは珍しく「ふへぇ」なんて気の抜けた声を出して座り込んでしまった。

そんな姿を見て可愛いなぁと思いつつ、視界の端で何かが煌めいたのに気が付いた。

「……あれ？　何だろ？」

まだ底の方に少しだけ余っている金貨に混じって、ギラリと光を反射した黒い宝玉。

せいぜい大きなビー玉くらいのサイズだけど、私にはそれが何だか妙に魅力的に見えた。

それを拾おうと宝箱に身を乗り出して……私は

宝箱の中に引きずり込まれた。

「うわぁっ⁉」

「ナナ？　何遊んでるの？」

「いや、これ凄い重くて……」

それは300を超える筋力を持つ私でさえ「重い」と感じるほどにとてつもない重量を秘めていた。

持ち上げようと力を込めて、バランスを崩して中に落ちてしまうくらいには。

思わず変な声を出しちゃって、リンちゃんに怪訝な瞳を向けられてしまった。


──

アイテム：グラビティジュエル
レア度：ハイレア
重力属性を秘めた不思議な宝石。非常に貴重で、滅多な事では手に入らない。

──


「ジュエル……はなんか持ってた気がする」

「ジュエル自体は色んな属性結晶と同じようなものだけど……重力属性って初めて見たわ」

レア度から見てもなかなかのアイテムだけど、重力属性というのは確かにまだ聞いたことがない。

ゲームによっては重力というのは強力な攻撃のひとつになりうる。このゲームでどうなるのかはわからないけど。

「リンちゃん、これ貰っていい？」

「いいわよ。私には使い道なさそうだし」

リンちゃんに許可を貰って、グラビティジュエルをインベントリにしまう。

インベントリの圧迫具合からして、宝石自体が重たい訳ではないっぽいな。やっぱり重力属性とやらが悪さをしてるんだろう。

そしてこの時、私はこのアイテムの使い道に関して密かに決心していた。

そう。

はるるに渡してみよう、と。

結局リンちゃんが調子を取り戻したり、MPを回復するのに二十分ほどかかったりして、ようやく《黄金の招待状》の出番がやってきた。

「ちょっとドキドキするね」

「そうね。使うと何が起こるのか……気を引き締めましょ」

先程までの弱々しい姿が嘘のように凛々しい表情を取り戻したリンちゃんが、黄金の招待状の封を切る。

私もそれに倣って、自分の招待状の封を切った。

「うわっ！」

「きゃっ！」

封筒から想像以上に眩しい黄金の光が溢れ出て、私たちは思わず悲鳴を上げる。

目を開けていられないほどに強烈な光が収まった時、私が立っていたのは謎の祭壇の前だった。

これみよがしに剣が突き立ててある以外は、不自然なほど装飾のない祭壇だった。

「……？　リンちゃん？」

ほとんど同時に開けたはずのリンちゃんがいない。

周囲を見渡してみたけど、やっぱりリンちゃんの姿はなかった。

『どこだここ』

『こういうのなんて言うんだっけ』

『さいどん？』

『→惜しい。祭壇だ』

『リンネ消えてね』

『ほんとだリンネいない』

「どこ行ったんだろ？　というかこのゲーム割とポンポンワープさせてくるけどさ、それができるなら街ごとにワープゾーン的なの作って欲しいよね」

さっきのダンジョン内に落ちるのも然り、そもそもこの迷宮自体がワープゲートを通ってこなければならない。

そこに当たり前のように干渉してくるシステムとか、とにかくワープの大安売りのようだ。

私はまだ別の街への移動を考えたことはないからいいけど、子猫丸さんが四時間かけて始まりの街に来た時のように、先に進んだプレイヤーが前の街に戻りづらいこのシステムはなんとかして欲しいところである。


『わかる』

『わかる』

『移動の手間ァ!』

『大型ダンジョンにはあるから……(震え声)』

『わかる』


「やっぱり私だけじゃないよねぇ。というかひとりで配信するの久しぶりだね。WLOプレイヤーのみんなは周回の調子どう?」


『ぼちぼち』

『スターダストシリーズは揃えた』

『→あの数の武器を揃えたのか……』

『→多分スクナたそなら五セットは揃えられるし……』

『→すまんかった』

『始まりの街でも結構集まる』

『メタルラビ倒した!』


「メタルラビ? メタスラみたいな感じ?」

メタルなスライムは経験値がたくさんなんてもはや一種の概念だけど、どんなゲームにも経験値稼ぎ用のモンスターって存在するものだ。

大抵は素早さが高くて逃げられたり、防御力が高くて倒せなかったりする。

WLOでそう言うのは見たことがない。ミステリア・ラビが若干近いけど、あれはお金だしね。

ちなみにモンスターハウスは、クリア時に若干量の経験値が貰えたりする。そのおかげで、この数日間はレベリングがとても捗った。

レベル70だから酒呑のクエストを進めるのに必要な50という数字を十分に超えているし、《童子》を新たなステージに上げるために必要だと告げられたレベル90という目標へも相当に近づいている。

イベントが終わったら、始まりの街に行って《果ての祠》を探すのもいいかもしれない。

「とりあえず……これ見よがしに刺さってるこの剣を抜けばいいのかな」


『マスターソー……』

『封印された剣はロマン』

『わかる』

『きんきらで綺麗な剣だな』


「とりあえず抜こうか」

剣の柄に手を添えてグッと力を込めると、想像よりはるかに軽い手応えで抜くことができた。

プラスチックで出来てるのかと思うほど軽くて、空気の抵抗を受けるからかとてつもなく振りにくい。

軽鋼のようなタイプの金属なんだろうか？　刃の鋭さを見る限り、切れ味は相当良さそうだ。

とりあえずインベントリに入らないので、私が取得したことにはなっていないようだった。

「んー……何も起こらないなぁ」

なんかこう、剣を抜いたらゴゴゴって壁やら地面が動くのかと思えばそうでもなく。

祭壇の前で呆然と剣を構えてるのは何だかとても寂しい気持ちにさせられる。


『あそこ嵌められそうじゃね』


参ったなーと思って立ち尽くしていると、いくつかそんなコメントが届いた。

「えっ、どこどこ？」

『右斜め前二時と三時の間くらい』

「それは右斜め前というかほとんど右じゃない？」

右斜め前の定義について語るつもりはないけど、右斜め前を向こうとした私に謝って欲しい。

冗談はさておき、確かに二時と三時の間くらいの場所に剣を嵌められそうな窪みがあった。

リンちゃんならこういうの、すぐに見つけられるんだろうな。視界には入ってたけど私はそういう発想には至らなかった。

「そいっ！」

窪みに向かって勢いよく剣を嵌め込むと、祭壇の正面にあった壁が開いていく。

わざわざ剣を嵌める場所と扉の位置を変える理由は何だろう。本気で勘弁して欲しい。

「さて、行きますか」

『イクゾー！』

『撲殺鬼娘の出陣じゃぁ！』

『うおお！』

「いやテンション高いな君たち」

よーし行くぞー、くらいのテンションの私とリスナーのテンションが噛み合ってなさすぎる。

「リンちゃんはこの先にいるのかな～。それともおひとり様の試練なのかな？」

『わからーん』

『リンネも配信してたろ』

『二窓してるけどリンネも似たようなとこにいるよ』

『迷うことなくギミック突破してた』

「流石だなぁ。合流したいけどおひとり様用かもしれないしねぇ」

黄金の試練と言うだけあって、ギンギラと光っている通路をリスナーと会話しながら歩く。

どうも道は曲がりくねっているみたいで、壁に反射された景色なんかを見てもどこまで続いているのかはわからない。

コメントを見る限りリンちゃんも同じような状況みたいだし、さてどうしたものか。

「とりあえず歩くしかないかぁ」

もしかしたら曲がりくねっているだけで、距離自体はそんなでもないかもしれないし。


「いや長いわ！」


『草』

『草生える』

『スクナでさえ思わずツッコム長さ』

『見てて頭おかしくなりそうだった』


実に三十分近く。途中少し走ったりして、なんだかんだ五キロ近くは歩かされてようやく、私は黄金の扉の前にたどり着いた。

景色は変わらないしずっと道はグネグネしてるし、コメントと会話をしてなかったら持たなかったよコレ。


「若干ストレスだったし蹴破ってやろうかな」


『やめなされ』

『よせ！』

『イクゾー！』

『早まるな！』

『やっちゃえ』

『GO』


「うーん、多数決で実質可決！　ぜりゃぁ！」

コメントの量を見て多分やっちゃえ系のコメントが多かった気がしたから、声を上げて思い切り扉を蹴り飛ばす。

ゴォン!!　と轟音を立てて吹き飛んだ黄金の扉は、何か金属に当たったような音を立てて軌道を変えて、そのまま左奥の方に突っ込んで瓦礫の山を作っていた。

扉の先は大きな部屋だった。

さながらコロシアムのような円形闘技場だろう

か。

部屋の中にリンちゃんの姿は当然見えず、代わりに黄金の騎士が中心にて胡座をかいて座っていた。

扉が軌道を変えたのはアレに当たってしまったからだろう。頭が若干変な方向向いてるし。

『いってぇ……おいてめぇ！　どういう了見だ！』

「あ、ごめんなさい。ストレス発散のために蹴り飛ばしちゃった」

『あ、ごめんなさい。じゃねーよ！　マジで痛かったんだが！　クソッ、今回の挑戦者はこんなんばっかかよ』

「まーほら、扉の当たる位置にいたのも悪いよ」

素直に謝ったものの、残念ながら彼は納得してはくれなかった。彼、というのは聞こえてきたのが明らかな男声だったからだ。

プンプンと怒りながらも攻撃は仕掛けてこない。モンスターの扱いではないのか、はたまたイベント的なものなのか。

どちらにせよ、この試練というものにこの黄金の騎士が関わってるのは明らかだった。

『まあいい。で、お前さんはどのルートで招待状を手に入れたんだ？』

「いいんだ……。一応モンスターハウスの報酬だけど」

『ほぉ、あれを切り抜けてきたのか。そりゃあなかなか、悪くねぇ。一応難しい方だと思うぜ』

「私はあんま仕事してないけどねぇ」

あっさりとした性格なのか、すぐに話題を変える黄金の騎士。

彼の話を聞く限り、黄金の招待状はモンスターハウスクリア以外にも入手の方法があるのかもしれない。

けど、それは今はどうでもいいことだった。

「ねぇ、ここに来る時に一緒に招待状を開けた仲間がいたはずなんだけど」

『この試練は迷宮に挑んだ個々人に課せられるもんだからな。おまえさんの仲間も今頃俺と会ってるんじゃねぇか？』

「ふーん……ならいいや」

どうやらやはりこの試練はおひとり様用のようだ。

つまりこの先リンちゃんと合流するようなことはないのだろう。

少なくとも、クリアするまでは。

『ところで、お前さんの名前は？』

「スクナだよ」

『あ？　……スクナだと？』

世間話の延長かと思って答えた名前を聞いた瞬間、黄金の騎士の纏う雰囲気が変わった。

『その名前、その種族。まさかお前さん……』

「……なんの話？」

黄金の騎士は私を誰かと勘違いしているのか、立ち上がって先程までの比較的緩い雰囲気を霧散させると、剣の柄に手をかける。

気迫で空気が震える。頬がビリビリする。この騎士、強いな。

睨み合っていたのは十秒ほどの時間だろうか。

この唐突に始まった緊張を解いたのは騎士の方だった。

『……いや、違ぇな。紛らわしい名前しやがって。アイツの生まれ変わりかなんかかと思ったぜ』

「アイツ……？」

『あん？　お前さん、同族なのに知らねぇのか？』

「うん」

そんな不思議そうな言い方されても、知らないものは知らない。

同族と言われても私はプレイヤーであって、純粋な鬼人族でもない訳で。

琥珀からは色々と話を聞いているから鬼神については それなりに知っているつもりだけど、琥珀だって私の名前を聞いてそんな特別な反応をしたりはしなかった。

酒呑ですら、それは変わらない。

そう言えば、ふと思い出した。

確か初日に戦ったセイレーンの騎士、ハッシュ。彼女も確か、私の名前に言及していたはずだ。

確か……『強き名を戴いている』だったっけ……？

「ねぇ、君の知ってる《スクナ》はさ、強い人だったの？」

『ん？　そうだなぁ……強いことは強かったが、アイツよりよっぽど強い鬼がいつも隣にいたからなぁ』

「よっぽど強い鬼？」

『おう。化け物みてぇに強ぇ、それこそ俺らのご主人様ですら勝てねぇくらい強ぇ鬼だった。流石に酒呑の名前くらいは知ってんだろ？』

酒呑。その名前がここで出るのか。

そう言いたい気持ちをぐっと飲み込んで、私は彼の話に乗ることにした。

まるでこの世界で生まれた鬼人族であるかのように。

目の前の騎士は、私がプレイヤーであるかどうかということは判別できていないらしい。

そもそもプレイヤーという存在を知っているのかも定かじゃないけどね。

それでも、勘違いしてくれているのならそれはそれで都合がいい。その方が情報を引き出せるかもしれないから。

「……知ってるよ。私たちの神様みたいな存在だから」

『そうかい。まあ、こっちとそっちじゃ時間の流れが違ぇから、俺がアイツらと戦った頃からどんだけの時間が経ったのかはわかんねぇけどよ……お前さんが知らないってことは「知っちゃいけない理由がある」ってこった』

「そっか。まあ、そうだよね。なんかありがとね」

『俺も大概だが、お前さんもあっさりしてんなぁ。まあ、自分とこの爺さん婆さんに聞いてみりゃなにかしら教えて貰えるさ』

琥珀が何も言ってくれなかったのかもと思ったけど、よくよく考えれば別に琥珀が知っていたとも限らない。

だって、琥珀だって鬼人族の中では「若い」部類なのだ。実際に知らないという可能性も大いにある。

そして同時に……酒呑がこの事についてあえて何も言わなかったのも、間違いのない事実だろう。

まあ、いつまた会えるかもわからないけど、会えるようなら聞いてみよう。

私と同じスクナという名前の、酒呑が共に過ごしたであろう鬼のことを。

『さて、俺もこんな話をするためにここにいる訳じゃねぇし、本題に入るぞ』

「お願いしまーす」

『俺の名前はゴルド。セイレーン様に仕える十二騎士の中じゃあ二番目に強ぇ。そんな強い俺がなんでここにいるのか……分かるか？」

「試練のためでしょ」

若干キメ顔が透けて見える彼の問いかけに、私は特に考えることもなく答える。

『まあ、半分はそうだ。だがもう半分は別の理由なのさ。戦う前に、お前らが倒さなきゃならねぇ奴について教えてやるのが俺の仕事でな』

「倒さなきゃならねぇ奴……？」

『そうさ。そもそもこの迷宮はな、俺らのご主人様がそっちの世界に侵攻するために穿った大穴を、そっちの神様とやらが無理やり門の形に留めることで出口を塞いだモンだ。完全に閉じるには穴がデカすぎるから、そういう訳にも行かねぇ。神ったって力には限度がある。今回だとあと三日もありゃ門は壊れんだろ』

「ふむふむ」

彼が言ってるのは、あの街中に建っている門の存在理由。よく分からないけど、あれはこっちの神様……多分創造神が何らかの侵攻を防ぐために建てたものらしい。

逆に言えば、門の中にいるモンスターってこっちの世界を侵攻に来てる敵ってことになるんじゃないだろうか。

『いい着眼点だ。あのモンスターたちはな、あくまでもご主人様の力をリソースに生まれた防衛機能だ。お前らの世界と繋がっちまってるからお前らの世界のモンスターの形をしてるに過ぎねぇ。ま、ただの防衛機能って意味じゃ俺ら十二騎士も同じだがな』

「うーん……防衛機能って、何を守ってるの？君のご主人様のこと？」

『いいや、奴らが守ってるのはたった一体のモンスターさ。俺らのご主人様はな、侵攻のためにそのモンスターしか送り込んでねぇ。それはご主人様お気に入りのとっておきのモンスターの中のひとつで、さっき言ったお前らが倒さなきゃいけねぇ敵だ』

「むむむむ」

少し話を整理したい。

あの門は、ゴルドのご主人様がこっちの世界を侵攻するために作った穴を塞いだもので。

迷宮の雑魚モンスターは、そのご主人様が送り込んできたモンスターを守るために、ご主人様の力を元にして生まれた防衛機能のようなもの。

私たちが倒さなければならない敵はそのたったた一体のモンスターである。

こんな所だろうか。

「うーん……つまり君たちはこっちに侵攻するために来て、その入口を塞がれちゃったからそれが破れるのを待ってるの？」

『身も蓋もねぇ言い方すりゃそうだな』

「じゃあ、私たちは三日以内にそのモンスターを見つけてやっつければいい訳だね？」

『そうじゃねぇ。お前達がやるべき事は、なるべく多くの者が試練をクリアすることだ』

「おっとぉ、ここに来てまさかの振り出し？」

私が若干自信を持って告げた言葉はあっさりと否定され、ちょっと落ち込む。

こういうのは私の領分じゃないのだ。リンちゃん助けて。

『ご主人様はな、この世界へ侵攻を始めれば門を閉じられる事なんて百も承知だ。当然、とってきのモンスターはちゃんと触れられないように隠してある』

「ああ、確かにそうするよね」

どうも彼の言葉を聞く限り、彼のご主人様……恐らくセイレーンのことだと思うけど、それは今回が初めての侵攻という訳ではないっぽい。

それこそ何度も何度も攻め込んでは、その度に何とかして撃退されてきたんだろう。

当然ながら、こういう状況になることは分かりきっているだろうし、事実今回もそうなった。

あ、そっか。今更気づいた。

今回は私たちプレイヤーがゲームとしてこの門を攻略してるけど、これまではNPCが同じ役目を背負ってたんだ。

私たちとは違う、ひとつしか命のないNPCが。

その、セイレーンのとっておきのモンスターとやらを倒すために。

多分琥珀も。あるいはあのフィーアスで出会った……メルティも。

『しかしまぁ誰にも触れられない異空間、なんつーもんを作り出すには当然ながらそれなりの代償がいるんだよ。何事もメリットだけじゃあ成り立たねぇのさ』

「つまりデメリットがあると」

WLOでは大きすぎるリターンを得られる力には、相応の制限が存在する。

《餓狼》なんかは分かりやすい。メリットとデメリットがはっきりしてるタイプだ。

リンちゃんが使った《ジャッジメント》も、発動には相応の消費と条件が課せられていた。

もちろん何でもかんでも制限がつくわけじゃない。

例えば装備なんかは、呪われていなければメリットのみを享受できる。

素材のリソースの範囲で作られた装備であれば、どんなに強力であっても許される訳だ。

私の《月椿の独奏》がいい例だ。ネームドの魂を具現化したこの髪飾りは、「SP消費半減」というぶっ壊れ性能を持っているのに、デメリットらしいデメリットは一切存在しない。

まあ、逆に言えば大したことのない素材でも何かしらのデメリットを設ければ、リソース以上の効果を発揮できるかもしれない訳だけどね。

それこそ、呪いの装備はそういう能力値の底上げがされているから強力な性能を発揮できるわけだ。

とにかく、この法則はこの世界とは別の場所に住んでいるというセイレーンにも適用されるらしい。

この世界に入った段階で、同じ法則下に置かれるってことなんだろう。

『ご主人様が掛けたデメリットは、門が破壊されるほんの少し前にその異空間を解放するってーモンだ。そのタイミングから門が壊れるまでの少ない時間でとっておきを倒せれば、そっちの世界に被害は出ねぇってことだな。ただし、その異空間にたどり着くにはもうひとつ条件がある。それが――』

「試練を突破すること、な訳だね」

『おう』

『正確に言えば試練を突破した証を持っていると、時が満ちた瞬間に強制的に異空間へと転移されるみてぇだな』

ほんの少し前の解放じゃ、たどり着けるプレイヤーなんてほとんどいないだろうに。その上試練を乗り越えなきゃ戦うことも出来ないんじゃ、二重制限みたいなもので枷になってないように思える。

とはいえ試練さえ突破すれば確実にそのモンスターの寝床に行けると言うのなら、制限としては成り立つ……のかな？

しかしこれでだいぶ謎は解決した。

謎が謎を呼ぶみたいに分からないことはまだ多いし、聞きたいことも山ほどあるけど。

残念ながら彼の方がそろそろ限界みたいだから。

『ハッハッハ、お前さんとは気が合いそうだ。俺のことをよくわかってる』

「だって分かりやすいし……」

『……一応な、この試練はいくつか種類を選べるようになってる。魔法使い相手に俺が近接で戦ってもつまんねぇしよ。ただまあ、お前さんみたいな戦士とは当然剣《コレ》だな』

ゴルドは背負った大剣を片手で引き抜く。

剣は柄こそ黄金だけど、剣の部分は蒼い。

オリハルコン……にしては圧力が薄いか。多分別の金属だと私の本能が告げていた。

『結局な、俺は脳筋なのさ。拳で語るのが手っ取り早い。何よりお前さんとは直にやり合ってみてぇ』

「ふむ。まあそうなるとは思ってたけど」

背負った《影縫》を引き抜いて、正眼に構える。

油断はできない。ゴルドと名乗った目の前の騎士の実力は、これまで戦ってきたセイレーンの騎士とは比較にならないだろうから。

「聞きたいことはまだあるんだけど……とりあえずやろっか」

『ああ、ちゃんと生きてたら答えてやるよ』

それ以上、言葉を交わすこともなく。

一呼吸の後に、剣と金棒が交差する。

鳴り響く硬質な金属音と共に、試練は幕を開けた。

＊＊＊

戦闘が始まったことで、ゴルドのネームが解禁された。

《幻惑の黄金騎士・ゴルドLv99》。カンストではないだろうけど、三桁という大台に乗るか乗らないかの境に、目の前の騎士は達している。

これまで戦ってきた九人の騎士たちは、アベレージにしてLv60もない程度だった。そう考えると、ゴルドはあの騎士たちと比べてもぶっちぎりに強いと言えるだろう。

踏み込み、そして上段からの振り下ろし。

比較的緩やかに見える速度の剣筋に合わせるようにカウンターの一撃を構えた瞬間、いつの間にか首元に刃が届いていた。

「っ！」

カウンターが間に合わない。私は放とうとした攻撃をそのまま剣の腹に当てて、弾かれるように距離を取る。

『へぇ、いい判断だな』

「まあねっ」

一見カウンターを取りやすい緩い攻撃は、カウンターを誘うための囮だったらしい。

まるでワープしたかのように剣の位置が変わったのだ。

何かのスキルかと思ったけど、こういう現象には見覚えがある。多分これはただの技術だ。

『そらそら！　まだまだ行くぜぇ！』

「ふっ、ほっ、よっと！」

『ははっ、いいね！　よく捌くじゃねぇか！』

続けざまに繰り出される攻撃を慎重に《影縫》で受けながら、私はゴルドが《幻惑》などという二つ名のようなものを与えられている理由を理解した。

ゴルドの強みは、恐ろしい程に淀みない剣速の変化だ。

予兆が全く見て取れないほどに、ごく自然に剣速が変わる。

人が何かの速度を目で見て判断するとき、その判断は初速を基準にするらしい。

出だしと、それに伴う加速。その二つを捉えることで、目標物が自分に到達するまでの時間を予測する。

ゴルドの剣技はたぶん、この仕組みを悪用したものだ。

目が攻撃を認識してからそのおおよその速度を算出している間に、ゴルドの剣は目まぐるしくその速さを変化させる。それによって最初に立てた予測と実際の剣の軌道がものすごくズレるのだ。

そうした認識のズレは思考の混乱を招き、ますますゴルドの動きがわからなくなってくる。

まさに幻惑。大雑把でさっぱりした性格に見えて、その剣技は恐ろしく嫌らしい、そして何より技巧に満ちたものだった。

とはいえ、いつまで経っても何も出来ないじゃ話にならない。

冷静に、慎重にタイミングを図って、ちょうど捌いた剣戟が十を超えた瞬間に僅かな隙が生まれた。

「今っ！」

連撃を受け続けながら徐々に誘導した大振りを前に、私はゴルドの懐へと潜り込む。

近すぎて武器は振るえない？

いいや、そんなのは関係ない。

私は《影縫》を手放して、ゴルドの鎧の腹に向かって思い切り右ストレートを叩き込んだ。

「せりゃぁぁあっ！」

『ぐぉっ⁉』

ドゴォッ！　と凄まじい音を立てて、ゴルドの体がくの字に曲がり、振り抜いた方向へと大きく後退する。

私は《影縫》を拾い上げ、そのまま体勢を崩したゴルドへと敏捷を爆発させる。

そのまま飛び掛かるように両手で振り下ろした《影縫》は、なんとか体勢を立て直したゴルドの切り上げと衝突して大きな衝撃を生み出した。

『オ、ラァ！』

ゴルドが無理やり振り切った反動でふわりと浮かんだ私は、そのまま地面に着地した。

無理な体勢で剣を振ったせいか、ゴルドからの追撃はない。とはいえ、緩やかに着地したせいで彼の体勢は既に整っていた。

追撃の手は……無理か。隙がないし、自分から攻めて作り出せるほどに彼の動きを読めている訳じゃない。

『げほっ、クソッ……てめぇなんつー馬鹿力してやがるっ⁉』

「ふふふふっ、私も鬼人族だからねぇ」

『チッ、馬鹿力のゴリラ共め……つかその武器もだ！　重すぎだろうが！』

「そう？　今の私にとってはそうでもないんだけど」

《影縫》は200超えの、おそらく現行の武器の中でも有数の要求筋力値を誇る武器だ。

この武器を渡された時の私の筋力値は要求ギリギリの数値で、当時は確かにずっしりとした重みが心地よいと思うくらいに重量感のある武器だった。

とはいえ、この一週間ちょっとでレベルを20近く撥ね上げた私の筋力値は、ボーナスポイントを全てつぎ込むことで300超というとてつもない数値に至っている。

今の私にとって、この武器はもう「軽い」部類なのだ。

「逆にゴルドは見た目によらずパワーがないね……」

『お前さんに比べりゃあ大抵のやつはパワー不足だ馬鹿野郎！』

「いやぁ……でも私、もっとパワーに愛された人を知ってるからなぁ……」

この世界で最も筋力に愛された存在、パワーホルダーの琥珀を思い浮かべる。

今ならわかる。彼女の筋力値は間違いなく四桁を軽々と超えているのだろう。

300を超えてもなお、私は彼女に近づけた気がまるでしないのだから。

『ンなもんと打ち合ってたらこっちの武器が持たねぇ。ちっとばかし本気で行くぞ』

「いいよ。全部受け切ってあげるから」

瞬間、ゴルドの姿がブレた。

その姿を、上手く瞳で捉えられない。

なんというか、焦点が合わせられないような感じだ。

ゴルドの敏捷は間違いなく先程までの比じゃなく高まっているけれど、これはそれだけじゃない気がする。

結論、分からない。なら無理に捉えようとするのはやめよう。

『だりゃ！』

「ふっ！」

攻撃の瞬間、完全に反射のみで攻撃を回避する。

カウンターは狙わない。予測とズレすぎて上手く当てられないからだ。

こうなるとしっかりと距離を取って、見に徹するしかない。

再びゴルドの姿がブレはじめる。

目で追うことはやめない。ただ、ある程度は諦める。

不意にゴルドの姿が完全に消えた。

視界から完全に消えた、という事は。

『ぜりゃ！』

「よっ、とお返しっ！」

後方からの切り裂きをサイドステップで躱し、振り向きざまに鉄球を放る。

飛び道具は想定してなかったのか、鉄球自体はゴルドに命中してくれた。

しかし全身鎧は伊達ではなく、ほんの僅かにHPを削ったのみで無情にも弾かれた。

『受けきるんじゃなかったのかぁ！』

「……なるほど、何となくわかったよ」

私が彼の姿を捉えられない理由は二つある。

ひとつは、ゴルドが先程まで剣速で行っていた速度の変化を移動に対しても行っているということ。

つまり今の彼は、捉えられないほど細かく、不規則な速度変化をつけたステップを踏みながら視線を撹乱するように動いている。

更にいえば、赤狼装束を纏った私と比較しても恐らく十五倍以上はありそうな高い敏捷値も、その原因に加担している。

全身鎧に惑わされたけど、ゴルドはどちらかと言えばロウに近い敏捷寄りのステータスを持つ剣士なのだろう。

『せいっ！』

左方から聞こえてきた声に反応して回避をしようとして、その手に持つ剣が振られていないことに気づく。

「しまっ……」

『はっ！』

「ぐっ⁉」

後出しで振り切られた剣が体に食い込む。

切り裂かれる前に無理やり体勢を変えて剣筋から逃げたけれど、レベル差もあってかHPを大きく削られた。

そう、ゴルドの姿を捉えられないもうひとつの理由は「音」だ。

剣技に気を取られて全く気付けなかったけど、あれだけ豪奢な鎧を纏っているのに、ゴルドの移動には音がない。

しかも、最初の方に攻撃時に敢えて声を出してきていたせいで、「ゴルドは攻撃時に発声を伴う」という刷り込みをされてしまった。

その結果が今の被弾だ。理屈は分かっても、被弾してしまったという事実は変わらない。

視覚と聴覚。五感の内とりわけ大きな二つの機能を攪乱された事で、私は完全にゴルドの術中に陥っていた。

さて、どうするかな。

見える情報は役に立たず、聞こえる音も虚実の判断は付けられない。

流石に嗅覚だけではこの高速の戦闘における情報確保の手段にはならないし、味覚や触覚も同様だ。

「いいね……こういう戦いを待ってたんだ」

ペロリと唇を濡らして、私はそう呟いた。

いい加減雑魚モンスターを狩るのも飽きていた所だ。

ようやく楽しく遊べそうな相手が出てきたのに、楽しまないなんてもったいない。

そうだ。悩むことなんてない。

戦いは楽しむものだ。

集中力を上げろ。私の限界はこんなに低くないはずだ。

まずは視覚の方から解決する。

見えないのなら、見えるようになればいいのだから。

速度の変化は見ない。

予測も役に立たないならする必要はない。

ただあるがままの世界を見ろ。

全てを認識の中に落とし込めば、世界は無限に広がるのだから。

「ああ、なんだ。やっぱり見えるよ」

右斜め後ろから無音で振りかぶられた剣を「見

て」。

その出鼻をくじくように、私は最速のアーツを発動させた。

最短距離を真っ直ぐに、最速で駆け抜けるそのアーツは。

技と呼ぶのさえ烏滸がましいほどにシンプルで、それゆえに効果的な一手。

それはすなわち、突きだ。

「《瞬突》！」

『がはっ！』

振り向きざまに最短を駆け抜け、《影縫》がゴルドの喉元に突き刺さった。

メキメキと音を立てて食い込む《影縫》の棘。

カウンター気味に決まったおかげで威力が増し、ゴルドの体が少しだけ宙に浮く。

「まだだっ！」

突きを放つ為に少しだけ浮いた前足を思い切り踏み込むのと同時に、伸びきった体をぎゅっと引き寄せ、右足の筋力を爆発させて押し出すように左足を蹴り抜く。

ヤクザキックのように体にめり込むような蹴撃が、宙に浮いたゴルドの体を吹き飛ばした。

ドゴォン！　と音を立てて壁まで吹き飛んだゴルドは、それでもほとんど怯むことなく立ち上がる。

とはいえ当然無傷ではない。喉元という急所へのクリーンヒットも含めて、大きくひしゃげた鎧がそのダメージを物語っていた。

『ご、はっ……対応が、はえぇな。もちっとくれぇ、動揺させられると思ったんだが……』

「あははっ、クリーンヒット貰ったのなんて久しぶりだったんだ。だからね、楽しくなっちゃって」

『ふっ、戦闘狂が。……ま、戦いは楽しいもんだわな。認めてやるよ、スクナ。お前さんとの戦いはもっと楽しめそうだ』

その言葉は、先程までの少し軽薄なゴルドの語り口とは違う真摯なもので。

ザワつくような圧力と共に、ゴルドの様子が変化する。

鎧から立ち上る黄金のオーラ。それは私の餓狼のように、己を強化するためのバフなのだろう。

「ふぅ……」

息を吐き、目を閉じて、開く。

ここからが戦いだ。

ゴルドがオーラを纏うのと同時に、私もまた型をなぞって両手を合わせる。

鬼人族専用レアスキル《鬼の舞》。

《四式・鬼哭《きこく》の舞》奉納。

『ここからは本気で行くぞ』

「うん、私も全力で行くよ」

筋力値300で解放される、鬼の舞の四式。

清廉で美しい黄金のオーラを纏うゴルドとは対照的な、溢れ出る赤黒いオーラを身に纏い。

私は抑えきれない感情を笑みに変えて、黄金の騎士を見据えた。

☆☆☆

『オォッ！』

「ハアッ！」

裂帛《れっぱく》の気合いと共に、互いの武器が衝突する。

打ち合いを制したのは、筋力に劣るはずのゴルド。

衝突の直前に打ち負けると確信していたスクナは、衝撃を殺すためにあえて身体を浮かせて勢いのままに吹き飛ばされた。

ふわりと音もなく着地するスクナに追撃を仕掛けんと距離を詰めたゴルドは、兜のバイザーを貫かんと迫る物体にその突進を阻まれる。

その正体は、スクナが着地の直前に放った投げナイフ。

スクナの本領は、何も近接戦闘だけではない。

百発百中の超絶技巧。

神業の投擲を織り交ぜてこそ、彼女の真価は発揮されるのだから。

投げナイフを弾き飛ばそうとするも、想像を遥かに超える重さでゴルドは剣を弾かれかけた。

それは当然の事。何故なら今スクナが投擲したのは、《影縫》の後にはるるがオーバーヘビーメタルで作り上げた、五本しかないとっておきの投げナイフ。

細かな造形を捨て、斬撃を捨てて、貫通のみに特化させた。もはや棒手裏剣に近いこの武器は、クリーンヒットさせれば鋼鉄の鎧さえも貫く。

何とか剣を取り落とすことはなかったものの、スクナはすっかり迎撃態勢を整えている。

せっかく作ったチャンスだったが、仕切り直しせざるをえなかった。

互いに互いを最大限に警戒している。

だからといって、二人は共に臆して動けなくなるような軟弱さは持ち合わせていない。

『フッ』

「あはっ」

互いに吐き捨てるように笑うと、再び彼らは衝突する。

明確な殺意を持って、己の敵を打ち倒すために。

既に十分を超える時間を戦いに費やし、しかしスクナが蹴りを決めてから先、互いにダメージは負っていてもクリーンヒットは受けていない。

そんな、薄氷の上を渡るような均衡が続いていた。

（だが、不利なのは俺の方だ）

ゴルドは内心でそう呟いた。

彼が発動した黄金のオーラは、紛れもなく切札と呼べる一手。

そのスキル名を《金糸雀《カナリア》の歌声》。

その効果は『HP、MP、SPを除く自身のステータスの中で最も高い数値を持つステータスと同値になるように、任意のステータスを引き上げる』というものだ。

ゴルドはスクナの予想通り敏捷にステータスの大部分を割いており、その最大値はスクナの素の敏捷を倍近く上回る。

赤狼装束による敏捷の上乗せを考慮してもなお、ゴルドの敏捷はスクナを置き去りにしている。

彼が敏捷に特化したステータスを持っている理由は単純なもの。

敏捷というステータスが行動の全ての「速さ」

に直結する以上、速度変化を武器にする彼の剣技に敏捷は不可欠だからだ。

今回、ゴルドが《金糸雀の歌声》で敏捷と数値を同一にしたのは筋力。その判断に間違いはなかったと、ゴルドは確信を持って言える。

それはスクナが発動した《四式・鬼哭の舞》を、ゴルドが知っているからこその確信だった。

ゴルドが使用した《金糸雀の歌声》は自己のステータス依存で強化を行う反面、平均的なステータス構成では何の役にも立たないスキルでもある。

本来のバフが持っているような、限界を超える効果はない。所詮はステータスをひとつ、限界に合わせるだけの効果でしかない。

しかし、それを考慮しても《金糸雀の歌声》には相応の利点がある。

ひとつは当然、特化型のステータスを持っていればその分効果が高まるという純粋な利点。

もうひとつは、スキルの持続時間だ。

バフというものは元々それほど長続きするものではなく、特に強力な効果を持つもの、あるいはスキルによる自己バフの二種類に関しては精々が十分持てば上出来だ。

スクナの持つ餓狼や鬼の舞も、強力故に基本的には五分前後という決して長くはない時間が設定されている。

それに対し、《金糸雀の歌声》は長期戦を見据えて三十分という長大なスキル時間を設定されている。

その破格のスキル発動時間はゴルドの本来の役割故に与えられたものだが、今この場においてはなくてはならない時間であると言えた。

そう。なぜ長時間のバフが必要なのか。

その答えは、目の前で嗤う鬼人の発動したスキルにある。

（一体どれだけのモンスターを殺した《チャージした》ってんだ）

寒気がするほどおぞましい、血染めのような赤黒いオーラを纏い続けるスクナを見つつ、ゴルドはそう思った。

実の所、最初に当てたクリーンヒットも含めた上で、ゴルドの攻撃は何度かヒットしてはいた。スクナの反応が爆発的に良くなったとしても、それでもなおゴルドとの間には埋められないレベル差があり、平均的なステータス差があり、技術の差がある。

跳ね上がった攻撃力も相まって、例え掠っただけでも相応のダメージをスクナに与えられるはずなのだ。

けれど、そんな積み重ねを嘲笑うように、スクナのＨＰは既に満タンまで回復してしまっていた。

そう、それこそが《四式・鬼哭の舞》の効果のひとつ。

発動中五秒につき一％のＨＰを回復するオートヒーリング効果である。

ゴルドが昔戦った名も知れぬ鬼人が使用していた故に、彼はこのスキルを知識としては知っていた。

もちろん、その持続時間の条件についても、鬼哭の舞の持続時間の計算は《殺した生物の数×５秒》。

つまり一体につき一％。舞を発動していない間に殺した全ての生物の数だけ、延々とＨＰを回復し続ける。

スクナがこれまでに殺してきた全てのモンスターたちの嘆きの声が、そのまま彼女の力になるのだ。

（それだけじゃねぇのが厄介なんだよな）

そう。鬼哭の舞のオートヒーリングは、あくまでも副次的な効果のひとつでしかない。

鬼哭の舞にはもうひとつ、本来の効果とも呼ぶべき非常に厄介な能力が存在していた。

それは、頑丈の強化。

もっと言えば、耐久力そのものの強化である。

鬼哭の舞を発動している時、発動者に対する全ての攻撃のダメージを十％軽減し、頑丈の値を最大十五倍まで上昇させる。

その頑丈の上昇幅も、殺した生物の数に比例して変化する。

こちらは最大五百体まで。百体につき〇・一倍の頑丈バフが掛けられる。

数多のモンスターハウスを壊滅させてきた今のスクナは、当然のように最大値の防御バフを受けていた。

亡者の嘆きを身に纏い、永遠に舞い続けるための技。

それ故に四式は《鬼哭の舞》と名付けられた。

超長期戦を見据えた、継戦用の自己強化バフである。

「ふ、ふふふ、ふふふふふふふっ」

何が楽しいのか、スクナは嗤う。

その瞳をより深く濃い紅に染め上げながら。

深く深く、より深く。鬼哭に身を浸し続ければ、その身は鬼へと近づいていく。

ゆらりと揺れる瞳が、すぅっと薄く細められた。

(バケモンだな)

全てを見透かされているような冷たく甘い紅《あか》の瞳を見て、ゴルドは内心で呟いた。

剣を構える姿は、我が事ながら鬼に挑む勇敢な騎士の様で。

ゴルド自身が互いの立ち位置が逆になったと錯覚してしまうほどに、今のスクナには存在感があった。

『オォォオオォッ!』

「ふふっ」

ギィイン！　と鈍い音を立てて、ゴルドの剣と《影縫》が衝突する。

もはや何度目かわからないほどに繰り返された光景を前に、スクナはただただ蕩けるように笑うだけだった。

世界の全てが手のひらの上にあるような、どうしようもない全能感。

見える。聞こえる。感じる。理解《わか》る。

この《眼》だけじゃない。

五感の全てが生まれ変わったように、世界が情報に溢れているのだ。

身体中を縛り付けていた鎖が取れたような、清々しい爽快感。

強く、より鋭く研ぎ澄まされているという確信。

それは生まれてから一度たりとも味わった事がない、解放の喜びだ。

スクナはこのゲームを始めてからずっと、「元々できること」しかやってこなかった。

戦いも、投擲もそうだ。

スクナが元々できたことを、このアバターの身体能力に落とし込んだだけ。

そこに感動はなく、喜びもない。

好きなように暴れられるというちょっとの爽快感と、戦いという非日常を楽しいと感じられたくらいだった。

スクナにとって「視覚情報の撹乱」という事象は、天変地異にも等しい衝撃だった。

なまじ眼が良いせいで、彼女は戦闘時の知覚の大部分を目で見た情報に頼り、それを元に戦いを組み立てる。

その大部分を占める情報が頼りにならなくなった時、スクナは内心で自分で思っているよりも遥かに大きく動揺し、困惑していたのだ。

けれど。

己より強い騎士、その技巧に翻弄された時。

スクナが選んだのは逃走や諦観ではなく、解放だった。

集中力を高める事でより速いものを捉えるという、アポカリプス戦で見せた「ゾーン」とは訳が違う。

スクナは、視覚による世界の捉え方そのものを変えた。

それは言うなれば、一人称の視点が俯瞰の視点に変わったかのような、広く大きな視野の変化。

ソレは成長ではなく、進化でもない。

二宿菜々香という生物が長らく使うことなく秘めていた、本来の性能の開放だ。

必要がなかったから使わずにいて、必要に駆られたから解き放った。

未知なる領域の開放。

それは生まれてからずっと枷の中に生きていた彼女にとって、どうしようもなく心地よい感覚だった。

だからこそ、嬉しそうに、楽しそうに、スクナは笑っていた。

鬼哭の舞を使用したのも、この楽しい戦いをずっとずっと楽しめるようにという、遊園地に行った子供のような幼く純粋な感情からくるものだ。

羅刹の舞や諸刃の舞では、どちらが勝つにせよ「すぐに終わってしまう」から。

そして……そうまでしてもなお、本気になったゴルドはスクナよりも強く、決して隙を見せてはくれなかった。

その技巧、経験。全てを飲み尽くすまで、この戦いは終わらせない。

(ああ……本当に、強いなぁ)

それはとても、幸せな時間だった。


それでも、終わりの時はやってくる。

十分、二十分、そして三十分。

遂にゴルドの纏っていた《金糸雀の歌声》が消失する。

それはスクナが三十分という長大な時間を耐えきったということであり、ゴルドがスクナを仕留めきれなかったということでもあった。

スクナのHPは鬼哭の舞の効果で未だ回復し続けているとはいえ、三割ほどの空白を抱えており。ゴルドのHPは、二本あったHPバーが一本になり、それも五割ほど削り落とされていて。

互いに満身創痍とは行かずとも、決して無傷とは言えない状況だった。

『ハッ、このレベル差でよく耐えきったじゃねぇか』

「……もう終わりなの?」

『試練は合格だよ。今のお前さんならアイツとも十分に渡り合えるだろ。ただまぁ……』

寂しそうに、そして残念そうに肩を落とすスクナを前に、ゴルドは再び剣を構えた。

『続きをやるってんなら、相手してやってもいいぜ』

「あはっ、そう来なくちゃ」

玩具を与えられた子供のように無邪気に笑うスクナを見て、ゴルドもまた兜の内側で笑みを浮かべた。

とはいえ、戦いの前にしなければならないこともある。

ゴルドは金色の大鍵を具現化させると、それをスクナへと投げ渡した。

『とりあえずコイツを受け取れ。ソレがさっき言った異空間に辿り着くための《証》になる』

「まんま鍵だね」

『大事なのは見た目じゃねぇさ』

メニューカードを操作して大鍵をしまうのを見届けてから、互いに思い思いに武器を構えた。

不意を打つような真似はしない。そんなことをしてしまえば、この戦いを汚してしまう。

『行くぜ』

「うん！」


新たに銀色のオーラを纏うゴルドと、未だ鬼哭の舞を纏い続けているスクナと。

最後の攻防が始まった。

【あのオーラが何のバフなのかは考えない。どの道鬼哭の舞を使ってる間は他のバフは使えないし】

先程までゴルドが使用していた筋力に対するバフとは違うもの、それだけが分かっていればいい。

最後まで受けの姿勢を崩さないまま、スクナは全霊をかけてゴルドの攻撃を迎え撃つ。

ゴルドがどんな切り札を切ってこようとも、スクナにもたったひとつだけ、ここまで隠してきた切り札があるのだ。

『オォォォオオオオオオオ!!』

黄金の騎士が吼える。

先に動いたのはゴルド。

わずか一呼吸の間に、その身に纏う銀のオーラが追い付かないほどに疾く、スクナとの間を詰める。

ここまでは想定内。

焦るようなことではない。

問題はここからだ。

ゴルドがどう出てくるか、読みを外せば負ける……と。

そこまで考えた瞬間に、スクナは気付いた。

（こいつ……読み合う気なんてサラサラないな⁉）

大剣を振りかぶるゴルドの様子に、躊躇いなんてものは微塵も見られない。

思い切り振りかぶり、回避もカウンターも不可能な最速の一撃で仕留めるつもりだ。

それはある意味で、赤狼アリアとの戦いの再現のようだった。

交錯の直前に読み合うつもりでいたスクナは、その時点でほんの僅かに出遅れている。

カウンターは間に合わない。ならば回避するしかない。

集中が極限に至った時の、笑えるほどに全てが遅い世界の中で、スクナは超速の思考と反射を駆使してこの窮地を脱する手段を手繰り寄せる。

しかし、幻惑の騎士の本領はここからだった。


刃の軌道から逸れるように何とかスクナが半身を引いた瞬間、ゴルドの剣が静止する。

それはさながらビデオの映像のように。高速で振り下ろされていた刃が減速の気配さえなくピタリと止まった。

（ほんっとに……！）

静止したが故に、本来ならばあり得ない軌道を描いて刃がスクナの首を狩りに来る。

気迫も態度も、全てがスクナを誘う罠。

ここに来てこんな技を隠していたのか。

兜の下で絶対に笑っているであろうゴルドの表情を想像して、スクナは内心歯噛みする。

ギリギリで回避することはできるかもしれない。

けれど、既にスクナは体勢を崩されている。

もし二度目の追撃があった時、絶望的な状況になるのは変わりない。

なら！

首のひとつやふたつ、くれてやっても構わない！

（なにもかも全部吹き飛ばす‼）

スクナは迫る刃を完全に無視して、己の切り札を切った。

スクナが今その手に握るのは、《影縫》ではない。純ヘビメタ製の両手用メイス《メテオインパクト・零式》。

より強く扱いやすい《影縫》の登場で、イベントの間中は倉庫番になっていたこの武器は、今ここで本来の役目を果たすべくスクナの鉾となる。

スクナが『切り札』と称するのは、ひとつのアーツだった。

それは《打撃武器》スキルを極めたことで与えられた最強アーツ。

間違いなく言えるのは、それは文字通り必殺となるだけの威力を秘めた一撃であるということ。

その名を《メテオインパクト》。

《打撃武器》スキルの熟練度を500まで上げきった者に授けられる、最後にして最強の一撃である。

その性能は、スクナが強敵との戦闘で使用してきた《フィニッシャー》の完全上位互換。

すなわち、武器を捨てて放つ最大最強のラストアタック。

メリットからデメリットまで、その全てが《フィニッシャー》を上回る、極限のハイリスクハイリターンを内包するアーツだった。

このアーツは紛れもなく、はるるが製作した《メテオインパクト・零式》の名前の由来となった技。

いや、はるるはこの技を撃つためだけに、《メテオインパクト・零式》を鍛造したのだ。

故に、スクナは《影縫》を持ち替えた。攻撃力も耐久も、要求筋力値も全てが《影縫》に劣る《メテオインパクト・零式》へと武器を持ち替えたのには、当然ながら理由がある。

スクナがはるるから《メテオインパクト・零式》を購入したあの日。

持つことさえままならない武器を必死に持ち上げるスクナに、はるるはこっそりと耳打ちをした。

——その武器には、あるギミックをひとつだけ仕込んでありますぅ……。それを使う時は、華々しく散らせてあげてくださいねぇ……。

ずっと使うことができなかった、最期のギミック。

使うべき時はここしかない。

(見てて、はるる)

君の造った武器の勇姿を。

「《メテオインパクト》ォォォォォォォォォオオオ!!!」

スクナが咆哮と共にアーツを振るった瞬間。

耳をつんざく轟音と共に、世界が爆ぜた。

その衝撃はまるで隕石の衝突のごとく、闘技場全体にヒビを走らせる。

直撃を食らったゴルドも、アーツを放ったスクナにさえも、全てに牙を剥く最悪の衝撃波。

HPを全損したゴルドはともかく、爆風で吹き飛ばされたスクナもまた、爆発を間近で食らってしまったせいで立ち上がることもままならない。

その惨状を生み出したのは間違いなく《メテオインパクト・零式》に与えられたギミックによるものだった。

《メテオインパクト・零式》に与えられたギミック。

それは、ハンマー型の頭部に秘められた「大量の火薬アイテム」である。

《フィニッシャー》も《メテオインパクト》も、武器の破壊は使用後ではなく衝突時に発生する。

そのインパクトの衝撃によって、崩壊するハンマーの頭部に仕込まれた火薬が大爆発を発生させる。

一応ハンマーの形によってその爆風には指向性が与えられてはいるものの、どの道反射してきた爆発で使用者も吹き飛ばしてしまう。

とりわけ《メテオインパクト》の威力は《フィニッシャー》の二倍以上である。衝突時に発生するエネルギー量の差によって、より大きな爆発が起こるようにはるるが仕込んでいた結果だった。

「うぅ……」

闘技場の壁に叩きつけられ、瓦礫に埋もれていたスクナが立ち上がる。

スクナが食らったのはあくまでも爆風と、それに伴う衝突の反動のみ。元より硬い鬼人族のステータスに《鬼哭の舞》の防御効果が合わされば、流石に彼女は死にはしなかった。

今もじわじわとオートヒーリングでＨＰを回復する中、スクナは瓦礫のひとつに腰掛ける。

戦いは終わった。

静寂とメニューカードのリザルトだけが、スクナの勝利を称えていた。

「うへぇ……さすがにちょっと参るね」

集中力を使い過ぎた。

両手を合わせて鬼哭の舞を解除して、なくなってしまった《メテオインパクト・零式》の代わりに《影縫》を背負い直す。

楽しかった。なんだかんだで明確な対人戦は三回目になるけれど、ゴルドとの戦いは本当に楽しかった。

☆☆☆

『ふぅ、参った参った』

「うわっ!?」

一度は完全に消滅したはずのゴルドが当たり前のように後ろから現れたので、思わず大きな声を上げてしまう。

『おっ、いい反応だな』

「ＨＰ無くなってるのに普通に生きてるのってどうなの？」

『いやいや、リスポーンしただけだっつーの。そっちの世界にだって仮想体くらいあるだろうが』

まあ、試練のガイドみたいな役割なんだろうし、生きてることそのものはおかしくないけども。

なんだかんだで十二騎士達もみんなダンジョンに潜り直せば復活するし、今ゴルドが言った仮想体というのは私たちプレイヤーみたいにアバターを使っているような感覚なんだろうか。

『元々「この俺」は戦うことを想定されてねぇんだよ。だからまあ、性能も半減くらいなもんだ。それでも俺が負けるとは思わなかったが……』

「ふへへ」

『露骨にドヤ顔しやがって……ま、負けは負けだ。どの道お前さんは試練をクリアしてる訳だしな。とりあえず今は俺の話を聞け。これからお前さんらの世界に起こることを教えてやる』

ゴルドの提案に、私は当然のように頷いた。

思ったより白熱してしまったせいで忘れていたけど、聞きたいことはまだあるのだ。

『迷宮の門は、破綻するおよそ二時間前に一度入口を閉じる。なんでか分かるか？』

ゴルドの問いかけを聞いて、私はう〜んと唸った。

門が破綻する、というのは壊れるにせよ崩れるにせよ、ゴルドのご主人様……つまりセイレーンの侵攻を止められなくなるということだと思う。

迷宮のモンスターが溢れ出すのか、はたまたとっておきと言われていたモンスターだけが現れるのかはわからないけど、少なくとも何もしないいまその時を迎えれば相応の悲劇が起こるんだろう。

それを避けるため……と考えるなら、一番シンプルなのはこれかな。

「モンスターから逃げる時間を確保するため？」

『そうだ。お前さんの他にその鍵を手にするやつがどれだけいるか分からねぇが……その鍵が効果を発揮するためには、その二時間の間に迷宮の中に居る必要がある』

「タイムリミットは二時間ってことだね」

『ま、実際に二時間が過ぎたところで、そっちの世界にモンスターごと放り出されるだけだ。当然、門がある街のどれかにな』

門のある街のどれか……。つまり最良でゼロノア、最悪の場合は始まりの街に放り出される可能性もあるのか。

そんなことになったらと想像してゾッとする。

始まりの街の中に唐突に化け物が現れたら。

あの街は旅立ちの地であるが故に、どう足掻いても最弱のプレイヤーしかいない。

はっきり言って、それこそメタルベアやらプチゴーレムやらが一体紛れ込んだだけで大惨事になるくらい、始まりの街のプレイヤーたちは弱いのだ。

もちろんNPCもいるし、普通に始まりの街に出戻ったそれなりに強いプレイヤーもいるかもしれないけど、あくまでもそれは少数派。

少なくとも、そのための備えをしていない限り大惨事は避けられない。

『八年前も、その前も。お前らは最後の討伐に失敗してる。その後世界がどうなったかはお前らの方がよく知ってんだろ？』

「……うん」

深刻そうな表情で頷いてみたけど、全く知らないです。

だって私は、まだこのゲームを始めたばかりの新米だ。

今日でやっと四週間目に到達するくらいで、しかも基本的には次の街へ次の街へと進めるので精一杯。

鬼人族スレの人達と時たま会話を交わすことで、どうも鬼人族関連のストーリークエスト的なものは一歩二歩先を歩いてるみたいだけど、逆に普通のNPCとかからクエストを受ける機会がほとんどないのだ。

冒険者ギルドのお姉さんと時折お話をしてたくらいかな。

世界観については、NPCと仲良くなると割と深い部分まで知れたりもするらしい。

だから、もしかしたら前回の侵攻についての情報も知ってる人は知ってるのかもしれない。

でも、基本的に私はそういうのは調べないから分からない。もしかしたら前回の時は、よほどの惨事が起きたりしてたのかもしれないね。

「ねぇ、この鍵ってさ。侵攻のたびに試練を通して配ってるの？」

『必ずしも鍵って訳じゃねぇが……試練は毎回用意されてるぞ』

「数の制限は？」

『それもねぇ。だが、これまでは一回の侵攻でせいぜい五、六人が手に入れられればいいくらいだったな』

ふむ。

まあ、正直そんなところだろうなぁと私は納得していた。

NPCはプレイヤーと違って、確かな命を持ってこの世界に生きている。

アイテム収集感覚でダンジョンを周回したりはしないし、死を前提にした無茶なダンジョンアタックもできない。

そんな中で、むしろ五人以上も試練をクリアできていることの方が驚きだ。

「最大で何人まで同時に戦えるとかいう制限はある？」

『少なくとも制限六人のパーティじゃねぇ……と言いたいとこだが、俺もそれ以上の人数が試練をクリアしたのは見たことがねぇからなんとも言えん。ただ、六人で勝てる相手じゃねぇのは確かだ』

「つまり……レイドバトルの可能性もあるんだね」

レイドバトル。WLO内でのソレは、六パーティが五つの計三十人同時参加型バトルのことだ。

既にサービス開始から一ヶ月以上がたったWLOだけど、現状ではレイドバトルの概念自体は判明していても、肝心のレイドバトルが発生したことはない。

何らかのイベント、あるいはメインストーリー進行で開放されるのではないかとの予測があるというのはリンちゃんから聞いていたけど、ここに来てその正体が見えてきた。

今回のイベントの締めは、場合によっては……。

しかし、それはそれとしてゴルドが当然のようにパーティというものを知っていたのには少し驚かされた。

冒険者ギルドではNPCでも普通にパーティの登録ができるから、六人で一パーティという概念そのものは根付いている。

でも、それは私たちの世界の話。

別の世界にいるはずのゴルドにとっては、一パーティが六人であるとも限らないだろうに。

そうだ。

ゴルドはセイレーンの騎士という異空間の存在である割には、不思議な程にこの世界のことを知っている。「スクナ」と酒呑のこととかね。

それに、戦う前にはこっちとあっちで時間の流れが違うと言っていたけれど、その割には「前回の侵攻」に関しては八年前であると明言した。

うーん、彼は彼で何かしら隠していることがあるような気がする。

それがなんなのかは今は分からない。

このゲームの強いＮＰＣってみんなして隠し事してくるよね。

琥珀とか酒呑とかゴルドとか。

教える気がないなら意味深なことだけ言うのはやめてほしい。

と、若干愚痴に近い心情を吐露《とろ》している間に、肝心なことを聞き忘れていたことを思い出した。

「ねぇ、ゴルド」

『ん？』

「なんで敵のはずの私に、こんなに沢山の情報を教えてくれるの？　セイレーンの侵攻を成功させたいなら、問答無用で斬りかかった方がいいはずでしょ？」

まあ試練のガイド的なポジションにいる以上、それは流石にＮＧな行動なのかもしれないけど。

素直に私は気になったのだ。

なぜゴルドが、ここまで丁寧に情報を教えてくれるのか。

まるで彼が、私たちに鍵と情報を配りたがっているみたいに思えたから。

『んー……まあ、そうだな。別に教えてもいいか』

ゴルドはかなり勿体ぶってから、瓦礫に座って話し始めた。

『俺はな、スクナ。この侵攻には反対してたんだよ』

「え？」

『ま、ご主人様のやることに誰も彼もが賛同してる訳じゃねぇってことさ。できれば今回の侵攻は失敗させてぇが……そうは言ってもお前さんらに直接手助けしてやる訳にもいかねぇ。俺はあくまでもご主人様の騎士だからな。だからまあ、体裁だけでも整えてる訳だ』

そう言って、これ以上語ることはないと言わんばかりに私に背を向けたゴルドは、出口の方を指さした。

『行きな。お前らがアイツを倒すことを期待してるぜ』

そう言うと、ゴルドは赤いポリゴンを吹き上げながら静かに消えていった。

消える時は随分あっさりと逝くな……。

当たり前のようにリスポーンしていたけど、割と無理してアバターを維持してたのかもしれない。

「結局はぐらかされちゃったような気がする」

とりあえず試練は突破して、最後にセイレーンの送り込んだモンスターと戦う権利は得た。

色々判明した情報についてはリンちゃんと相談することにして、私はゴルドに指し示された出口にその身を投じるのだった。

＊＊＊

「おかえりなさい、ナナ」

「ただいまー」

出口のワープゲートから放り出されたのは、もはや見なれたセーブポイント。

出迎えてくれたリンちゃんに倒れ込むように体を預けると、ふわりと受け止めてくれた。

「長引いたわね」

「まあねぇ……でも、これは手に入れたよ」

試練で手に入れた大鍵をリンちゃんに見せると、リンちゃんもまた同じものを取り出して微笑んだ。

「流石リンちゃん」

「私のところのは簡単だったからね。というか、ナナのところが難しすぎるのよ」

「見てたの？」

「ええ、途中から。それまでの経過はリスナーから聞いたわ」

「おお、そうだそうだ。私も配信してたんだった」

コメント欄を眺めると、私が見ないうちに随分と多くのコメントが流れていた。心なしかリスナーの同時接続数も増えてる気がする。

『尊い……』

『尊い……』

『尊い……』

「なにこれ」

謎の「尊い」コメントに思わず怯む。

一体感が謎すぎるんだけどこれは……？

「気にしなくていいわよ」

「そうなの？」

「ええ、よくある事よ」

「そ、そっか……？」

心なしか私を包む両腕に力が入ってるような……。

そんな有無を言わさぬリンちゃんの言葉に気圧されて、私はそれ以上配信コメントに突っ込もうとするのをやめた。

リスナーのコメントがよく分からないなんて日常茶飯事と言えば日常茶飯事だからね。

私はネットスラングにはあまり強くないのだ。

六年間ネット断ちに近い状態だったアルバイターを許してやってください。

「ところでナナ、イベントページが更新されたわよ」

「やっぱり試練関係？」

「ええ。ここを見てみて」

リンちゃんがメニューカードを操作してホログラム投影した公式イベントページ。

指で指し示された場所にあったのは、なにやら影絵になったモンスターのようなビジュアルが印象的なバナーだった。
☆　ダンジョンイベント：《星屑の迷宮　終幕～使徒討滅戦～》　☆
迷宮に眠る使徒たるモンスターが遂に目覚める。

世界に降り立つ前に討伐し、始まりの街の危機を救え！
期間：星屑の迷宮イベント終了直後
参加資格：特殊アイテム《試練の大鍵》を所持し、かつイベント終了時にダンジョン内に存在しているプレイヤー及びＮＰＣ
※本イベントはランキング集計後に発生します。参加の有無によって最終順位に変動が発生することはありません。
※特殊アイテム《試練の大鍵》は、本日より星屑の迷宮内にて特定条件を満たすことで入手可能になっています。
※使徒討滅戦は公式生放送にて配信されます。詳しくは【コチラ】のリンクよりご確認ください。
☆　☆　☆　☆　☆　☆　☆　☆　☆　☆
「使徒討滅戦……公式生放送？」

「運営会社の社員がゲームのアップデート情報とかを発表したり、著名なゲーマーやら声優やらを呼んだり、ちょっとした催しをしたり、公式プレイヤーなんかに新要素のデモプレイをしてもらったりするのよ」

「へぇ、そんなのもあるんだぁ」

そういえば私、リンちゃん以外の人の配信って見た事ないな。ゲームに夢中だったから、他の人のプレイを見ようと思ったこともなかった。

今度適当に見てみようかな。配信者として学ぶべき点があるかもしれないし。

「具体的に試練に辿り着く条件が全く判明してないから、現時点で掲示板は大荒れよ」

「あらま。まあでも気持ちはわかるなぁ。今のところ隠し要素ばかりって感じだもんね」

「問題はそこよね。……いや、たぶん最終的にレイドバトルの公式配信みたいな流れにしたかったんだろうなっていうのはわかるのよ。今後のイベントで開催するレイドバトルに向けたお披露目って感じでね」

珍しく顔を顰《しか》めてそう言うリンちゃんに、私は少しだけ驚いた。

リンちゃんいわく。

まず、公式生放送自体がそれなりにきちんとした計画の上で会場を決めたり時間を決めたりして行うものだから、そうそう突発的にできるものではないらしい。

つまり、これに関してはイベント前くらいから予め決定していた計画。

イベント終了後に「使徒討滅戦」を配信することで、技術の粋を集めたと謳うＷＬＯのグラフィックとかシステム面とか、主に技術面をアピールする狙いがあるのではないかということだった。

加えてゲームプレイヤーたちに対しては、ベータ版から一度も行われたことがなかったレイドバトルのお披露目を行う。

私がゴルドから得た情報から考察するに、恐らく使徒討滅戦はレイドバトル以上の規模になると思われるからだ。

ついでに、わざわざ公式で配信をする以上、それ以外にも今後実装予定の新要素の発表もあるかもしれない。

と、ここまでがリンちゃんが推測する今回の公式生放送の趣旨だった。

「問題はナナが言ったように、プレイヤー側に今回の使徒討滅戦がシークレット要素として隠されてたことね。……別にイベントに隠し要素を詰め込むこと自体はいいのよ。何度かイベントを重ねていくうちにそれが恒例になったりして、プレイヤーのやる気に繋がることもあるから」

「ふむふむ」

「ただ、今回の使徒討滅戦に関しては、プレイヤーの自助努力がなければ《参加者０人》だって有り得るのよ。そんな状態で公式生放送だなんて、さすがに説明努力が足りないわ。……ＮＰＣが自由に生きてる世界だから、運営の手をあまり入れたくないのはわかるけどね。《試練の大鍵》をランキング報酬にするとか、もっと工夫のしようはあったと思うわ」

厳しい意見を述べるリンちゃんだけど、その主張そのものは頷ける部分も多い。

実際掲示板は荒れているみたいだし、今回の使徒討滅戦に限らず、イベント期間の延長とかも含めて運営の手際は悪かった。

まあ、そうは言ってもサービス開始から最初のイベントだ。何かしら不手際が出てしまうのも仕方ないのかもしれない。

どの道私たちが《試練の大鍵》を手に入れた以上、使徒討滅戦が0人になることはない。

後はなるべく多くのプレイヤーが、できるだけバランスのいい職業構成で大鍵を手に入れるのを祈るしかない。

「あ！」

そんなこんなでリンちゃんのイベントへの愚痴に付き合っていたんだけど、イベントの説明を眺めててとんでもないことに気づいてしまった。

「どうかした？」

「この公式の文言を見る限り……使徒討滅戦に負けたら、始まりの街に使徒が出現するってことだよね？」

「そうでしょうね。始まりの街の危機を〜って書いてあるもの」

「これやばくない？　ＮＰＣって死んだら生き返らないんでしょ？　しかも昨日か今日あたりに第四陣の新規プレイヤーが入ってきたばかりだよね」

十日刻みで新規プレイヤーを呼び込むようになったことで、既に第四陣の二万人が新たに始まりの街に降り立っている。

確か今回はこれまでの倍の人数を受け入れるために、一万人ずつに分けてログイン可能時間を半日ずらしたんだったかな。

プレイヤーの人数も五万人に達するようになるわけで、ゲームが盛り上がっていくのはいいことだと思う。

けど、使徒討滅戦は明らかに「現状のやり込み上級プレイヤー」用のコンテンツだ。

さっきゴルドに聞いた時も思ったけど、万が一そのレベルのモンスターが始まりの街に降り立ってしまったら？

初心者プレイヤーが死んだところでデスペナは軽いからいいとしても、ＮＰＣに被害が出たりしたら「討滅戦で負けてしまった」プレイヤーはどうすればいいのだろう。

所詮はゲームだ。けど、命は命。「守れなかった」と後悔するのは避けられないことだと思う。

このイベント、思ったよりエグいんじゃなかろうか。

最悪、使徒討滅戦に参加できない上位プレイヤーには始まりの街に行ってもらった方が良かったりしない？

戦闘職なら二時間あれば、フィーアスから始まりの街ならギリギリ行けると思う。

「ま、私たちにできるのはできる限りの準備だけよ。イベント回してレイドバトルで使えそうなアイテムを集めて……その繰り返しをするしかないわね」

「そしたらリンちゃん、今日は午前中フリーにしてもらってもいいかな？　準備したいことがあるんだ」

「ええ。どの道モンスターフロアをクリアしたことで今日のノルマはほぼ達成してるわ。私もちょっとやりたいことがあるから、今日の周回は三時くらいからにしましょ」

リンちゃんの許可を取って、二日後のイベント終了に向けた準備時間を貰えた。

幸いリンちゃんも何かしらの準備はするみたいだし、ちょうどよかったのかもしれない。

一度迷宮から出るために帰還札を交換して、私はリンちゃんより一足先にセーブポイントから脱出するのだった。

＊＊＊

「ごめんなさい、ちょっと三十分くらい落ちたいので配信も切っちゃうね」

迷宮から脱出した私は、どうしても配信を切らなきゃいけない用事を果たすために、若干申し訳ない気持ちと共にそう言った。


『えぇー』

『しゃーない』

『おつー』

『そんなー』

『やむなし』

『乙。飯食ってくる』

『お風呂行くわ』

『おつ』


「すぐ再開するから、ちょっと待っててねー」

シュルンと消えていった撮影用の宝玉を見送った私は、メニューカードを操作して音声通話に接続する。

最近追加されたこの音声通話機能はいわゆる電話のようなもので、お互いのプレイヤーがフレンドになった上で応答すればボイスチャットができる。

メッセージよりも手っ取り早く連絡がつくので、互いにログインしているならこっちの方が便利なのだ。

逆に深夜とかに送るならメッセージがいい。ここら辺は使い分けだね。

「もしもし、はるる？」

『お待ちしておりましたぁ……お電話、かけてくると思ってましたよぉ……』

「話が早くて助かるよ」

ワンコールで通話に出たのは、最近すっかり頼み慣れてきたはるるだった。

彼女は基本的に配信で名前を出して欲しくないらしい。

はるるの性格を考えると「謎の鍛冶師」ポジションに収まりたいんだと思う。

初めて会った時に顔出しで配信に映っちゃったから今更なんじゃないかとは思うけどね。

とにかく、私が彼女に連絡したのは理由がある。

モンスターフロアで手に入れたあのアイテムを、はるるが使えるかどうかを確認したかったのだ。

「単刀直入に聞くね。グラビティジュエル、はるるなら使える？」

『えぇ……使わせていただけるなら願ってもないくらいですぅ……』

当然のように肯定の言葉を返してくれたはるるに、私は内心ほっとした。

重力属性っていうのが何なのかはわからないけど、ハイレアのアイテムってだけで現状は相当貴重なものだ。

そして、レア度というのは高ければ高いほど加工のしづらさが増すらしい。

ただでさえよく分からないグラビティジュエルの名前を聞いて、即答で返してくれるというのは素直に頼りになるというものだ。

さて、はるるがグラビティジュエルを使えるのであれば、頼みたいことはシンプルだ。

「武器が欲しいんだ。はるるが作れるとびっきりのやつ」

『ふふふふっ……そうだと思っていましたよぉ……《影縫》ちゃんも素敵な子ですがぁ……スクナさんにはもう「軽い」でしょうからねぇ……』

「わかっちゃう？」

『イベントの配信は見てましたからねぇ……こんな短期間で20レベル近く上げるとは思ってなかったですがぁ……』

楽しそうに笑いながらズバリと言い当ててくるはるるに、私も思わず笑みを浮かべる。

この武器との付き合いはまだ一週間くらいのはずなのに、これまで持った武器の中で一番手に馴染んでる。

何体屠ったかわからないほどにモンスターを屠った。その結果が、先程の戦いでの鬼哭の舞が延々と続いていた理由でもある。

だからこそ更に上へと向かうために、この子を強化してあげたいのだ。

『あぁ、そうですぅ……スクナさんには先にお礼を言わなきゃいけないんでしたぁ……』

「お礼？」

『《メテオインパクト・零式》ちゃん……あの子の最期、見せていただきましたぁ……』

「ああ、そっか。見ててくれたんだね」

それはつい先程のことだ。

打撃武器スキル最終アーツ《メテオインパクト》。はるるがそれを撃つためだけに製作したと言っても過言ではない《メテオインパクト・零式》は、まさしくその用途通りに砕け散った。

『……ありがとうございます。きっとあの子も……幸せだったと思います』

「はるる……？」

普段のわざとらしく間延びした声とは違う。とても澄んだ、優しげな声。

想像もしていなかったほどに感情の籠ったお礼に、私は思わず言葉を失った。

そんな私を現実に引き戻すように、はるるは再びふにゃりとした声で話し始める。

『ふふ、そのお礼も兼ねましてぇ……スクナさんのご要望にお応えする準備は整えてありますぅ……最高の武器をお作りしますよぉ……』

「うん、期待してる！」

『そこでひとつお願いをしたいのですがぁ……』

「お願い？」

『とにかくたくさんのヘビメタを送ってほしいんですぅ……イベントの交換アイテムにあるはずなのでぇ……』

「ああ、そんなこと？　いいよ、あとで送っておくね」

『助かりますぅ……』

星屑の欠片は基本的に集めた総数だけがカウントされていて、最終的なランキングの順位に手持ちの個数は関係ない。どうせ使い道もほとんどないし、はるるが欲しいというならヘビメタなんて送ってあげてもいいくらいだ。

「じゃあよろしくねー」

『了解ですぅ……』

ボイスチャットを切って、メニューカードをポーチにしまう。

配信再開まで少し時間が余った私は、少しだけフィーアスの街を散策して時間を潰した。


「ただいまー」


『わこ』

『おかえり』

『ただいま』

『おやすみ』

『グッモーニン』

『おばんです』

『わこつ』


「挨拶の見本市みたいなことしてないで」

はるるから送られてきた契約書を頼りにアイテムを送信し終わった私は、ちょうどいい感じの時間になった所で配信を再開した。

一応ここはセーブポイントの中だ。ドロップ品を広げようと思ったら、どうしても街中では難しい。

まあゴルド戦のリザルト確認をしよう、以外にやることもないからね。

リンちゃんとの約束の時間まで三時間はあるし、それまでのんびりダンジョンアタックをするのも兼ねての場所選びだった。

「とりあえずさっきの戦闘のリザルト確認したいなって思ってさ」


『ほーう』

『ええやん』

『はよ』

『はよはよ』

『んほ～』


「んじゃまー早速やってこっか。私もまだ見てないんだよねぇ」

メニューカードがやけにハイテクで便利だなんてことは今更だけど、最近気づいた機能の一つに「過去百戦までのリザルト表示機能」がある。

これは戦闘終了後に表示されるリザルト、つまり獲得経験値やイリスやドロップアイテムの内容を百戦まで保存して、後から確認できるというシステムだ。

基本的に通知から確認できるのはひとつ前の戦闘だけだから、これは地味にありがたい機能だった。

まあ、ゴルドとの戦闘はひとつ前だから通知から確認できるんだけどね。

『ゴルドってネームド扱いなの？』

「んにゃ、違うみたい。特にレアスキルのドロップもしてないし、何より《魂》がドロップしてないし」

《魂》に関しては私よりも前にゴルドを倒したプレイヤーがいたという可能性もある所だけど、どの道レアスキルのドロップがないからネームドではなさそうだ。

私が赤狼アリアを倒してからもう二週間以上。流石に新規ネームドや既存ネームドは討伐されていて、その全てでレアスキルのドロップが確認されている。

《魂》と違って、レアスキルはネームド戦の通常報酬みたいな扱いらしいね。

とは言ってもパーティネームドだと全員に行き渡るわけでもないらしいというのが、なんとも世知辛い話だった。

「とにかくゴルドからは経験値とイリスがめちゃくちゃ貰えてる。金ピカは伊達じゃないねぇ」

『どのくらい？』

『お金！』

『マネーイズパワー』

「経験値は3レベ上がるくらいで、お金は私の全財産が倍になるくらいかなー」

『どちゃくそ増えてて草』

『今のスクナの所持金の倍……？』

『レベル差考えると3くらいは上がるかー』

『家買えんじゃん！』


リスナーの反応は上々だけど、私も素直にこの経験値量とイリスの額はビックリした。

今の私の全財産って、イベント前にミステリア・ラビを狩りまくって稼いだ300万近いイリスの他に、このイベント中に延々と狩りを続けて稼ぎ続けたイリスが200万近く、それからいらない素材を売った分で100万ちょっとと、500万を優に超えていたりした。

ざっくり言うと、今の私の所持金は1000万イリスを優に超えている。

ゴルドから直接手に入ったイリスだけでこの増加量だ。

その前のモンスターフロアの宝箱分の金銀財宝も合わせると、ちょっと考えたくないくらいのお金持ちになっていた。

ちなみにレベルは75になった。

残り15レベルで《童子》の上位職へと進化できる……かもしれない。酒呑や琥珀との約束もようやく前に進み始めたような気がする。

ちなみに当然家も買える。買わないけどね。

「ドロップは実際に見せようか」

まず取り出したのは多数の金塊だ。

ガランガランと音を立てて降ってくる金の延べ棒をひとつずつ積み上げていく。


『多くね？』

『多い』

『えぇ……』

『お金ェ！』

『マジに大金持ちちゃん』


下段から順に積み上げた四段の金塊ピラミッド。

総数十個の金の延べ棒を見て、リスナーがドン引きしていた。

「ちなみに純金らしいよ」


『草』

『無駄設定で草』

『売値が変わったりすんのかな』

『リアルだったら三個くらいでしばらく暮らせそう』

『ゲームだと億単位がポンと消えたりするからなぁ』


なんだろう。こう、レアスキルやらレアドロップがない分のお詫び的な感じなのかわからないけど、お金を全力で押し付けられているようなこの感覚。

ホントはこう……「わぁっ」て感じに驚くところなんだと思うけど、ここまでドカ盛されるると「えぇ……」って感じが先に来てしまう。


『リアルだと一キロの延べ棒で500万くらいらしいよ』

「500万⁉」


『リアル換算5000万？』

『いや、サイズがどう見ても一キロに見えない』

『億単位のお金持ちかな？』

『ゲームクリアやん』


わー。お金持ちだー。


『いかんスクナが壊れた』

『あかん笑いが止まらん』

『リアルリンネはもっとお金持ちなんじゃ？』

『それでもスクナは庶民だからなぁ』

『赤狼の魂とかもっと価値あったはずだし……』

『→魂はマジで値段つけられん』

『現行最レアだもんなぁ』

「ま、まあ……沢山あっても使い道がね……家買おうかな……」

この世界での金塊の価値はよく分からないけど、金っていうものはあらゆる時代で価値を持ち続けてきたものだ。

現実ほどの価値があるのかは分からないけど、それなりの値段がつくことだけは間違いないと思う。

「あ、後こんなアイテムが出たよ」

――

アイテム：砂金時計
レア度：ハイレア
美しい砂金が入った豪奢な砂時計。
フレームまで全てが純金で製作された至高の一品。
アイテムとして使用時、対象スキル又はアーツのクールタイムを五十％短縮させる。
この効果は二十四時間に一度しか発動できず、一度のクールタイムで一回ずつしか使用できない。
このアイテムは何度でも使用することができる。

――

『何それ』
『すげぇ砂金だ』
『砂金を使った砂時計……夢があるな』
『換金アイテム？』
『時間を巻き戻せそう』

「そこまでの効果はないけどね。対象スキルのクールタイムを半減だって」

『うーん』
『弱くはないな』
『→でも強くもないよね』
『スキルによっては数日間クールタイムがあったりするからそういうのには有用なんじゃない？』
『速タイ兄貴ちっすちっす』

「そんなスキルあるんだ」

砂金時計への反応は全体的に「悪くないんじゃない？」くらいの感じだった。

まあ、実際私もそう思う。

正直餓狼みたいな丸一日クールタイムが必要なスキルは半減したところでもう一度同じ日には使わないだろうし、かと言って十分やら二十分のクールタイムを縮めるかと聞かれればそれもなんだかもったいない。

しばらくは観賞用かなーと思いつつ、今日の所は鬼哭の舞に使用してみた。

鬼哭の舞のクールタイムは《使用時間の三倍》。今回は四十分弱くらい使ったから、だいたい二時間で回復する計算だ。

それを砂時計で半分にしたから一時間くらいで回復できる。

リンちゃんと合流してはるると武器の話をして……もうそろそろクールタイムも終わる頃だろう。

ま、鬼哭の舞が必要なシーンが今日中に来るとは思わないけどね。

でも餓狼なんかは猶のこと使う機会がないし、かと言って餓狼と鬼哭の舞以外にクールタイムのあるアーツは使っていない。

餓狼に使わないなら鬼哭の舞に使う以外に選択肢がないというオチが待ってたのだ。

「と、ざっくり気になるアイテムはこんなとこだね」

『もうひと声あるかと思った』

『ワイもそう思います』

『ゆーて金塊十個はでかいやん』

『→でもボスのソロ討伐だよ』

『レアスキルとか欲しかったね』

リスナー的にはもっとド派手な報酬を期待してくれていたみたいだけど……まあ、目玉がとび出そうなレアアイテムとかは出なかったからね。

強い相手に勝っただけに拍子抜けしてしまった

のはあるのかも。

途方もない大金の元手は手に入れたけど、お金は稼ごうと思えば稼げちゃうもんね。

「ん？　あれ……なんか称号も手に入れてるな」

リザルトをよく見ると、まだもう一行見落としてた部分があった。


『ん？』

『ん？』

『今なんでもするって……』

『→誰も言ってないんだよなぁ』

『どんな称号？』


「えっと、《打ち上げ花火》？」

名前から全然効果と取得条件が想像できないいんだけど……？


――

称号《打ち上げ花火》

自身よりレベルの高いボスモンスターとの単独戦闘において、そのラストアタックで《フィニッシャー》と《メテオインパクト》をそれぞれ一回以上使用して勝利した者に与えられる称号。打撃武器を装備時に攻撃力が15％上昇するが、打撃武器以外を装備時に攻撃力30％減少する

――


「おお……!?」

それは、名前からは想像できないほどに強力な効果を持つ称号だった。

「ちょっとマジで強いヤツだこれ……」


『どんな効果？』

『称号って大して意味ないしなぁ』

『上から見るか下から見るか？』

『→それちゃうやつ』

『そんな強いんか』

『スクナが驚くって結構なモンでは』

『ゆーても称号ですわよ』

リスナーの反応がイマイチな感じなのには理由がある。

基本的に称号というものはフレーバー要素であり、ステータスに直接関わってくるのはかなり限定的なものばかりだからだ。

これまで私が手に入れた称号は、実のところアリアとの戦いで手に入れたものだけではない。

例えば到達した街を更新する度に貰えたり、モンスターの討伐数によって貰えたりと、いわゆる「トロフィー」のような実績解除系の称号は多く存在する。

これらは基本的になんの効果もないので、ただ持っているだけの称号と言った感じだ。

ただし、モンスターの討伐数に関してはギルド関連のＮＰＣに若干好感度補正が入ったりするけどね。

私がアリアを倒した際に手に入れたいくつかの称号も、アレはアレでステータス自体には補正がかからないものだった。

そしてそれ以外にも武器スキルの熟練度を上げると貰える、武器補正系の称号がある。これがいわゆる、ステータスに直接関わるタイプの限られた称号というやつだ。

私の場合は《打撃武器》スキルを極めているので、それに関する称号も手に入れている。

――

称号《打撃武器プロフェッショナル》

《打撃武器》スキルの熟練度が五百に達した者に与えられる称号。打撃武器装備時、攻撃力が５％上昇する。

――

と、具体的な効果はこんなところ。

見ればわかるように、補正こそかかるものの《打ち上げ花火》に比べれば微々たる上昇だ。

まあおかしいのは《打ち上げ花火》の方だけどね。

だからこそ、《打ち上げ花火》の性能は正直明かしちゃっていいのかな？　と考えてしまう。

でも、打撃武器使いの少なさを考えるとこういうのは積極的に明かした方がいいかもしれない。

現状では打撃武器使いは相変わらずあまり見ないし、少しくらい増えてくれないと寂しいからね。

と言うわけで、私は称号の効果を素直に伝えることにした。

「打撃武器装備時攻撃力15％アップ、別武器種装備で攻撃力30％ダウンだよ」

『つっよw』

『普通に強くてワロタ』

『常時ならやばくね』

『クソ強』

『実質デメリットなしはずるでしょ』

『称号の中じゃぶっちぎりじゃね』

「手のひらくるくるだよねぇ、気持ちはわかるけど」

普通の称号の効果が控えめな理由は、基本的に持っているだけで効果を発揮するからだろう。

現状の設定だと全ての効果が常時発動で加算されていくから、あまり強い効果を出してしまうと取り返しがつかなくなる。

この辺り、多分そのうちアップデートで制限されるんじゃないかと思う。

現状だと効果がごちゃごちゃしすぎちゃうし、もうひとつの装備枠みたいな感じで上限数を設定されそうだ。

その分色んな称号が増えてくれればプレイスタイルの幅も広がると思うから、今の闇鍋状態はなんとかして欲しいところだった。

『取得条件とか……ぜひ……』

「口頭じゃ説明しにくいから、後でＳＮＳに上げる感じでいいかな？」

『おけまる』

『助かる』

『やったぜ』

『どうせクソムズ難易度だぞ』

『→簡単に手に入ったらやばいから残当』

『誰でも取れそう？』

「難易度高めだけど、打撃武器使いなら誰でもチャンスはあると思うな」

格上相手に単独戦闘。ここまでは誰でもできる。それに勝利するのも、苦労はするだろうけど無理ではないはず。

トドメで《フィニッシャー》か《メテオインパクト》を使う……ここが地味に難しいんじゃないだろうか。

フィニッシャーもメテオインパクトも、どちらも「ぶっちぎりの高火力と攻撃速度」を誇る。

けれどその反面、一度でもスカせばその多大な技後硬直で詰むハイリスクハイリターンの技でもある。

格上相手とのギリギリの戦いの中でこれらの技を確実に当てるのは結構難しいんじゃないかな。

そもそも格上相手に勝つというのは、自分のレベルが上がるほどにしんどくなっていく。

そういう意味ではメテオインパクトを格上に当てて倒すのは相当に難しいだろう。

スキルの熟練度を五百まで上げるのって、その時点でレベル60は優に超えちゃうからね。

「でもなんで打ち上げ花火なんて名前なんだろ」

『大爆発してたからじゃゃね』

『音　量　注　意』

『花火ねぇ』

『激遅音量注意兄貴絶対許さない』

『さっきの爆発からやけに世界が静かな感じするよな』

『鼓膜破裂兄貴は早く病院行って』

『爆発と花火くらいしか思いつかーん！』

私自身、この称号の名前が《打ち上げ花火》である理由がその爆発くらいしか思いつかない。

リスナーと一緒にうーんと唸っていると、不意に長文コメントが書き込まれた。

『武器は壊れる瞬間が最も美しいのだ。その一瞬の輝きを花火に例えているのではないかね』

「ああ、なるほど！　……ところでその独特な話し方は突っ込んだ方がいい？」

返ってきたなかなかそれっぽい答えに感心する。

思えば、はるるもわざわざ武器破壊を前提とした武器を作っていたくらいなんだから、そういうのを好む人は一定数いるのだ。

そして多分、運営にも似たような趣向の人がいるんだろうな。

《フィニッシャー》の武器破壊という特性自体がかなり特殊なアーツだというのに、わざわざ打撃武器スキルの最終アーツを《メテオインパクト》という武器破壊アーツにしてしまったのだ。

更にそれを使った特殊な称号まで用意して。

まあ、最大限活用させてもらった挙句称号まで手に入れた私がそれをどうこう言う資格はないんだけどね。

むしろありがとうと言いたいくらいだ。

アリアとの戦いもゴルドとの戦いも、これらのアーツがなければ勝てなかったしね。

「ふむ、今度から花火師って呼んでもいいよ」

『花火師スクナの爆誕？』

『血の花火が降りそう』

『スクナさん鉄塊飛び散らせるのやめてください』

『花火師（鬼）』

「こらぁ！　印象操作はやめなさい、ぶん殴るよ！」


『ひぇっ』

『ひぇっ』

『ひぇっ』

『ひぇっ』


全く、失礼なリスナー達である。

私が凶暴で血も涙もない鬼みたいな言い方だけど、それは全くの事実無根だ。

むしろモンスターが苦しまないよう、なるべく急所を突いて最速で殺しているくらいなのに。

そんな私の弁明は、リスナーに鼻で笑われて終わるのだった。

うーむ、私の印象ってそんなに怖いかなぁ。

ほとんどは冗談だと分かっていても、何割か本気で言ってる人がいるような気がして、私は三秒くらい悩むのだった。

＊＊＊

【使徒討滅戦】星屑の迷宮攻略スレ４５【試練の大鍵】

１：ベラルーシ
このスレはダンジョンイベント：星屑の迷宮に関する攻略スレです。攻略に関わる情報、イベント進捗などイベントに関わる内容ならなんでも好きに話し合え～。

２：桃の絵
＞＞１
たて乙
ベラルーシ兄貴四十五連続スレ立てしてて執念感じる

３：りんごっち
＞＞１
立て乙

恒例のおつでーす

4：炉心
＞＞1
乙
運営の告知下手についての批判はもういいとして
結局使徒討滅戦ってどういう形式の戦いになるんだろうか

6：クリプトン
＞＞4
レイドほぼ確でしょ

7：エルマ
スクナリンネドラゴは確定なりぃ

9：でろん
試練自体の話を聞かないのはどーなのよ
配信者限定とかある？

11：メメロン
＞＞9
配信者以外も試練自体は出てる
でも今んとこ最低欠片十五万個ラインだぞ
一日中モンハウ周回してるようなバケモン以外お呼びじゃない

12：蜂蜜
試練の前の試練が突破できなーい

15：エルマ
現実問題十五万は無理ゲーなりね

17：でろん
＞＞11
限定じゃないのかよかった
＞＞15

無理ゲーすぎる俺まだ二万個だよ

19：りんごっち
＞＞17
流石にそれは足でまといだから大人しくして
て

今回はあくまでイベ戦なんでしょ？
お披露目だし大したことないって

20：マルタ
あと実質丸二日くらいでイベ終わるけど
これレイドの人数集まるか？

23：レイバン
ボス全部最適化してるリンナナコンビとドラ
ゴパーティが周回速度速すぎるだけで常人は
1万も相当しんどいぞ

24：桃の絵
もしレイド集まんなかったら三人で挑むのか
な
だとしたらワロけるんだけど

26：メメロン
＞＞23
実際きちぃ
しかもドラゴのパーティ、ドラゴ以外試練失
敗したらしいし

28：パルファム
＞＞26
地獄すぎる
まだレイドメンバーフルアタッカーしかいね
ぇぞ

29：のっぺ
お客様の中にヒーラーかタンクの方はいらっ

しゃいませんか!?

31：マルタ
討伐失敗したら始まりの街破壊されるんかね
サービス開始直後にリス地点が破壊されるな
らそれはそれでおもろいのでは

33：桃の絵
レイドバトル楽しみだけど公式放送被せるっ
てことはなんかアプデとか来るのかなー

34：メランコリックパワー
＞＞31
そんなことしたら新規がやめちゃうぅ

35：ロードオデッセイ
本気で始まりの街壊されんなら流石に何とか
防がなきゃなんじゃね

37：桃太郎
試練の招待状の入手自体困難なんじゃがぁ

40：台風のタイフーン
てか使徒討滅戦のせいでランキングの意味が

42：０１２０
＞＞33
まあアプデはあるんじゃない？
称号関連のテコ入れは必須級だし
ロベルト消失バグとかもあるしさ

44：アメンバーＶ
バグといえば世界樹洞のワープバグ関連は進
展あったんかな

45：ロードオデッセイ
＞＞40
それな

まあ元々ランキング自体飾りみたいなもんだったけど

47：りんごっち
レイズポーションだっけ？
あれは欲しいと思ったけどなー

50：メタモルファージ
今回のイベント自体プレイヤーに色々と素材集めさせたり武具供給したりって側面が強いよな
イベントらしいイベントじゃないというか、とにかく周回させたいみたいな

52：アメンバーV
まあ周回も楽しいっちゃ楽しいけどな
イベ限武具の見た目はいいいし

53：でろん
とりあえず俺は使徒討滅戦できそうもないし最終日は万が一に備えて始まりの街に待機しようかな

55：グレートモッス
始まりの街が潰れんのはちょっとな
という訳で運営さん始まりの街直通のワープゲートくださいおなしゃす！

58：のっぺ
始まりの街遠すぎんよ～

59：レイバン
実際グリフィスからじゃイベ終了後二時間で始まりの街は間に合わない
フィーアスでも相当きついし

60：ロードオデッセイ
十五万クラスの鬼周回プレイヤーが勝てない

レイドボスを食い止めるのにどんだけのプレイヤーが必要なんだ……？

62：てっぺんヒミコ
しょーがないのぅ
ワシも同行するとしよう

63：メランコリックパワー
でもてっぴみよええじゃん

65：てっぺんヒミコ
＞＞63
黙らっしゃい！
昨日レベル３７になった所じゃ！
てかワシ今後てっぴみで生きてかなきゃ行かんの⁉

67：のっぺ
＞＞65
ほんとに弱くて草
一応グリフィス行ってんのにw

68：グレートモッス
てっぴみさん？　だっけ？
姫プでもしたん？

70：あかさたな
てっぴみさんはフレに鬼人の里までキャリって貰ったけどそのまま放置されたせいで里周辺の雑魚モンスにすら勝てなくて鬼人の里から出られない有名セルフ縛りプレイヤーだぞ
これでもレベル20から少しはレベル上げてるから笑えるわ

71：てっぺんヒミコ
みんな面白がって助けてくれないんじゃ
うわぁぁぁぁぁぁん

72：グレートモッス
＞＞70
それは草

73：メランコリックパワー
まあとりあえず始まりの街を護る準備くらいは整えとくか
運営の神対応を少しだけ期待しよう

＊＊＊

【悲報】使徒討滅戦、参加可能プレイヤーが少なすぎる【無理ゲー】

1：オワタ
イベ終了まで二日切ったのに五人しか判明してないんご!!

2：ロンドベル
＞＞1
スクナリンネドラゴ
あと誰よ

3：オワタ
＞＞2
円卓のシューヤと社畜のテツヤ

4：メタルパンチ
＞＞3
社畜んとこ全員フリーランスだからってイベント謳歌しすぎ
てかテツヤ副マスと一緒だったろ
そっちは試練受けてなかった？

5：オワタ
＞＞4
即死トラップで死んだ

6：白餡子
＞＞3

シューヤさんが真面目にイベやってる話は聞いてたけどまさかソロで十五万集めたのあの人

7：メタルパンチ
そういやアーサーいないのにシューヤが真面目にやってんの珍しいな

8：オワタ
＞＞6
配信者じゃないからわからんけど試練クリアしたのは確からしい
このままじゃ討滅戦失敗して始まりの街壊滅しちゃうんじゃぁ

9：ロンドベル
＞＞1
とりあえずこの内容なら本スレで話してこい
わざわざスレ立てるほどのことじゃないスレ立てだってタダじゃないんだから

10：オワタ
＞＞9
申し訳ない
本スレ行ってくる

11：メタルパンチ
スレ立てしてみたかったんだろなぁ……

＊＊＊

【打ち上げ花火】ナナ／スクナ総合スレ25【花火師スクナ】

1：名無しのナナファン
ここは『HEROES』VR部門所属のプロゲーマー《ナナ》及びWLOの《スクナ》について語るスレです。荒らしは厳禁、アンチはNGで。打撃武器を愛せよ。

――

33：名無しのナナファン
スクナたそリスペクトで鬼人族の棍棒装備で始めてみたんだけど、棍棒案外使いやすくてびっくりしてる

35：名無しのナナファン
スクナたそって異常なほどアンチに反応しないよね
見えてないみたいに

36：名無しのナナファン
＞＞33
鈍器は原始時代から使われてきた武器だからな

37：名無しのナナファン
男は誰しも木の枝という名のエスカリボルグを心の中に持っているとかなんとか

39：名無しのナナファン
リンネもそうだけど
スルースキル高いと配信の雰囲気いいよね

40：名無しのナナファン
なんだかんだからかっても許してくれるからすこ
ナナはスルースキルってかアンチ自体に興味ないっぽいよな
アンチ関連のコメだけ視界から外してるみたいな

42：名無しのナナファン
アンチに対する最大の対応は無視ってはっきりわかる

43：名無しのナナファン

アンチに対応してるとスクナに反応して貰えなくなるからリスナーですらアンチは無言でNGにしてるの統一感あって好き

45：名無しのナナファン
最近はアンチもいなくて優しい世界

48：名無しのナナファン
ナナが【打ち上げ花火】の取得条件ツイートしたよ

49：名無しのナナファン
配信は類友しやすいから配信者が穏やかだとリスナーも穏やかな感じになりがち

50：名無しのナナファン
＞＞48
サンクス
うーん難しいなこの条件

52：名無しのナナファン
＞＞49
やっぱ見てて不快感のない配信がいいよ
配信者リスナーコメントと全部合わせてひとつのコンテンツだしな

53：名無しのナナファン
＞＞48
ぬぬぬぅ……確かに誰でも取れるけど
そもそも打撃武器スキル極めるやつほぼいないんだよな

55：名無しのナナファン
打撃武器スキルは属性攻撃ないからな
物理攻撃だったら片手用メイスとそんなにアーツの効果変わんないし
メテオインパクトくらいしか目玉がないのがネック

56：名無しのナナファン
打撃プロと打ち上げ花火で常に20％底上げできるのか
この攻撃補正は打撃武器使いにとっては必須級じゃね？

58：名無しのナナファン
全打撃武器に補正が乗るのがずるい

60：名無しのナナファン
剣やら槍やらはその分スキルと派生の数が多いからな
職業の派生も多いし属性攻撃も多彩だし
打撃武器は大雑把な分基礎性能高めってことでいいじゃん

61：名無しのナナファン
ＷＬＯの話題に熱中すんのはいいけど打撃武器の考察は若干スレチだからね

63：名無しのナナファン
＞＞61
すまんち
しかし花火師スクナの辺り、リスナーもスクナのおちょくり方を覚えてきた感があるよな

64：名無しのナナファン
＞＞61
すまんち
今日は久々にナナの配信！　って感じで楽しかった
コラボも尊いけど単体でも見たいよね

66：名無しのナナファン
やはりあの表情のギャップがいい
戦闘中の鋭い眼光のまま踏まれたい

67：名無しのナナファン
俺はメテオインパクト食らってみたいな

69：名無しのナナファン
ヘビメタのハンマー用意したらやってくれるかもよ

70：名無しのナナファン
ゴルドと戦ってる時のナナいつも以上に楽しそうで
でも白目が真っ赤でちょい怖かった

72：名無しのナナファン
これ見てちょ
スクナ・鬼哭の舞．ｐｎｇ

74：名無しのナナファン
＞＞72
うっま

75：名無しのナナファン
＞＞72
神絵師現る

76：名無しのナナファン
＞＞72
筆早すぎん？
あれからまだ半日くらいだよ

78：名無しのナナファン
筆が乗って思わず描いちゃった

79：名無しのナナファン
＞＞７２
んー……このタッチもしかしてレの字のあの人の……

81：名無しのナナファン

んっ

82：名無しのナナファン
レの字ってガチ神絵師やんけ

84：名無しのナナファン
先生思考入力漏れてますよ

86：名無しのナナファン
先生何やってんすかシリーズで草

87：名無しのナナファン
ナ、ナンノハナシカナー

89：名無しのナナファン
誤魔化すの下手くそで草

90：名無しのナナファン
先生可愛くて草

92：名無しのナナファン
思えばリンスクは先生の性癖ぶっ刺さりやね

93：名無しのナナファン
レの字さん人外娘百合好きだからなぁ……

＊＊＊

イベント九日目。ぶっちゃけこの日、私とリンちゃんはほとんどやることがなかった。

というのも、使徒討滅戦に向けた試練の大鍵は昨日二人とも手に入れてしまったし、アイテムの補充なんかも同じく昨日終わらせてしまった。

はるるに頼んだ武器は最終日の昼頃に完成するらしいから、それを焦って待つ必要もないし。

今やれることなんて、若干空気が薄くなってしまったランキング上位入賞の為に星屑の欠片を集めることくらいだ。

もちろんそれはそれで構わないんだけど、明日

に大勝負が控えているとなると昨日までのように
ガンガン周回する気にはなれないのも事実で。
迷いに迷った結果、私とリンちゃんは一旦カフ
ェでお茶にすることにしたのだった。
「ナナは使徒討滅戦で使うスキルは決めたの？」
クリームの載った珈琲のようなものを片手に、
リンちゃんがそんなことを聞いてきた。
「まだあんまり。レベルもだいぶ上がったから、
手持ちのスキルで育ってるのはだいたい入れられ
るんだよね」
レベル70を超えた私のスキル枠は十個ある。
初期の二つと、レベル10ボーナスの二つと、20
から70でそれぞれ一つずつの計十個だ。
《打撃武器》《投擲》《探知》《餓狼》《瞬間換装》
《鬼の舞》。ここまでの六個は私のプレイスタイル
的に手放せないスキル群だ。
《鬼の舞》は、実はレベル60を超えて初めてレギ
ュラーとして追加したスキルだったりする。
何故かと言うと、基本的にバフが短時間かつク
ールタイムがあるからだ。
クールタイムがあると、咄嗟の時に使えないの
が怖くてついついアーツを温存してしまう。
結果としてよほどの戦闘じゃなきゃ使う機会が
ないし、かと言ってそういう戦闘が発生するのは
日に一回あるかないかだ。
しかもアーツの習得が熟練度じゃなくて筋力値
依存だから育てるという概念が薄い。
使わないスキルに枠を割き続けるのは勿体ない
から、枠がギリギリだったレベル60まではレギュ
ラー落ちのままだった訳だ。
実際、二日目に初めてモンスターハウスに潜っ
た時は、イベント中は使うこともなさそうだと思
ってあえて《鬼の舞》を外していた。
それを常時付けるようになったのは、単純にス
キル枠が空いたのと《鬼哭の舞》という扱いやす
い長時間バフが手に入ったからだった。
その鬼哭の舞のチャージ分もだいぶ消費しちゃ
ったから、今日中に十分くらいはリチャージした

いね。

加えて、今回のイベントで新たに手に入れたレアスキル《歌姫の抱擁》。これも恐らくレイドバトルで使う機会が来るはずなので、現時点では優先的に組み込みたい。

これ以外に私が育てたことのあるスキルは《片手用メイス》《両手用メイス》《両手棍》《素手格闘》が主だろうか。

ここまでで十一個とはいえ、当然他にも持っているスキルはある。残り四枠の検討は慎重にしなければならない。

「《素手格闘》は持っていきたいんだよね」

「ああ、それはいいわね。やっと本領発揮の場ができたんだもの」

私の言葉に、リンちゃんは楽しそうに頷いた。

まず、《素手格闘》スキルは必ず持っていきたい。

なぜならこのスキルは、本来対ボスモンスター用の超火力が売りのスキルだからだ。

レイドバトルという多人数での戦いである以上、ヘイトの分散は発生する。大きな隙を狙うチャンスさえあれば、このスキルのアーツなら特大のダメージを期待できる。

下手にメテオインパクトなんかでハイリスクハイリターンを狙うよりは、安全かつ効果的にダメージソースにできると思う。

それに加えて、初期からアーツが全部解放されているというのも大きい。スキルの熟練度で習得できるのが全て《無手状態でのステータス上昇》に絞られているこのスキルは、全部で十あるアーツが最初から解放されているのだ。

最終的には無手で使うのが最強のスキルだけど、メリケンサックやグローブ、ガントレットのような武器を装備することもできる。

《素手格闘》スキルの熟練度が低めな私は、今回も《ヘビメタ・ガントレット》とセットで使う予定だった。

ともかくこれで八枠が埋まった。

残り二枠のうち、《両手棍》と《両手用メイス》はお留守番の予定だった。

これに関しては単純に武器がない。《メテオインパクト・零式》は破壊してしまったし、《クーゲルシュライバー》以降両手棍は入手していない。

一応イベ限定武器は確保してあるものの、性能的に今回の戦いについてこれそうもないしね。

そんな訳でそのふたつは今回はお留守番。

《片手用メイス》に関してもそれほど熟練度は高くないいんだけど、それでも300近くまでは育てていくつか属性付きのアーツも覚えているから、もしかしたら使い道はあるかもしれない。

だから今回持っていく武器スキルは《打撃武器》《片手用メイス》《素手格闘》に決めた。

「それで、ラスト一枠は？」

「予定としては新しく覚えた《打撃の極意》スキルを持っていこうかと思ってるんだけど……」

「《打撃の極意》？　初めて聞いたスキル名ね」

「打撃武器スキルのコンプリートと、筋力値250が取得条件みたい」

そう、それは昨日のリザルト確認の後、ふと気がついたら手に入れていた新スキルだった。


――

《打撃の極意》スキル
レア度：コモン【マスター】
熟練度：15／1000
《打撃武器》スキルを極め、十全な肉体を備えし者よ。
打撃の真髄、極意を授けん。
取得条件：《打撃武器》スキルの熟練度500達成、及び筋力値250以上

――


「マスターランクのスキルなのね」

「そうなんだよね」

納得したようなリンちゃんの言葉に、私は素直に頷いた。

スキルのレア度は基本的にコモンとレアの二つだ。

もっと上位のレア度もあるのではないかとは言われてるけど、今のところはその二つだけである。

ネームドの魂を利用した武具に付く《ネームドスキル》に関しては、特殊だから今は気にしない。

ではリンちゃんの言ったマスターランクのスキルというのが何を指すのかというと、これは純粋に「コモンスキルの上位版」の事を指す。

上位版と言っても、必ずしもその性能が普通のコモンスキルよりも高いとは限らない。

どちらかと言うと、「習得するのに他のスキルの熟練度上げが必須なスキル」という表現が正しいかもしれない。

例えば《二刀流》スキル。これは習得条件が「片手用の剣カテゴリ武器スキルを熟練度200以上にする」となっている。

つまり《片手剣》や《曲刀》、《細剣》といった片手用の剣スキルを育てるうちに習得できるスキルという訳だ。

二刀流はその手数の多さから圧倒的なダメージを叩き出せる反面、片手が自由に使える片手剣に比べると柔軟性が著しく落ちる。

片手剣であれば盾を装備したり、アイテムを使ったりできる場面で、二刀流ではそれができないのだ。

これが、マスターランクのスキルが必ずしもコモンスキルより性能が高いと言えない一例である。

とはいえ、マスターランクのスキルはどれも特化した性能を持つため、他のスキルやプレイヤーとのシナジーさえ上手く合わせられれば非常に強力なのは間違いない。

何事も使い分けと組み合わせなのだ。

「今後どんなアーツが解禁されるのかはわからないけど……最初から《打撃武器攻撃力5%上昇》効果がついてるんだよね。だから、それだけでも積む価値あるかなって」

「パッシブ効果はいくらあっても困らないものね。

みんな単一の武器スキルばかり上げるから《打撃武器》をちゃんと強化し続けてた人ってほとんどいないし、ナナが開拓者になっててちょっと笑えるわ」

「《打ち上げ花火》に関してはほんとラッキーだったけどね」

リンちゃんが言うように、《打撃武器》スキルは実際それほど人気がない。

その理由はいくつかあるけど、最大の理由は熟練度が500で打ち止めになるという点だろう。

基本的に武器スキルは、熟練度の高さに依存してより強力なアーツを覚えるようになっている。

他が1000まで伸ばせる中、打撃武器は500まで。

その時点で未来が暗いと感じてしまう気持ちはよくわかる。

その上、強力な技のツートップが《フィニッシャー》と《メテオインパクト》の二つだ。

強力な技を発動する度に、常に武器破壊を強いられるのはなかなかに闇が深い。

それ以外のアーツも基本的にはただの打撃なので、攻撃のバリエーションも確保しづらい。

打撃武器スキルを上げることで《片手用メイス》などのスキルを習得できるとは言っても、打撃武器スキルから生えるような派生武器スキルは一通り店でも買える。それも相当安い値段で買える。

序盤はお金をケチりたいから大抵のプレイヤーは打撃武器スキルを育ててから派生スキルを取るけど、一度派生スキルを手に入れてしまえば打撃武器スキルは用無しになりがちだった。

ちなみに、はるるがメテオインパクトを見たのはベータテスト最終日。

たったひとりだけこのスキルの熟練度を上げきったプレイヤーに見せてもらったんだとか。

まあ、ベータテストの期間で500上げたことがすごいのであって、その先のマスターランクスキルを開拓できなかったのは仕方ないと思う。

「でも、《打撃の極意》の習得条件を見るに、かなり筋力よりのステータスが前提の武器種なんだなって思うね。これまで情報がなかったのも仕方ないかもしれないよ」

そう。現時点でこの《打撃の極意》スキルの情報が出ていないのは、恐らく筋力値の問題なんだと思う。

打撃武器スキルを極めたのが私だけ、なんてことはありえない。

だって私よりも二週間も前に始めたプレイヤーが一万人もいるのだ。

どんなに少なかったとしても、一人は私よりも先に打撃武器スキルを極めているはず。

マイナージャンルや不遇職に心血を注ぐプレイヤーというのは、集団があれば一定数存在するものなのだ。

でも、そのプレイヤーが筋力値２５０に到達しているはずだ、とは断言できない。

物理ステータス特化の鬼人族の私が、レベル30くらいからずっと筋力にステータスを振り続けて、ようやくたどり着いたのが３００という筋力値だ。

つまり『同レベル帯の、ステ振りで筋力に比重を多くかけていて、打撃武器使いで打撃武器スキルを極めているプレイヤー』でなければ《打撃の極意》スキルは出現しない。

ここまで絞ってくるとさすがに先行組にそれが居ないと言われても納得がいくと思う。

まあ、もしかしたらそんな奇特なプレイヤーがいて、あえて情報を隠してたのかもしれないけどね。

「装備重量の問題は前衛にとってものすごい神経を使う部分だもの。防具に割く分の筋力値と武器に割ける筋力値。敏捷、頑丈、器用の三つとのバランスも重要だし、魔防だって普通のプレイヤーは捨てないし。そういう意味でナナの赤狼装束ってずるいわよね。要求筋力値がほとんどないんだから」

「しかも敏捷補正もあるしねぇ」

いや、もうホントにお世辞抜きで、この装備にはお世話になりっぱなしだ。

フィーアスレベルの敵相手なら十分すぎる防御

力、10レベル分のステータスポイントに匹敵する敏捷値補正、そして何より要求筋力値5という破格の軽さ。

そのおかげで私は武器に全てを費やせるし、筋力に大きくステータスを割り振れるのだ。

リンちゃんが冗談とはいえずるいというのもわかる。

装備してる私自身が頷けるほどに高性能な装備だった。

「ま、ナナがどう立ち回るつもりなのかは分かったからいいわ。今日は《打撃の極意》の熟練度をできるだけ上げましょう」

「リンちゃんは大丈夫そうなの？」

「ええ、もともとそんなに準備がいるわけじゃないからね」

それに私もこのイベントを通してひとつ、絶対使えないだろうと思っていた「とあるアーツ」の使用条件をギリギリ満たせそうだったりする。

全ては使徒討滅戦に向けての準備だ。

どの道モンスターを狩らなければ始まらないので、私とリンちゃんはしばらく雑談してから配信を付けなおして、いつものようにダンジョンへと潜るのだった。

＊＊＊

十日目、イベント最終日。

と言っても、やる事は何も変わらない。

ダンジョンに潜って、星屑の欠片を集めながら経験値を稼ぐ。私とリンちゃんはすっかり慣れてしまった周回作業を淡々とこなしていた。

十日間に及ぶ周回作業も、ようやく終わりが見えてきたのだ。あと三十分もすれば午後五時を回る。

それはつまり、イベントの終わりと共に使徒討滅戦の始まりを意味していた。

「少し早いけど、ここらで締めとしましょうか」

「ん、そうだね」

これ以上は周回したところで大した欠片の足しにもならないからと、私とリンちゃんは早めに周回を切りあげた。

これで、一人当たり二十四万個くらいの星屑の欠片を集めてイベントをフィニッシュすることになる。

ランキング上位に載ってるかは分からないけど、せっかく頑張ったんだし載ってたらいいなとは思う。

なんだかんだ時間も労力も割いたしね。

ともあれ、私はイベントの間ずっとリンちゃんと一緒にいれたから楽しかった。

進行度はともかくレベル的にはリンちゃんとそう変わらないところまで来たし、始めた時にあった二週間の差はだいぶ埋まったと言えるだろう。

そんなこんなでセーブポイントに戻った私たちは、カタログを片手に使えそうなアイテムをかき集める。

この後始まるのは、恐らくほぼ全員がアタッカーの異色のレイドバトルだ。

役割分担なんてクソ食らえと言わんばかりの絶望的な戦いに備えて、できることはしなければいけない。

「そう言えば、武器は届いたの？」

「うん。間に合わせてくれたよ」

配信中だからと主語を隠して聞いてくるリンちゃんに、私は同じように配慮を込めた言葉を返す。

はるるから「いい素材があったらよろしくお願いしますぅ……」という伝言と共に送られてきた新武器。

ざっと性能を確認しただけでも《影縫》以上のポテンシャルが見て取れた。かなりピーキーだから普段使いは難しいけれど、そこは《影縫》との使い分けになるだろう。はるるは本当にいい仕事をしてくれる。

とはいえ、この子を初手から出すことはしない。いや、この子に関しては初手から出せないというべきか。

でも、その分の見せ場は作れるという確信がある。それを見せる機会がなければ、それはそれでいい事だしね。

「アイテムは集めたし、装備の耐久も問題なし。うん、万全だね」

「ま、あまり気負わず行きましょう。最悪私たちが討伐失敗しても、今の始まりの街には結構強いプレイヤーも集まってるんだから」

「気負ってはないけどね～。むしろワクワクしてるくらい」

「それは私も一緒よ。ようやく、ようやく私の火力を本気でぶつけられるモンスターが現れたんだから」

本当に嬉しそうに笑うリンちゃんに、私も思わず顔をほころばせてしまう。

ガッチガチの純魔ビルドにしてネームド素材の杖を持ち、多数のレアスキルを使いこなす魔道士プレイヤーがリンちゃんだ。

目指す先はただ一点。「強力な魔法を使うために」。

そうして育て上げたステータスを存分に振るえる状況がついにやってきたのだ。

興奮してしまうのは仕方のないことだった。

「そろそろ時間だね」

「ええ、始まるわよ」


『アラート：間もなく使徒討滅戦が始まります』

『アラート：間もなく使徒討滅戦が始まります』

『アラート：門の周辺住民は離れてください』


アナウンスではなくアラートなんだ。

セーブポイント内に校内放送のように響き渡る大音量に、思わず顔を顰めてしまう。大音量は苦手なのだ。

リンちゃんはというと、全く動じることなく装備の調子を確かめていた。ほんと頼もしいね。

『異空への転移ルートの確立を確認、星屑の迷宮の門を閉鎖します』

『続けて、試練の大鍵による転移を開始いたします』

音声に合わせて、インベントリに入れていたはずの試練の大鍵がふわりと浮かび上がる。

私とリンちゃんは、それぞれ自分で所有する大鍵が放つ光の円に包み込まれた。


『ご武運を』


なるほど、強制ワープか。

この十日間で慣れ親しんだワープの浮遊感を感じながら、私たちは使徒討滅戦の地へと飛ばされるのだった。

＊＊＊

一瞬の閃光に思わず目を閉じる。

目を開けた時、広がる景色は焦土だった。

ひとつの街が丸ごと破壊されたような、焦げ付いた瓦礫に覆われた大地。

その一部にぽっかりと空いた円形のフィールドの上に、私たちは立っていた。

わかりやすいスペースを作るなぁなんてことを思いつつ、燻《くゆ》る大地から立ち上る黒煙で、どす黒く染まった空を仰ぐ。

視線を下に戻してみれば、転移の光がポコポコと湧き出した。私とリンちゃんは来るのが早かったみたいで、私は続々と現れるプレイヤーたちをぼんやりと眺めていた。

転移してきた人数は私たちを含めて十五人。三十人という制限人数にさえまるで届いていない。

もしかしたら三十人以上のプレイヤーがいて、その上で第一陣として私たち十五人が派遣された説……なんて、ありもしない妄想はやめよう。

制限人数があったのかもとか、考えるだけ無駄だ。たとえ控えがいようといなかろうと。

私たちが十五人で使徒と呼ばれるモンスターと戦い、勝たなければならないことに変わりはないのだから。

とはいえ人数が少ないのは素直にキツい。レイドバトルである以上、敵モンスターのＨＰは普通のボスモンスターの五倍はゆうに超えてくると思う。

なぜならレイドバトルは、本来五パーティフルメンバーまで参加が許される総力戦なのだ。

単純に人数が五倍いれば、火力は当然五倍どころではなく跳ね上がる。これはヘイトと標的が分散し、攻撃を挟める隙が多くなるからだ。

もっとも、これは洗練されたレイドの場合の話であって、寄せ集めのメンバーだけで戦う今回に当てはまるとは言いきれないけどね。

ともかくプレイヤー側の戦力に対抗するために、あらゆるゲームにおいてレイドバトルのボスモンスターというのは例外なく特大のＨＰを付与される。

それは恐らくこのゲームにおいても例外ではなく、これから戦うモンスターはこれまで出会ったことがないほど莫大なＨＰも持っていることだろう。

三十人で二時間かけて戦うことを前提にしたＨＰだ。それを半分の人数で削りきるのは、はっきりいって至難の業と言えた。


いざ集まりはしたものの、各々で最終確認を始めるプレイヤーたち。

その内のひとりが悠然とした足取りでこちらに向かってくる。

「やぁ、二人とも」

「あら、ドラゴ。防具少し変えた？」

「目敏いね。ガントレットを更新したんだ」

「知り合い？」

「そうか、スクナ女史と会うのは初めてだったな。私はドラゴ、クラン《竜の牙》《ドラゴンファング》のリーダーを務めているしがないプレイヤーさ」

クラン《竜の牙》《ドラゴンファング》のリーダー、ドラゴ。

その名前は私もたびたび掲示板で目にしたことがある。

このゲームにおいて初めてネームドボスモンスターを討伐したプレイヤーであり、同時に初めてネームドウェポンを所持したことで有名になった重剣士だったはずだ。

改めて装備を見ると、ビキニアーマーに大剣を背負う、まるでファンタジーマンガのヒロインみたいな装備をしていた。

ぱっと見でしかないけど、重剣士にしてはかなりの軽装に思える。

ついでに言うと配信もしているみたいで、周囲にふよふよと宝玉が飛び回っていた。

「君とは一度話してみたかったんだ。この戦いの後一杯どうかな?」

「遠慮しときます」

「ははは、そうか! 軽い冗談だ、気にしないでくれ」

「……で、何しに来たの?」

「軽い雑談さ。こう見えて私も緊張してるんだ」

顔をしかめるリンちゃんに、ドラゴさんは飄々とした態度でそういった。

ふたりが知り合いらしいってことは知っている。というのも、リンちゃんもドラゴさんのネームド初討伐に参加していたメンバーのひとりなんだとか。

それが初対面だったのかはさておき、今現在浅からぬ関係であるのは間違いない。

それにしても、このメンツの中ではやはりこの二人がよく目立つのか、周囲の視線を集めている。

リンちゃんは言わずもがな、ドラゴさんも現状最大規模のクラン《竜の牙》のクランリーダーと言うだけあって注目度は高い。

二人とも緊張の欠片もない様子で雑談を交わしているあたり、流石の精神力と言わざるを得なかった。

とはいえ、この場に集っているのはあの試練を乗り越えて使徒討滅戦に参加する、現状のトッププレイヤーたちだ。

そこに実力や立場の上下関係はなく、現時点では間違いなくゲームのトップ集団に位置する廃人の集まりである。緊張なんて屁でもないって人ばかりだろう。

案外二人がとりわけ有名かつ美人なアバターだから、目の保養になると思ってみているだけかもしれなかった。

何だかんだみんないい表情をしているなーと思って観察を続行していると、不意に声を掛けられた。

「スクナちゃん、久しぶりっすね」

「あ、シューヤさん」

クラン《円卓の騎士》の団内序列第三位。

紛れもない強者だけど、どこか掴みどころのない人物。

トーカちゃんと初めて遊んだ時、彼女をデュアリスまで案内してくれていたのがシューヤさんだった。

相変わらずなんとも言えない緩い雰囲気だけど、今日の彼は前にあった時とは違い全身を鎧で覆っている。

まさに騎士、といったシルバーのメイルだった。

完全な重戦士ではなく動きやすさも確保しているようではあるけど、てっきり軽鎧を扱う軽戦士なんだと思っていたから、その装備のチョイスは意外だった。

「なんか意外だな」

「意外っすか？」

「うん、装備もだけど、シューヤさんってこういう周回とかあんま好きじゃなさそうだと思ってたから」

仮にも攻略トップクラスのクランで幹部ではあるものの、トーカちゃんに聞いた話だとシューヤさんって結構な昼行灯キャラらしい。

攻略ではなくゲームを楽しむタイプというか、言ってしまえば自由人であるシューヤさんだ。

むしろ周回とか大っ嫌いなタイプなんだと思ってた。

「間違いじゃあないっすね。普段なら絶対やらないっすよ。でもまあ、リーダーの頼みなんで」

「アーちゃんの？」

「円卓からもランキングに載せたいんだそうで。ま、レオとえるみがいるんで心配はなかったっすけど、まあ保険はかけるに越したことないし。ちなみにレオとえるみってのはあそこの虎の獣人と猫の獣人コンビっすね。一応ウチの一位と四位なんで、そこそこ強いっすよ」

そう言われて視線を向ける。

レオさんは……両手剣使いかな？　えるみさんとやらはまさかの二刀流か。しかもあれ、細剣《レイピア》の二刀流？　ものすごく珍しいものを見たような気がする。

ちなみにアーちゃんというのはクラン《円卓の騎士》のクランリーダー、アーサーのことだ。年下の女の子で、とっても身長が小さい獣人プレイヤー。でも、その実力は間違いなくトップクラスのものを持っている。

シューヤさんたちはクランの意向をかなえるべく、今回のイベント周回に邁進していたみたいだった。

「じゃあ円卓からは三人なんだね」

「そうなるっすね。んで、あっちの三人は社畜機動部隊かな。社畜と言いながらメンバー全員がフリーランスか自営業の不思議なギルドっす」

「えぇ……」

クラン《社畜機動部隊》。シューヤさんの言葉を信じるなら、あの名前で社畜のいないクランらしい。

「リーダーのテツヤはタンクなんで、今回のレイドに彼らがいるのはありがたいっすね」

「他のふたりは？」

「流石にそこまで詳しくはないっす。後で聞いてみたらいいんじゃないっすか？」

「そうする」

これでえーと、九人の素性が割れたかな。

円卓から三人、社畜機動部隊から三人、私とリンちゃんとドラゴさんで九人だ。

「ちなみに、竜の牙は四人いるっす。一度試練で壊滅したって聞いてたっすけど、ドラゴさんのとこはパーティ全員試練突破できたんすね」

「全員って凄いねぇ」

「実際凄いと思うっすよ。ついでに言うとヒーラーバッファータンクが揃ってるのがマジでありがたいっす」

「流石は廃人パーティ……隙がないね」

ドラゴさんは、リンちゃん情報だと確かフルアタッカーのはずだ。

サポート三人に火力ひとりとなるとバランスはあまり良くない気がするけど、それでもそのパーティでこの十日間を乗りきったんだろう。

何よりヒーラーとバッファーをこのバトルに参加させたことそのものがドデカイ功績と言えた。

「あとはあっちのが……おっと⁉」

「うわっ！」

シューヤさんに集まったプレイヤーについて教えて貰っていると、轟音と共に大地が揺れた。

地震ではない。それは瓦礫の山の中から、何かが勢いよく飛び出したことによる余波だった。

周囲で沸き起こる悲鳴や驚きの声を聞き流しつつ、一瞬リンちゃんの無事を確認してから、私はその何かを追うように空を見上げた。

「あぁ……」

思わず声が漏れてしまう。

嫌な記憶が蘇る。


それはもう二週間以上も前のことだというのに、未だに鮮明に残る敗北の記憶。

その両翼は空を震わせ、爪牙は全てを切り裂く刃。尾の一振りで優に人を殺せるであろう、絶対的な強者の証明。

「あの時のとはちょっと違うけど……」

《波動の巨竜・アルスノヴァＬｖ90》

再び相見えるは、蒼い甲殻を持つドラゴン。

わずか十五人のプレイヤーによる、絶望的なレイドバトルが始まろうとしていた。

『これより、使徒討滅戦を開始いたします』

☆☆☆

「おいおいおい、ドラゴンかよ」

クラン《社畜機動部隊》のクランリーダーを務める無精髭の男性プレイヤー《テツヤ》は、空に飛び上がった……いや、正確には跳び上がった蒼いドラゴンを見てそう呟いた。

「このゲームでは初めて見たぜ」

「ワイバーンなら見た事あるけどねぇ。テッちゃん大丈夫？　ブルってない？」

テツヤの隣でからかう少女は、その幼い体に見合わない巨大な盾に身を預けながら笑う。

少女の名は《ノエル》。彼女もまた、テツヤと同じクランに所属するタンクプレイヤーだった。

「んな程度でブルってられっかよ。仮にもタンクだぜ？　前で攻撃受けるのが俺の仕事だろうが」

「それを言ったらボクもそうなんだけどねぇ」

からかわれているのを承知で威勢を良くするテツヤを見て、ノエルは肩をすくめる。

空を見上げても、緩やかに下降してくる巨竜の姿が見えるだけ。

すぐさま襲いかかられはしないだろうとタカをくくったノエルは、自分の後ろにいた三人目のクランメンバーへと指示を出す。

「リューちゃんはリンネさんのとこに行ってきな。ボクらの後ろよりは安全だろうから」

「了解しました」

リューちゃんと呼ばれた女性プレイヤーはノエルの指示に間を置くことなく答え、リンネやスクナが居る方へと走っていった。

「さぁて、ドラゴとリンネがいる以上、生半可なヘイト管理じゃ崩れちまうかね」

身体をほぐすために首を回しながら、テツヤはそう言った。

後ろに控える二人のエースとはテツヤもクランを作成する前からの付き合いであり、共にネームドボスモンスターを討伐した仲でもある。

故にテツヤは、後ろの二人がどれほどの火力を叩き出せるのかをおおよそ把握出来ている。

それを踏まえた上での発言に、ノエルもまた半笑いのまま頷いた。

「二人ともバ火力持ちだからねぇ。特にドラゴさんの方は武器《アレ》もあるし」

ドラゴが未だ抜かずに背負っている蒼刃の大剣。それはリンネの持つ《蒼玉杖》と素材を同一にしているが故に、纏う蒼色は似通っている。

しかしその中身には、ネームドの《魂》が込められている。見た目が似通っていようとも、武器としての格はドラゴの大剣が遥かに上回っていた。

何より武器の性能もさることながら、ドラゴ本人が自身のステータスを大剣を最も効率よく振るうためにチューンナップしている。

そのせい……と言うと聞こえは悪いが、今この場で最も高い継続火力を保有しているのがドラゴであることは間違いない。

そして、火力が高いということは、単純にモンスターのヘイトを集めやすいということでもあった。

モンスターのヘイトは主に攻撃、バフ、回復、アイテムの使用などの能動的行動に加えて、挑発系のアーツを使うことによって集めることができる。

ヘイトは「各プレイヤー」に対してひとりひとり設定されていて、そのヘイト値が最も高いプレイヤーを狙うというのが原則だ。

故に、タンクはまずそのヘイト値を高めることで、常にモンスターの標的が自分へ向くようにする必要がある。

それによって他のプレイヤーは相手の反撃などを気にせず好きに攻撃をすることができ、結果的にスムーズにダメージを稼げるというわけだ。

これをヘイト管理というのだが、当然タンク以上にアタッカーがヘイトを稼いでしまえばモンスターのヘイトは移ってしまう。

ヘイトを管理するのはタンクの役目ではあるものの、実際には全てのプレイヤーが意識する必要のある要素なのだ。

そんな中、突出した火力を持つドラゴやリンネといったプレイヤーの存在が、懸念事項であることは間違いなかった。

「まあでも、あの五本のＨＰにどれだけの数値が詰まってるのかわからないからねぇ。二人の火力は絶対に必要だよ」

「只でさえ人数も少ねぇ訳だしな。しかしまあ、今回タンクが三枚にヒーラーも二枚いる。バッファーもひとりとはいえ居るっちゃ居るし、後は野良次第ではあるがアタッカー九人でも最低限のバランスは取れてるな」

「三十枚フルアタッカーの可能性もあったし、むしろよくぞって感じだよ」

「円卓とは付き合い薄いが、シューヤの野郎がいるんだ。上手く合わせてくるだろ。竜の牙もそこは問題ねぇはず。あとは野良二人と……」

「スクナちゃんだねぇ。見たとこ落ち着いてるけど、何考えてるんだろうねぇ」

スクナ。

あのリンネが親友と公言してはばからないと言うだけでも話題性に富んでいると言うのに、プレイ開始二日目にしてネームドソロ討伐という偉業を成し遂げたプレイヤースキルの権化。

妖精族と並んで癖のある種族である鬼人族をプレイヤースキルのゴリ押しで使いこなし、何かと話題を提供してくれるという意味でも目が離せないプレイヤーだ。

今日はトレードマークの金棒ではなく、ガントレットを装備しているようだった。

そんなスクナは、何か思うところでもあるのか、その視線を緩やかに下降してくる巨竜に向けたまま動かない。

やる気がないというわけではなさそうだが、どうにも覇気がないというか、映像で見るのと実際の姿を見るのとでは印象が変わるものだなとテツヤは思った。

「ま、よっぽどバカじゃなきゃ過剰攻撃なんざしねぇだろうし、やべぇ時に声掛けるくらいでいいさ。何より後ろにゃリンネがいるんだ。本職としちゃあ癪だが、最悪の場合アイツが後ろで指示出ししてくれりゃ安定はするはずだ」

「だね。どの道、こういう場こそボクたちの腕の見せ所じゃないか」

「別に腕を見せてぇ訳じゃねぇけどな。さて、そろそろ無駄口を叩いてる場合でもねぇな」

軽口を叩き合っていた二人は、ズン！　という重々しい着地音を立てて大地に降り立った巨竜へと視線を向ける。

四肢を大地に付けたその姿は、ドラゴンはドラゴンでも典型的な飛竜の姿ではない。

いうなれば巨大な亀だろうか。その翼は跳躍の補助や下降速度の減衰には使えても、発達した強靭な肉体を支えるにはあまりにも小さく頼りなかった。

反面、その四肢はあまりにも強靭で、当然のように硬質な鎧にも思える甲殻や鱗に覆われている。

爪牙はまさに兵器のようで、着地点の地面が撫でられただけで抉り取られている。

あれを素で受けたら、胴体が輪切りにされて即死になるのは想像に難くなかった。

そんな巨竜・アルスノヴァが、大きく息を吸い込んだ。

ブレスを想定して盾を構える二人だったが、その咆哮は空へと向けられる。

「ゴォォォォ……アアアアアアアアアアアアアアアアアアアアアアアアアア!!」

開戦の狼煙は、耳をつんざくような大咆哮から始まった。

思わず耳を塞ぎたくなる程の大音量だが、ダメージもなければ拘束時間《バインド》も発生していない。

咆哮による音で、拘束や痺れなどの効果を発生させるモンスターもいる中、あれほどの大音量で無傷である。

つまり今の咆哮は、本当にただの大声でしかないということであった。

咆哮を終えた巨竜が右腕を薙ぎ払う。

未だプレイヤーたちから距離のある巨竜の行動に首を傾げるプレイヤーもいる中、タンクの二人、特にノエルが全員の前に立ち塞がった。

「《アラウンド・シールド》！」

ノエルが大地に突き立てた《両手用大盾》を中心に、半球型の防御シールドが発生する。

何より驚くべきはその範囲。それなりに固まって居たとはいえ、点在するプレイヤー全員を包み込むほどに巨大なシールドが発生した。

シールドが展開された瞬間、轟音と共に暴風がシールドへと吹き荒れる。

直撃を受けても軽く軋む程度で風を受け流した《アラウンド・シールド》は、腕を振っただけの風圧攻撃を防ぎ切った後、音もなく消えていった。

「どうだ？」

「とりあえず今のは今後無視していいかもね。威力はない。ただ、プレイヤーによっては飛ばされるかもだけど」

アラウンド・シールドは広範囲をシールドで守れる反面、シールドへと直撃した攻撃のダメージ全てを使用者が負う範囲防御アーツだ。

その上で、今の攻撃によるノエルのダメージはなかった。

つまり今の風圧もまた咆哮と同様に、ダメージを与えることを目的とした攻撃ではなかったということだった。

とはいえ、今の風圧を食らって地に足をつけていられるプレイヤーがどれほどいるかは分からない。

特に重量のある装備をしているプレイヤーはさておき、問題は軽めの装備を優先しがちなヒーラー、バッファー、それから魔法使いプレイヤーだ。

魔法使いはバリアを張れるのでいいとしても、バッファーとヒーラーはバフのスタイルによっては防御スキルを持っていない可能性もある。

「今のは魔法持ちに任せりゃいいさ。基礎魔法スキル育てりゃ範囲バリア張れるだろ。あと前方注意な」

「よっと！　じゃあその分ちゃんとヘイト調節しないと」

巨竜が弾き飛ばしてきた瓦礫を盾で防ぎながら、ノエルは平気そうにそう言った。

開幕の時点でヘイトは唯一アーツを使用したノエルに集まっている。

それでいい。予め最初はノエルがメインのヘイトを受け持つ予定だったからだ。

「じゃあ援護はよろしく。ボクは前に出てくるよ」

巨大な盾を構えたまま、ノエルはそう言って駆け出した。

あの巨竜は、どうも距離を詰めなければ遠距離からの攻撃を仕掛けてくる様子だった。

それはそれで大した威力でもないので構わないのだが、しかしこちらのアタッカーたちに遠距離持ちのプレイヤーがほとんど存在していない以上、どの道近接戦闘は避けられない。

だからといって、遠距離攻撃が降り注ぐ中で近接プレイヤーに距離を詰めさせるのも面倒な話だ。

故に、ノエルはヘイトが自身に向いている間に距離を詰める。

ノエルが巨竜の近くで攻撃を受け続けていれば、範囲攻撃以外で他のプレイヤーへと攻撃が飛ぶことはないからだ。

それを分かっているからテツヤはノエルをひとりで行かせたし、後続のプレイヤーの事故死を防ぐために彼らの前に出る。

「テツヤ氏」

「ドラゴ。どうした、なんか用か」

「いや何、リンネ女史から伝言だ。スクナ女史とリンネ女史はしばらく攻撃に参加できない。ノエル女史か君が十分にヘイトを集めるまで待機するとの事だ」

「なんだアイツら、初手で大技でもぶち込む気か？　……別に構いやしねぇが、リンネのやつにヒーラーとバフにバリア張るように言っといてくれ」

「了解だ。私は君の後に付く。前衛は任せるよ」

「任せろ。そろそろノエルが奴の足元に着く。俺らも動くぞ、続けよ」

何故かリンネからの伝言を伝えに来たドラゴにそう伝えて、テツヤは巨竜に目を向ける。

途方もないサイズ差があるにも拘らず、たったひとりで巨竜の攻撃を捌いているノエルの姿を見て、テツヤもまた大盾を握る手の力を強めた。

振るわれる巨竜の剛腕を、ノエルは正面から受け止める。

受け止めた感触はそう、ダンプカーでも受け止めているような感じだろうか。

そんなえげつない威力の攻撃を前にして、ノエルは涼しい顔でその攻撃を抑えきった。

「ふうっ。流石になかなかの威力だね」

再度振るわれる剛腕。しかし、今度は受け止めるのではなく盾の中心で受け止めて弾き返す。

アーツ《ノックバック》。敵の物理攻撃を盾の中心で受け止めた時、その衝撃の一部を反射させる大盾の基本アーツだ。

極端な話、上手なタンクプレイヤーはこのノックバックとパリィだけを極めれば物理攻撃の全てを抑え込める。

基本中の基本ながら、最も重要な動作だった。

(うん、まだいける)

現時点でなら十分にひとりで受け止められる。

それが、ノエルの下した判断だ。

今回タンクはノエル、テツヤ、それから竜の牙のメンバーを合わせて三人存在するが、間違いなくその中ではノエルが最も硬いプレイヤーだ。

故に、彼女がひとりで受け止められない攻撃というのは、この場にいる全てのプレイヤーが受け止められない攻撃ということになる。

現時点という言葉を使用したのは、目の前のモンスターがレイドモンスターであることを加味した結果である。

目の前の巨竜はＨＰゲージを五つも持っている。

それはつまり、最低四回は何かしらの切り替わりアクションを持っているということに他ならない。

ステータスが上がるタイプ、大技を仕掛けてくるタイプ、形態変化をするタイプ。

巨竜のゲージ切り替わり時のアクションがどれに該当するかは現状では未知数だが、それも切り替わりまでダメージを与えられてからの話だ。

そもそも攻撃パターンも多分一割くらいしか割り出せていない。

せめて三ゲージ目までは何とか持たせたい。

それが、ノエルの内心だった。

「おりゃあああああぁぁぁ」

絶妙に気合いの入った声と共に振り下ろされた刃が、巨竜の前足に傷を残す。

ノエルが巨竜のヘイトを買っている間に、アタッカー組が到着したのだろう。

HPは見た目上一ドットたりとも減っていないが、ダメージは入っている。

続けざまに振り下ろされた怒濤の剣戟が十を超えた瞬間、ようやく巨竜のHPが削れ始めた。

「よっし、効いてる効いてる！」

あからさまに嬉しそうに攻撃を続けるのは、三人しかいなかった野良プレイヤーのひとり。

全身を真っ黒な装備で包み、黒のロングコートを羽織り、漆黒の刃が印象的な剣を持つ少年。

ノエルはその姿を見て、ふと彼のアバターネームを見る。

《堕天使ルシファー》。その名前を見た瞬間、ノエルは黙って彼から目線を外した。

中学二年生くらいから誰もが罹患する病気にかかった、微笑ましい少年なのだと思うことにしたのだ。

と、半ば冗談のようなやり取りはさておき、ノエルが攻撃を受けている間に、アタッカーはそれぞれ配置についたらしい。

テツヤは早い段階で追いついて、いつでもヘイトをスイッチできるようにヘイト稼ぎに専念していたが、それ以外はきちんと持ち場を決めてから来たのだろう。

遠目で見て少しだけ不機嫌そうなリンネの顔を見るに、ルシファーは恐らく少し先走ったようだった。

とはいえダメージ量が少ないから、しばらくの間アタッカーにヘイトを取り返されることは無いはずだ。

ノエルは挑発スキルのアーツ《タウント》を巨竜に向けて放つと、「ＯＫ」のハンドシグナルをテツヤとリンネに送る。

二人は頷くと、それぞれ担当していると思われる指揮下のアタッカーに攻撃命令を出した。

「グォォォ！」

それぞれのプレイヤーによる攻撃で、巨竜が嫌がるように身じろぎをする。

九人のアタッカー……いや、より正確にはスクナが完全に攻撃へと参加していないのと、リンネが威力を抑えてはいるが、八人のアタッカーによる総攻撃が巨竜のＨＰを目に見えて削り取る。

それでもなお、巨竜のＨＰは未だ一割も減らせていない。総攻撃は継続しており、じわじわとＨＰは減っているものの、強力なアーツを使っている訳では無いためＨＰの減りは比較的穏やかだった。

ヘイトは依然としてノエルに向いたままだ。

しかしノエルには、想像以上にアタッカーへのヘイトの蓄積が早いように思えた。

タンクにはモンスターに向けられている味方のヘイト量を色で見分けるスキルが存在する。

スキルの熟練度を上げれば上げるほど正確なヘイト量が目に映るものなのだが、挑発に対する反応に比べて攻撃に対する反応の方が強いように思えたのだ。

ノエルは硬く、安定したタンクである反面、ヘイトを集める手段を挑発系のスキルしか持っていない。

要するに彼女はテツヤのような「攻撃手段」を持っていないのだ。

目の前の巨竜に対する挑発スキルのヘイト蓄積が薄いというのが確かであれば、非常に厄介だとノエルは思う。

挑発スキルのアーツはヘイトを集めるのと同時に相手の怒り状態を誘発するため、若干とはいえ敵の攻撃力も上げてしまうデメリットがあるからだ。

「ノエル、どうした！」

「このままボクがヘイト集めるとまずいかも！」

「理由は！」

「こいつ、挑発の効果が薄い！」

「了解！　少し粘れ、ヘイトを奪う！」

ノエルと同様にヘイトを確認するスキルを持つテツヤは、彼女の様子がおかしいことに気づいてカバーに入る。

ノエルがタンクとして抱える弱点に関しては、テツヤも当然把握している。

もちろん挑発というスキルの副次効果もだ。

「いくぞオラァ！」

彼が選択したのは、挑発用のアーツである《ハウル》に加えて強力なアーツの発動。

剣が紅の焔を纏い、加速する。

巨竜の顔面を切り裂く高速の十連撃。

一呼吸の間に巨竜を切り裂いたのは、《片手剣》スキルの上位アーツ《ブレイブスラッシャー》だった。

炎属性を纏う強力なアーツを思い切り顔面に突き刺され、巨竜は悲鳴を上げて後ずさる。

もちろん、たったこれだけで足りるはずもない。より大きくヘイトを稼ぐために、テツヤは更なるアーツの発動を試みる。

《片手剣》スキル四連撃、《ディープフォース》。

こちらは水属性を纏う重たい斬撃だ。


「食らいやがれ！」

荒々しく吠えるテツヤの片手剣に雷が走る。

《クロススパーク》。剣を思い切り振りかぶりX字に切り裂く雷属性を纏った二連の斬撃は、単発の攻撃としては初めて巨竜のＨＰをわかりやすく削り取った。

「雷が弱点か！」

「そうっぽいね！」

雷属性の攻撃だったからなのか、三度のアーツが原因なのかはわからない。

ただ、《クロススパーク》のヒットでようやくノエルからヘイトを奪い取ったのか、巨竜はゆったりとその視線をテツヤへと向けた。

ルシファーを除き、他のプレイヤーはタンクがヘイトを稼ぎ切るまでは決して無茶な攻めはしていない。

そうなると、注意すべきはリンネだ。彼女は雷属性に特化した魔道士であるが故に、巨竜に対する最大火力になりうる反面、誰よりもヘイトを稼ぎやすい。

もちろん雷属性が巨竜の弱点であるとは言いきれないが、少なくとも他の属性に比べてヘイトを多く稼げている以上、その可能性は高い。

「リンネ！」

「わかってるわ！」

戦いの中で細かな指示出しをしているほど余裕はない。

とはいえ、リンネの位置からはテツヤの行動が見えていたのだろう。

悩むことのない即答に安心しつつ、テツヤは更にヘイトを稼ぐべく挑発系スキルを発動した。

それに釣られた巨竜が放った空気砲の如きブレスは、テツヤの前に出たノエルが防いだ。

「結局いつも通りだね！」

「そりゃそうなるだろうよ！」

交差するように互いを支え合う二人のタンクは、変わらぬ笑みを浮かべた。


「さて、えるみ。俺達はどうする」

巨竜の左後ろ足を担当する円卓のレオとえるみ。

両手剣を振るいながら問い掛けるレオに対して、えるみは両手の細剣《レイピア》を躍らせながら答えた。

「レオの好きなようにしていいですよ～」

その緩い話し方とは対照的に、えるみは苛烈な連撃の手を止めることはない。

アーツこそ使っていないものの、現状のレイド内で最も手数を重ねているのはえるみだった。

「うーん、属性以外が驚くほど通りません」

「テツヤの動きを見る限り、弱点は雷のようだ。《細剣二刀流》スキルにはない属性だな」

「正確にはまだ覚えていない、ですよ」

「それはすまん」

からかい半分のレオを咎めるように睨みつけるえるみに、レオは肩をすくめて答えた。

「ふーむ、しかしタンクを見ている限りヘイト稼ぎに苦労しているみたいですね～」

細かなスイッチを繰り返しながらヘイトを奪い

合うように稼いでいくふたりを見てえるみはそう呟いた。

「それもあるが、やけに立ち上がりが緩やかだな。この図体で機敏な動きをするとも思えないが、最初に見せた跳躍を見る限り敏捷性が低い訳でもないはずだ。こちらに見向きもしないあたり、随分と手を抜かれているな」

「ま、実際今はタンクとじゃれてるだけですから。やっぱゲージひとつ削ってみないことにはですね～」

レオもえるみも、敵に遊ばれているこの状況をよしとはしていない。

タンクによるヘイト管理は確かに重要だが、あのペースでは二時間以内の討伐ははっきり言って困難だとレオは判断していた。

えるみもまた、特に有効でもない攻撃を延々と続けるのは性に合わない。

レオはともかく、えるみはとにかく火力に特化した剣士だ。その本領は高火力アーツの連打にある。

フラストレーションという程ではないが、下手にタンクにヘイト管理をさせるよりも火力をぶつけた方が効率がいいのではないかとえるみは思っていた。

「てか、シューヤはどうするんです？　珍しく本気でヤってるところが見れると思ったのに、期待外れですよ～」

いつだって昼行灯で本気を出さないシューヤがやる気を出している理由が、アーサーのためであることは想像にかたくない。

シューヤがアーサーにどのような感情を抱いているのかはさておき、少なくとも頼まれ事を断ったことはないし、率先して情報収集に回っている。

今回のイベントもアーサーが理由なのは明らかなのだが、しかしシューヤに関しては同じクランメンバーですら知らないことが多すぎる。

確実に言えるのは、本気を出したシューヤの戦闘スタイルが盾持ちの片手剣士ではないということだけだった。

「奴なりに考えはあるのだろう。それこそスクナちゃんが一切攻撃に参加していないのと同じようにな」

語りたがらないシューヤに一定の理解を示すレオだったが、えるみはその発言を聞いて露骨に顔をしかめた。

それはもう嫌そうな表情をするえるみの態度を見て、レオが青筋を立てる。

「なんだえるみ、言いたいことがあるなら言え」

「初対面の女の子へのちゃん付けやめません？ぶっちゃけキツいですよ～」

「張り倒すぞ貴様」

「きゃー怖いですー」

「棒読みだろうが！」

レオの怒声に、他の場所を担当していたプレイヤーのうち何人かの視線が突き刺さる。

ヘイトを稼ぎすぎない程度に攻撃を続けつつ、えるみは両手剣の柄に手を置いたレオから距離を取るのだった。

「不気味だな」

レイドバトルの趨勢を見守りながら、ドラゴはそう呟いた。

『あまり盛り上がりませんね』

『正直見応えがが』

『ドラゴ氏、今日はソレを抜くんですかな？』

『たまには見せていただきたいですぞ』

「抜くべき時が来たら抜くさ」

彼女の配信特有の独特な口調のリスナーに返事をしつつ、ドラゴは大剣を振るう。

公式で生放送を行っているとはいえ、個人としての配信ができないわけではない。

最初は垂れ流し配信にする予定だったドラゴだが、彼女に限らずアタッカー全員が手持ち無沙汰に近い状態なのだ。

戦いながらでもコメントを拾うくらいの余裕はある。

逆に言えば、それだけ余裕な状況そのものが不気味なのだが。


『ドラゴ氏的には暇な相手ですな』

『タンクにヘイトがしっかりと集まらないとドラゴ氏は動けませんからな』

『見ている私たちですら暇ですな』

『おおっと、眼前注意ですぞ』

「大丈夫、見えている」

背負った大剣とは別に、ドラゴは構えた大剣で飛んでくる瓦礫を払い落とす。

スクナほど特化したステータスではなくとも、ドラゴもまた重剣士を名乗るだけあって高い筋力値を持つ剣士だ。

手に持つのが本来の獲物ではなくとも、瓦礫のひとつやふたつ捌く程度は訳ないことだった。

配信のコメントでも期待されていたように、ドラゴはその代名詞とも呼べるネームドウェポンを滅多なことでは使わない。

それは、ひとえにその厄介すぎる性能のせいだった。

ドラゴが背負うネームドウェポンの名は《天空《てんくう》剣《けん》・蒼穹《そら》》。

フィーアス周辺フィールドの主であり、初の飛行型ネームドボスモンスター《蒼穹の鷲獅子・アロゥズ》の素材を使って作成された、リンネの《蒼玉杖》の兄弟武器でもある。

スクナが身に付ける《月椿の独奏》やロウが弄ぶ《誘惑の細剣》と同様に、ドラゴの持つネームドウェポンにもネームドスキルは存在する。

《天空剣・蒼穹》に与えられた能力、つまりネームドスキルは《蒼穹射抜く眼光》。スキルとしては珍しく、このスキルの効果は二つある。

ひとつは《装備者よりレベルが格下のモンスター全てに対する絶対的な威圧》。

これは威圧に対する完全耐性を持つモンスター

以外は、格下であればドラゴが剣を抜いた時点で強制的に逃走を選択するようになるというものだ。

このスキルの関係で、ドラゴが格下のモンスターと戦うためには常に別の武器を持つ必要がある。

基本的にフィールドにいる雑魚モンスターの中で、ドラゴより強いモンスターというのは稀だからだ。

これが、ドラゴが普段ネームドウェポンを抜かずにいる最たる理由だったが、格上を相手にしているはずの今の彼女がソレをしないのは、もうひとつのスキル効果のせいだった。

この武器の持つ二つ目のスキル効果は《装備者より格上のモンスターと戦う際、モンスターの注目を二倍集める代わりにこの武器の攻撃力が二倍に上がる》というもの。

つまり、ヘイトを二倍稼ぐ代わりに、武器攻撃力を二倍に撥ね上げるという飛び抜けた効果だった。

単純にして絶対的な、誰が聞いても弱いはずのない圧倒的なスキル効果。

そして、《天空剣・蒼穹》の武器攻撃力は《158》というずば抜けた高さを誇る。

スクナの持つ《影縫》ですらその攻撃力は80を超えた程度だと言えば、そのぶっ飛んだ攻撃力の高さは理解できるだろう。

代償として耐久の低さが挙げられるが、ネームドウェポンは壊れてもロストしないため最悪の場合作り直せばいいし、そもそもいくら耐久が低いと言っても数時間の戦闘で折れるほどやわではない。

その元々がずば抜けて高い武器攻撃力が、ドラゴが死ぬか武器が壊れない限りは永続して倍になる。

更にいえば、彼女自身にかかるバフの全てがその上に乗せられる。

これこそが、ドラゴが全プレイヤー中で最大の継戦火力を持つと言われる所以だった。

ただし、二つ目のスキル効果にはレイドバトルにおいては致命的な欠点もある。

それは、ヘイトを二倍稼いでしまう効果。これに加えて馬鹿げた攻撃力を有するドラゴは、《天空剣・蒼穹》を使用した状態だと笑ってしまうほど早くヘイトを稼いでしまうのだ。

故にドラゴはネームドウェポンを抜かないのではなく、抜けないというのが正しい。

タンクが崩壊するか、あるいは終盤のヘイトを買い切ってしまってもいい場面で使用する。ドラゴはそのつもりだからこそ、無銘の大剣で戦っていた。

「そろそろ、だな」

ルシファーを除いて、全てのプレイヤーが警戒を強める。

ゲージが一本削れるまで残り僅か。

こうなると、誰の攻撃でゲージを落とすかが重要になってくる。

（本音を言えばリンネ女史に遠距離で叩いて欲しいが……アルスノヴァの弱点が雷のまま続くのであれば、彼女にはまだヘイトを買わせたくはないな）

継戦火力において最強なのがドラゴなのだとすれば、リンネの持つ切り札は当たりさえすればネームドボスモンスターでさえ一撃で葬りかねない極大の火力を秘めている。

これまでのＨＰの削り具合を見るに、レイドボスである巨竜相手でも少なくとも一本はゲージを持っていけるだろう。

だが、リンネの切り札は発動するのに途方もない時間がかかる。その上、その間全く動けない上にヘイトを稼ぎ続けるという致命的な弱点もある。

その性質上最序盤には撃てず、最終盤もまた撃つ機会がない諸刃の剣。

ドラゴの武器とはまた別の方向で扱いに困る、しかし必殺の魔法だった。

ここに来て生まれた一瞬の読み合いと停滞。

それを、あるプレイヤーが一切の躊躇《ちゅうちょ》なく断ち切った。

「ふはははははは！　チキってんじゃねーぞお前らぁ！」

良くも悪くも。空気を読まない堕天使ルシファーが、高笑いと共に巨竜のＨＰゲージを削り取る。

こういう時、ひとりくらいは空気を読まず突っ走るプレイヤーがいるのはいいことだと、ドラゴは心底そう思った。

そのルシファーの行動が、英断であったのか失策であったのかは分からない。

だが、ここでようやく五分の一のＨＰが削り切られた。

その瞬間、巨竜に異変が起こった。

タンクのノエルとテツヤを攻め立てていた巨竜は急にその手を止めると、その四肢を順番に大地へと突き刺していく。

その脚が地面に埋まる度に大地が揺れ、プレイヤーの足場が奪われる。

何が起こるのか、どよめくプレイヤー達は気付かない。

ピシッ、ピシピシッ。

巻き起こる轟音と砂埃の中、そんな極々小さな音を耳で拾えていたのはスクナただひとりだった。

「────！」

スクナが何かを叫んでいる。

ドラゴの位置はスクナからは巨竜を挟んでほぼ正反対だ。

それでも、僅かに見えたスクナの姿とリンネの焦る表情に、ドラゴは咄嗟に無銘の大剣を自身の盾として突き出した。

空気が震えた。

そうドラゴが思った瞬間、世界に破壊の風が吹いた。

＊＊＊

「……何が、起こった」

正面に突き立てた大剣は跡形もなく消し飛び、ドラゴ自身のＨＰも半減させられている。

なんとか吹き飛ばされはしなかったものの、とてつもないダメージを負ってしまった。

状況を確認する前に、ほとんど反射的に手持ちの中で最も回復量が多いポーションを飲み干したドラゴは周囲を眺めた。

元より更地であったフィールドは巨竜が脚を埋

めた位置まで削り取られ、数十センチほど低くなっている。

今の攻撃と呼ぶのさえ躊躇われる破壊行為の反動か、巨竜は完全に沈黙していた。

咄嗟にガードを行ったドラゴ、そしてシューヤは無事だ。

ドラゴの大剣は元よりガードができるとはいえ専用の盾ではなく、シューヤも片手用の円盾ではダメージを殺しきれなかったのか、大ダメージを負いながらも既に回復に移っている。

スクナとリンネはみんなに注意を呼びかけながらも最初にその場を離脱していたからか、フィールドのギリギリ端で逃げ延びていた。

リンネのそばにいたヒーラー組、それからドラゴのパーティのバッファーも同様に無事だった。

(チッ、四枚も落ちたか)

戦況を確認して、ドラゴは内心で舌打ちをした。

あのタイミングで巨竜に最も近い位置にいたプレイヤーは、堕天使ルシファー、レオ、えるみ、ノエル、テツヤ、ドラゴ、そして名も知らぬ野良のプレイヤー二人だ。

ゲージを削り落とし、誰よりも楽しそうに巨竜に挑んでいた堕天使ルシファーは、誰よりも近くに居た為に即死。

(まさかレオがこんな序盤で落とされるとは)

そう、衝撃だったのはレオが死んだことだ。呆然と座り込む無傷のえるみを見るに、恐らくえるみを庇ってのデスと思われる。

円卓一位にして攻略組としてのドラゴの良き好敵手でもあるレオのデスに、流石の彼女も動揺を隠せなかった。

そしてノエルと、野良プレイヤーもひとり居ない。

ノエルの周囲を見るに、彼女も恐らく他プレイヤーを庇って死んだのだろう。

テツヤと、野良の魔法使い。それからドラゴのパーティのタンクである《ソラ丸》の三人が、死してなお続くノエルの防壁の内側で呆然と立っていた。

ルシファー、レオ、ノエル、野良。実に四人ものプレイヤーを容赦なく消し去った破壊の奔流が生み出した光景を前に、ドラゴは歯噛みする。

「見ていた者、居たら何があったか教えてくれ」

『あれは正しく波動でしたな』

『然り。巨竜の身体にほんの小さなヒビが入ったと思った瞬間、外殻が弾け飛ぶように炸裂したのですぞ』

『青い波動のようになって飛び散る様はまるで花火のようでしたぞ』

「なるほど、《波動の巨竜》か……」

リスナーへの質問と、間を置かず返ってきた答えにドラゴは納得したように頷いた。

炸裂したと言っても、巨竜の体が小さくなった気配はない。

やはり波動と言うだけあって、凄まじいエネルギー波のようなものなのだろうか。


実際の攻撃を、ドラゴは目の前を塞ぐようにして構えた大剣のせいで見逃してしまった。

それ自体は悔やまれるが、しかし巨竜のほど近くにいて生き残っただけでも御の字だ。

幸いにして巨竜は、未だに攻撃の反動からか動かない。

無銘の大剣が壊れてしまった以上は抜くしかない。

ゲージを割る度にこのような攻撃が飛んでくるのであれば、タンクもほとんど機能しない。やむなく《天空剣・蒼穹》を引き抜いて眼前に構えようとした……その瞬間。

「スクナ女史……？」

ドラゴは、遠目だと言うのにはっきりと分かるほどに体を震わせる、弱々しい少女の姿を見た。

「あ……」

目の前で消えた四人のプレイヤーを見て、スクナはゾッとするほどの悪寒が背中を撫でるのを感じた。

ドクン、ドクンと、大きく音を立てて心臓がなっているような、不快な感覚。

記憶にない光景が視界にフラッシュバックする。

焦土と化した街にいたはずのスクナは、雪舞う街の中で立ち尽くす。

あるはずのない寒さを感じて、思わず両腕で体を抱き締めた。

――寒い。寒い。寒いよ。

頭が割れるように痛い。

「い、や……」

いいや、VR空間で頭痛なんて起こらない。

そうだ、錯覚のはずなのに、壊れそうなほどの痛みがスクナを襲う。

――いや。いや！　もう失うのはいや！

スクナの中で、何かが叫ぶように訴える。

思い出せない、あの雪の日の記憶がスクナの心を締め付ける。

――＊＊＊。

スクナの視界の先で、雪に包まれた「菜々香」が、涙を零しながら空に向かって何かを呟いている。

凍りついてしまいそうなほど寒い世界で、思わず伸ばしてしまった掌。

何を掴める訳でもないのに。

そう思ったスクナの掌が、あるはずのない熱で溶かされていく。

「ナナ」

それは聞き慣れた声。何よりも大好きな声。

スクナにとって、菜々香にとって。

安心の象徴である、リンネの声だ。

「……リン、ちゃ」

「落ち着いて。大丈夫、私がちゃんとここにいるから」

震える声でリンネを呼ぶ。まるで壊れ物を扱うように、リンネはそんな弱々しい姿のスクナを抱き寄せる。

動揺している。リンネの想像を遥かに超えて、スクナの心は揺れていた。

自身が傷つこうが、死のうが、なんとも思わないスクナが。ほとんど関わりのないプレイヤーたちの《死》を目にしただけで、これほどまでに怯えている。

その理由を、リンネは理解している。

トラウマを抉られたのだ。

スクナはＷＬＯを始めてから……いや、きっと両親が死んだあの日から、初めて人の死に触れた。

自分が死ぬことはあっても、他人が死ぬところは見たことがないのだ。

もしかしたらフィールド上で死ぬプレイヤーくらいは見たことがあるかもしれないが、それは本当にスクナの与り知らぬ相手の死だ。

共に戦う仲間が死ぬ。それがたとえ即席の仲間であったとしても、スクナにとってはトラウマを呼び起こすのに十分な光景だったのだろう。

思えば、かつてマウントゴリラ戦でトーカが傷ついただけで心が揺らいでいたように、スクナは共に戦う仲間が傷つく姿さえほとんど目にしたことがない。

さすがに少しＨＰが減ったくらいでは動揺しないが、それでもスクナは共にゲームをしている間、一度だってリンネを守らずにいたことはなかった。

例えば、モンスターハウスからリンネを弾き出した時のように。

先程も、異変に気付いたスクナは必死に叫んでいた。

リンネが無理やり引っ張って自身が張ったバリアの中に引きずり込まなければ、恐らくスクナも死んでいただろうと思えるほどに盲目的に。

それに反応できたのはドラゴを含めて数人だったが、結果として数人を助けられたと言うべきなのか、四人を助けられなかったと言うべきなのか。

少なくともスクナの中では、助けられなかったという方に意識が傾いてしまったのだろう。

トラウマ、なんて言葉で片付けていいのかはわからない。

ただ、少なくともスクナは。

いや、二宿菜々香は。

かつて目の前で死にゆく両親を助けられなかったことを、忘れてしまったはずの記憶の中で悔やんでいるはずなのだと。

リンネはそう思っていた。

「……もう大丈夫？」

「うん……大丈夫」

腕の中で震えが収まるのを感じ取ったリンネの問いに、スクナは未だ力ない言葉で答える。

「シャンとしなさい。ナナが自分を責めることじゃないし、何より今はそんな場合でもないわ。やられちゃった彼らの分まで戦って、勝ってしまえばいいだけよ」

少し俯くスクナの頭をポンと叩き、リンネはスクナを腕から解き放った。

「アイツを倒すわよ、ナナ」

「……うん！」

頷いたスクナの顔には笑みが浮かんでいる。

それが空元気なのはリンネにも分かっている。

応急処置、その場しのぎの極みだが、それでもスクナは立ち上がった。

そうでなくては困る。もはやこのレイドバトルに余裕は皆無となっている。

巨竜が反動で動けずにいると思われる今だったからこそ助かったが、今後仲間が死ぬ度に心が折れていてはどうしようもないのだ。

この場にいるプレイヤーの中で、ドラゴやリンネ以上に討伐への期待値が高いのはスクナなのだから。

「ォォォ……」

ズン！　と音を立てて、巨竜が再起動を果たす。

およそ一分以上の反動を経ての起動のおかげで、既に生き残った全プレイヤーが態勢を整えることに成功している。

しかし、先程の攻撃で四人のプレイヤーが落とされたことに変わりはない。

「ここからはもうタンクによるヘイト管理は出来ないわ。完全に態勢を崩された。テツヤもソラ丸も遊撃に近い形でアタッカーへの攻撃を防ぐような形になるはずよ」

「ソラ丸って誰？」

「ドラゴのところのタンク。私も面識があるくらいだけど、仮にもドラゴが前衛に置くくらいだからそれなりなんでしょう」

スクナはリンネが視線で指し示す少年を見る。

歯を食いしばって巨竜を見つめるソラ丸という名のタンクの少年は、タンク職にしては珍しくほとんど鎧を纏わないような軽装だった。

「回避型のタンク？」

「そうね。殴りでヘイトを稼ぐ以上はテツヤより攻撃特化の構成のはずだからドラゴのパーティとの相性はいいんだろうけど、レイドバトルのタンクとしてはちょっと心もとないわね。普通にアタッカーとして見つつ、囮役も任せられるってくらいかしら」

「なるほどね。それで、リンちゃんのプランは？」

「高度の柔軟性を維持しつつ臨機応変に対応、なんてどうかしら」

「行き当たりばったりね。おっけー」

ウインクと共に告げられたリンネの作戦を聞き、スクナはそう言って頷いた。

すっかり立ち直ったとはまだ言えないが、冗談に乗れるくらいには元気になったようで、リンネは少し安心した。

この作戦について、スクナはまあそうだろうなと納得していた。

元より寄せ集めの上に、かろうじて各職が揃っていただけのレイドパーティだ。

むしろ最初から各自の判断で動く方が良かったのかもしれない。

型に囚われたせいとは言わないが、タンクにばかりヘイトを集めていたことでアタッカー全員に油断が生じていたのは確かなのだ。

そしてテツヤはまだしも、ソラ丸が真正面から巨竜の攻撃を受け止められるタイプのタンクではない以上、テツヤひとりにヘイトを受け持ってもらうのは無理がすぎる。

そうであれば、とスクナはここで温存していたカードを切ることにした。

先程までの陣形ならヘイトを奪わないよう安定した状況で使いたいと思っていた。だから、ここまでスクナはほとんど攻撃をしなかった。

だが、この状況ならむしろ自分もヘイトを集めてしまった方がいい。

パン！　と両手を打ち鳴らす。

舞い踊るは《鬼の舞》。

発動するのは《四式・鬼哭の舞》。

これからスクナが行うのは、命懸けの攻撃だ。

ダメージカット、頑丈強化、オートヒーリングという《鬼哭の舞》の持つ効果全てが必要になる。

「行ってくるよ」

「ええ、行ってらっしゃい」

現在誰よりもヘイトを稼いでいないスクナはリンネと言葉を交わしてから、ぐっと足に力を込めて大きく跳躍した。

飛び乗ったのは巨竜の背。四肢をどっしりと大地につけている巨竜の体勢のおかげで、背面はスクナの想像以上に安定した足場になっていた。

「はぁぁぁぁ……」

スクナは大きく息を吐いて、集中力を高める。

脱力した体に力を込めると、スクナは両手を同時に巨竜の背へと打ち付けた。

「らぁあっ！」

《素手格闘》スキル、初撃《双龍》。

巨竜の長大なＨＰゲージから見ればもはや減っていないに等しい小さなダメージが、巨竜へと刻み込まれる。

だが。

《双龍》はあくまでも全ての起点に過ぎない技だ。

本番はこれから。スクナは記憶を辿り、ここから始まる超連撃を呼び起こす。

《双龍》から終幕の《十重桜》まで、繋ぐ技の数は《三雲》《四葉》《五和》《六道》《七曜》《八輪》《九世》の七つだ。

《双龍》に続く《三雲》から《九世》まで、名前につく数字の数がそのまま各アーツの連撃数となる。

本来ならば連撃に蹴りを混ぜることで単純にダメージを増やせるのだが、今回は下向きに攻撃を放つ都合上、一部の蹴りを殴りに変更する。

総計四十四発の拳撃の雨あられ。それをスクナは、わずか九秒で完遂する。

初めは小さかった打撃音も、連撃が重なるにつれて大きく重く響き渡っていた。

そう、「連撃が重なるにつれて」だ。

《素手格闘》スキルはある熟練度を超えたタイミングから《連撃ボーナス》というパッシブ効果が習得できる。

これは名前の通り、連撃を重ねることにより一撃毎の威力に攻撃力補正を追加するというものだ。

《素手格闘》の真髄は連撃にあり。

その言葉を証明するかのようなパッシブ効果であり、最初はほんの微々たる減少であったHPが、みるみるうちに減っていくのが見てとれた。

「おおおおおおおおおおおおおおおおおっ！」

スクナが叫ぶ。どれほど速い連撃であっても、ここまではあくまでも前座でしかない。

彼女が叫ぶのと同時に、《素手格闘》スキルの連撃最強アーツ《十重桜》が起動した。

ズン！　と音を立てて沈み込むスクナの初撃の威力が伝わり、このアーツの詳細を知るプレイヤーは例外なく驚きの表情を浮かべる。

その拳が、それほどにあり得ない一撃目だったからだ。

《十重桜》は初撃の威力を基準に、一倍、二倍、三倍と一撃ごとに累積されるように威力が増していく十連撃アーツだ。

十発目のアーツ倍率は驚異の十倍であり、全てを撃ち切ることができればなんとわずか十発の攻撃にも拘らず初撃五十五発分の威力と同等のダメージを敵に与えられる。

紛れもなく最大クラスの火力のアーツであり、レイドバトルのダメージソースとしてはこれ以上ないほどのものではあるのだが。

ＷＬＯでは頑丈の許容を超えた攻撃力で敵を攻撃した時、プレイヤーにその反動ダメージが返ってくる。

アーツ倍率十倍ともなれば、もはやその攻撃力は想像を絶する。ゴルドを倒した《メテオインパクト》でさえ素のアーツ倍率が六倍超であり、かつその反動の全てを武器に負担させることで反動ダメージを回避していることを考えれば、その火力は推して知るべしである。

そして同時に、それほどの倍率の攻撃ともなれば反動ダメージの凄まじさも予測できるというものだ。

ただし、今言ったように《十重桜》は初撃の威力依存でアーツの威力が決まる。

初撃の威力に下限はあるが、それでも限界まで弱弱しく打ち込めば、はじめてスクナがこの技を使った時のように反動で死ぬことはないだろう。

だが、今スクナが撃ち込んだのは、《双龍》から数えて四十四の連撃を重ねた《連撃ボーナス》付きの、それも雄叫びを上げての全力の拳だった。

その最終的なアーツの威力はもはや想像すらままならず、なんなら打ち切る前にスクナが消し飛んでしまう未来さえ幻視した。

「ははっ」

レイドパーティに広がる困惑と動揺を受けて、スクナは笑った。

反動ダメージなんて、スクナ自身がよくわかっている。攻撃用のバフではなく防御用の《鬼哭の舞》を発動し、耐久を上げたのはそのためだ。

準備はしてある。だからこそ、スクナは初手にこの技を持ってきたのだから。

「やはり《十重桜》。それも完全な形での発動とはな」

目の前で悲鳴を上げる巨竜を見ながら、ドラゴはそう呟いた。

まるで大砲でも打ち込んでいるのかと思えるほどの打撃音と共に、一撃毎に巨竜のＨＰが減少していく。

異変が起こったのは四発目。スクナのＨＰが、初めて反動ダメージによって削られた。

その量は微々たるものだが、それでもここから先は全ての攻撃によって反動が来る。
五、六、そして七。巨竜のＨＰを削りながら、同様にガリガリと削られていくスクナのＨＰを見て、ドラゴは不可解なことに気がついた。
（おかしい。スクナ女史のＨＰの減りが速い。このままだと十発目の前に彼女自身が死ぬぞ）

七発目を打ち込んだ時点で半分のＨＰが無くなったスクナの姿に、一瞬ドラゴの脳裏に神風特攻という言葉が浮かぶ。

このままではＨＰが足りない。どう足掻いても反動ダメージで死ぬだろう。

だと言うのにスクナは笑っている。それがドラゴには不思議だった。

（……いや、そうか！　そういうことか！）

ドラゴ自身、手に入れたもののすっかり忘れていた「あるスキル」の存在を思い出す。

確かにソレを使えば、スクナは生き残れるかもしれないからだ。

そんなドラゴの予想に従うように、轟音を立てて《十重桜》の八発目を打ち込みつつ、スクナは最後の一手を起動した。

「《歌い給え、守り給え！　汝は慈愛の歌姫なり！》」

スクナが唱えたのは、これまで一度として世話になったことのなかった、とあるスキルの起動ワード。

そのスキルの名は《歌姫の抱擁》。スクナがイベント二日目、モンスターハウスソロ殲滅の報酬として手に入れたレアスキルだった。

レアスキル《歌姫の抱擁》はパッシブスキルであり、その本来の効果は《所持者の反動ダメージを半減する》というシンプルなものだ。

この効果の恩恵に与れるプレイヤーが実際に何人いるのかはスクナの知るところではないが、そもそもほとんどのプレイヤーは反動ダメージを受けるようなスキルを持っていない。

スクナですらこの《十重桜》以外には、現状で反動ダメージを受けるようなスキルもアーツも持ち合わせていないのだから。

ただし、この《歌姫の抱擁》にはもうひとつ、《餓狼》のように能動的に発動できる特殊なアーツがある。

それが先程の起動ワードを用いた《守護の賛歌》と呼ばれるアーツ。

その効果は《発動直後の五秒間に限り、反動ダメージを完全に無効化する》というものだ。

リンネは初めてこのスキルの効果を見た時から、このスキルと《素手格闘》スキルのシナジーに気がついていた。

だからこそスクナにこのスキルを渡したのだ。

いずれ使う時が来るかもしれない、そう思ったから。

ちなみにドラゴは自身のプレイスタイルに合わないと判断し、かと言ってパーティメンバーにも合わないので、未だに習得することなくスキル書のまま持ち歩いていたりする。

反動ダメージの鎖から解放されたスクナは、もはや人の拳が出す音ではないだろうと言いたくなるほどの轟音と共に九発目の拳を叩き込み、最後の一撃を引き絞る。

「ラス……トォ!!」

それはもはやただの爆音だった。

巨竜の背に突き刺さった拳が甲殻を砕き、鱗を砕き、赤いエフェクトを撒き散らす。

アーツ《十重桜》終幕。巨竜の二段目のHPを八割以上削り尽くしたスクナは、もう一度拳を引き絞る。

「《ぜっ》……うわぁっ!?」

そんなスクナを無理やり振り落とすように、巨竜が大きく身震いし、跳躍の構えをとる。

空高くで振り落とされないように跳躍の前に飛び降りたスクナは、おっかなびっくりな様子で大地に着地した。

「あっぶな」

「お疲れ様ですっ。回復しますねっ」

「ああ、ありがとう。ええと……リューちゃんさん？」

「リュゥリです。一応《社畜機動部隊》のエースチームでヒーラーやってます！」

ほとんど死にかけに近い状態までHPを減らしたスクナに声をかけてくれたのは、先程までリンネの傍で他のプレイヤーに支援を飛ばしていたヒーラーの少女、リュゥリだった。

魔法でHPが回復していくのを見ながら、スクナは念の為ポーションも口にする。

「キュウリみたいな響きで可愛いね」

「あははっ、よく言われますっ」

スクナのだいぶ失礼な言葉だったが、リュゥリはそれを笑って肯定した。

それもそのはず、リュゥリという名前はキュウリをもじったものなのだから。

「グルォオォ！」

「おおっ⁉」

「きゃっ⁉」

歓談が起こりそうな二人を止めるように、巨竜が空から大地に着地する。最初のように羽を使って緩やかには落ちてこなかったようだ。

ゆらりと起き上がった巨竜の眼光は怒りに燃え、スクナに向けられていた。

「じゃあ、リュゥリちゃんも離れてて」

「そうしますっ。ご武運を」

最後に飴タイプのポーションを押し付けて、リュゥリは戦場の端の方へと移動していった。

今ヒーラーは二人しか居ないのだ。広いフィールド上で傷ついているプレイヤーを安全圏から癒しているのだろう。

もはやリンネの後ろに構えている余裕もないということだ。

「さて、次は私が頑張る番かな」

これまでヘイトを他者に受け持ってもらっていたが、ここに来てスクナが買ったヘイトの量は凄まじく大きい。
怒りに燃える瞳でスクナを睨みつける巨竜に対し、スクナはインベントリからとある武器を取りだした。
「《宵闇《よいやみ》》。お披露目の時間だよ」
引き抜かれたのは、《影縫》よりも一回り大きな夜色の金棒。
それはスクナがはるるに制作を依頼していた二つ目の切り札であり、このタイミングでお披露目する予定だった新兵器だった。

――

アイテム：宵闇
レア度：ハイレア・PM
属性：重力
要求筋力値：295
攻撃力：+139
耐久値：56／56
分類：《打撃武器》《片手用メイス》《暗器》
夜の帳を下ろせし時、世界そのものが頭を垂れる。
夜闇を愛でるは人か鬼か、風に溶け込む獣の牙か。
命あるものに等しく死を、眠れる赤子に祝福を。
終わらぬ夜を奏でよう、世界に陽が昇らぬように。

――

アイテム：影縫
レア度：レア・PM
要求筋力値：208
攻撃力：+82
耐久値：1870／2005
分類：《打撃武器》《片手用メイス》
仮にその一撃が躱されようとも、その衝撃は影さえ縫い止める。夜闇に溶ける重撃は、耐える者なき破壊の一撃。

――

イベントのために用意した二つの武器のステータス。

はるるが丸二日間、他の依頼をすっぽかしてまで作成した《宵闇》だが、《影縫》との見た目上の差異はほとんどない。

それこそ、ぱっと見てわかるのは手元の部分にグラビティジュエルが埋め込まれているくらいのものだ。

だが、その性能は凄まじい。特に要求筋力値と攻撃力に関しては、笑えるほどに高くなっている。

逆に、下がったのは耐久値。2000を超える耐久値を持っていた《影縫》に比べ、わずか56程度しかないのだからその差は歴然だ。

これは、普通の武器に比べてもかなり低い数値だった。

とはいえそれらのグレードアップを踏まえても、やはり《宵闇》の性能が《影縫》の延長線上にあるのは確かだ。

そのおかげで、《宵闇》は既にスクナの手によく馴染んでいる。ぐっと握れば初めて《影縫》を持った時のようなずっしりとした重みがスクナの手に伝わってきた。

要求筋力値295。ここまで来ると完全な専用装備と言っても過言ではない要求筋力値であり、はるるの仕事ぶりにスクナは小さく笑みを浮かべた。

振りかぶられる巨竜の右腕を緩やかな動作で回避する。

一本目のゲージの時よりは速い。だが、攻撃自体が大振りなせいでスクナにとっては避けやすい相手だ。

ここからは全神経を費やしてこのモンスターをここに押し止めなければならない。

先程巨竜の背から降りる時に目が合ったドラゴからのアイコンタクト。

おそらく何かを仕掛けるつもりだ。それがわかったから、スクナは集めたヘイトを維持することに専念する。

不意に、スクナの背筋に悪寒が走る。

本能に従って跳躍したスクナは、それから数瞬遅れて襲いかかってきた「見えない何か」によって、先程まで立っていた場所が破壊されるの見た。

(何が起きたんだろう?)

ひび割れた足場に着地したスクナは、巨竜が起こした現象について思案する。

ほとんど反射的に回避したせいでよく見ていなかったが、そもそも今の攻撃は巨竜のどこから放たれた?

(多分頭付近。となると目か口、あるいは角?)

破壊跡を眺め、射角を計算する。既に巨竜の位置は変わっているが、恐らく今のは頭部周辺から放たれた攻撃であろうとスクナはアタリをつけた。

なるほど、確かに主に両腕を叩きつけたり薙ぎ払ったりという動作ばかりを挟まれていたせいで、スクナの注意力は両の腕に集中していた。

間違いなくそちらに意識を誘導されていた。

システムの鎖から逸脱している訳では無いが、それでもこの巨竜は戦いを組み立てるだけの頭の良さがある。

これからはそう思って戦おう。

そう考えたスクナは、巨竜の口元が僅かにゆらりと揺れるのを見た。

「なるほど」

巨竜の口から正面方向に立たないよう移動すると、やはり見えない何かがスクナの居た場所を貫いていく。

先程と同様の破壊跡を残すその攻撃を見て、スクナは確信した。

あの謎の攻撃はおそらくブレスの類だ。

目に見えない理由はいくつか考えられるが、一番単純なものを挙げてみるなら空気そのものをブレスとして放っている。

風が目に映らないのと同じように、当然目で捉えることは出来ない。

あるいは謎エネルギーを放出しているというのも可能性としてはある。

ただ純粋な魔力的なものであったり、それこそ巨竜の名の通り「波動」とでも呼ぶべきものであるかもしれない。

なんにせよ、厄介な技だ。

おそらく攻撃の予備動作なんかはあるはずなのだが、今のところそれが分からない。

大気中に舞う塵が揺らぐのが見えたからこそ辛うじて躱すことができたが、そう何度も上手くは行かないだろう。

「さてさて……おっ？」

まずは巨竜の攻撃動作を改めて覚え直そう。

そう思って回避に徹していたスクナは、自身の後ろ側でドラゴが合図を出しているのに気がついた。

「《射抜け、貫け、蒼天を駆ける鷲獅子の爪》」

《天空剣・蒼穹》を構えたドラゴは、バフスキルを起動する。

レアスキル《鷲獅子《グリフォン》の爪》。スクナが赤狼戦で得た《餓狼》と同様に、起動式のバフスキルだった。

その効果は《発動直後の攻撃ダメージを、計三回まで二倍にする》だ。

故に、今から三発まで。ドラゴの振るう剣戟は破壊の権化へと変化する。

スクナが五十四の超連撃で巨竜のＨＰバーをほぼ一本削り落とすのを見て、ドラゴは素直に感嘆した。

《素手格闘》スキルは対ボスモンスター用というのは前々から言われていたことだが、まさか《十重桜》まであそこまで火力が出るものとは思わなかった。

レイドボスの総ＨＰから見ても五分の一程の数値を一人で削りきったのだ。純粋に化け物じみた火力と言わざるを得ない。

そして、それを見たドラゴは思ったのだ。

（私も持てる全てを尽くした最大火力を出してみたい）

ゲーマーとしての性か、それとも単純な好奇心か。

ドラゴというプレイヤーの代名詞と言われながらも使う機会に恵まれなかった最強の剣を、ここで活躍させてやりたいという欲求か。

ともかく、スクナにヘイトが向いている今が最大のチャンスだ。

自身のパーティメンバーであるバッファーの《ネクロ》に火力系のバフを全て掛けてもらい、ドラゴは今ここに立っている。

「私らしくもない……が」

ドラゴはそう呟くと、蒼い大剣を大きく振りかぶり、ＭＰのチャージを始める。

構えるは《大剣》スキル、熟練度８００を超えて手に入れることが出来る、今のドラゴが使える中では最強のアーツ。

その発動には自身のＭＰを使用する必要があり、かつ発動までに数秒の時間がかかってしまう。

蒼光がドラゴの全身を包み、フィールドを照らす。

巨竜でさえ一瞬怯むほどの極光だ。

その中心で、ドラゴは大剣を振り下ろす。全ＭＰをつぎ込んだ、最大威力のアーツが放たれた。

「《スターライト・スラッシャー》‼」

破壊のエネルギーを纏った極大の剣圧が大地を走る。

そう、このアーツは近接アーツではない。

振り下ろした大剣の射線上にある全てを切り裂く、遠距離攻撃用アーツである。

迫り来る斬撃を前に、巨竜は一瞬逡巡する。

だが、自身の背丈を遥かに超える斬撃を前に、スクナへと意識を割いていた巨竜は回避することさえままならない。

ドラゴの合図に気がついたスクナの誘導により正面を向かされていた巨竜は、その斬撃を真正面から受けざるを得なかった。

「ゴァアアアアアアアアアアアアッ⁉」

ドラゴの最大威力のアーツの直撃により、巨竜が明確な悲鳴を上げる。

その頭に生えていた二本の角が、今の一撃によってへし折れたからだ。

レイドパーティの中に歓声が沸き上がる。

スクナの《十重桜》も大きなダメージではあったが、ドラゴのソレはとにかく見た目が派手だったのだ。

ＨＰゲージはたったの一撃でゲージ一本の五割ほども消し飛び、巨竜のＨＰもようやく半分弱削れたという所まで来た。

スクナの攻撃ほどではなくとも、とてつもない威力の攻撃を放つことができたドラゴは、ある種の達成感を感じていた。

それでも、ドラゴは、そしてレイドパーティのメンバーは全員、決して油断などしてはいなかった。ＨＰゲージの二本目を割った。ならば、再び先程の「波動」が来ると誰もが警戒していた。

スクナはドラゴの攻撃に巨竜を誘導した段階で全力でフィールドの枠ギリギリまで退避していたし、テツヤは防御手段を持たないアタッカーを守りに行っていた。

ソラ丸もまた、自身のクランリーダーが放つであろう最大火力を見越して、後衛プレイヤーたちを退避させようと予め声をかけて回っていた。

スクナとドラゴの猛攻により一瞬で二本目のゲージが割れてしまったのは予想外であったかもしれないが、それでも全員が次なる攻撃に備えようとしていた。

だが、その全員の警戒を嘲笑うように。

巨竜は「一切の予備動作なく」全身から破壊の波動を撒き散らした。

「なっ……!?」

それは一体、レイドパーティ内の誰が発した驚愕の言葉だったのか。

（まずい、ガードが間に合わな……）

ドラゴは大剣でのガードが間に合わないのを悟り、思わず目を瞑る。

破壊の嵐は、全てを破壊すべくフィールド中を蹂躙した。

＊＊＊

死んでいない。

目を開いたドラゴが最初に思ったのは、そんな当たり前の感想だった。

ＨＰは多少減っているが、近距離で波動を受けたにしてはダメージが少なすぎた。

「っ……世話が焼ける人ですね～」

「えるみっ⁉」

ドラゴを庇うように巨竜との間に立ち塞がるのは、円卓の剣士であるえるみ。

急速に減っていくＨＰを見るに、もはやデスは免れないであろう。それは、ドラゴにもはっきりと分かった。

「いや、それは私の方ですかね～……慣れないことはするものじゃないですね～……」

自虐するように言うえるみに、ドラゴは言葉を返せない。

なんてしょうもない。こんな場で、何もできずに終わるなんて。えるみは自身の不甲斐なさを笑った。

レオが死んだ。その事実は、えるみにとてつもない衝撃を与えていた。

円卓の一位。その称号は一時のものかもしれないが、それでもあの瞬間、アーサーを除いて円卓で最強なのはレオだった。

えるみがいつだってレオと組んでいたのは、彼が奔放な彼女をカバーしてくれると信じていたからに他ならない。

ある意味で、あの時のえるみはスクナ以上に動揺していたのだ。そしてえるみには、その動揺を鎮めてくれるリンネのような存在がいなかった。

何より、普段その役割を担ってくれるレオは既にデスしていたのだから。

ずっと夢の中にいるようだった。

スクナが連撃を打ち込んでいる間も、ドラゴが必殺の一撃を叩き込んだ時も。

ただ、巨竜が破壊の波動を撒き散らす直前に、フィールドをフラフラと動き回っていたえるみはたまたまドラゴのそばにいて。

嫌な予感がしたから、一番近くにいたドラゴを守るために動いたのだ。

「すいません、何もできなくて。あとは任せますよ～」

「……ああ、分かった」

力なく笑ってから、パシャンと泡が割れたように消えたえるみに、ドラゴは力強く頷いた。

だが、運命はあまりにも無情に少女の願いを踏みにじる。

剣を握り、立ち上がろうとしたドラゴの耳に、スクナの悲鳴のような声が届く。

「ドラゴさんっ⁉」

「な……⁉」

驚きの声は短く。

あまりにも呆気なく、わずか数秒しかなかった硬直から抜け出した巨竜の凶爪に、ドラゴの体が引き裂かれる。

爪の数だけアバターを等分されたドラゴは、言葉を残すことさえなく消滅した。

ガラン……と音を立てて地面に倒れた《天空剣・蒼穹》だけが、ドラゴの死を雄弁に語っていた。

「冗談でしょ……」

リンネの呟きが、轟音によって掻き消える。


スクナはそんなリンネの言葉に同意する余裕さえなく、今にも暴れだしそうな心を抑えるので必死だった。

スクナは視界の先で今まさに巨竜によって切り裂かれようとしているリュウリを助けに行きたい気持ちをぐっと抑えて、現実ならば血が出そうな程に思い切り歯を食いしばり、手を握りしめて耐える。

想像を絶する痛みがスクナの胸を突き刺す。それでも、もう間に合わない。助けに行くには距離が遠すぎる。

そして、リュウリは為す術なく巨竜の一撃でポリゴン片へと還された。

壊滅。その言葉がふさわしいほどに、レイドパーティは致命的な大打撃を受けていた。

巨竜がノーモーションで放ったあの波動は、一度目に放ったソレよりは多少威力が落ちるものだった。

それは単純に溜め時間の短さからくるものだっ

たのだろう。

どの道十数秒のチャージから放たれた最初の波動に比べれば弱かったと言うだけで、少なくとも近距離で直撃を受けたえるみは即死だったのだから、弱まったと言えどもその威力が絶大だったのは確かだ。

それでも、あの波動そのもので死んだプレイヤーはえるみだけだった。先程の四人が消し飛ばされた時に比べれば被害は小さいと言えた。

そもそも、あの波動は距離減衰が大きい。フィールドの端にいれば最悪の場合防御魔法がなくとも耐えきれるし、防御魔法を張ればなおのこと、まずダメージはない。

逆に近距離であれば多少のガードやバリアなどは粉砕した上で殺すだけの威力がある。わかりやすいと言えばわかりやすい攻撃だった。

リンネが無傷で助かったのは、退避してくるスクナの為に早めにバリアを張っていたからだ。

スクナも滑り込むようにギリギリのタイミングでバリアの内部に入れたことで特段ダメージは負っていない。

そして皮肉なことに、リュウリが掛けてくれた回復魔法のおかげで、スクナのＨＰは満タンまで回復していた。

リンネとスクナの他に、無傷で波動を突破できたのはシューヤのみ。彼は《片手用盾》スキルの範囲ガード系アーツで波動をしのいでいた。

テツヤはガード用のアーツを発動していたものの、至近距離だったために正面から突破されていた。

ただ、少なくないダメージを負ったものの、ガードを張れたおかげでなんとか五体満足ではあった。

ソラ丸は野良の魔法使いプレイヤーを庇った結果退避が間に合わず、死にはしなかったものの足を一本持っていかれた上に瓦礫に埋もれてしまっていた。

魔法使いプレイヤーも同様に吹き飛ばされたものの、ソラ丸の献身によりダメージは少ない。

《社畜》のリュウリと《竜の牙》のネクロという

二人組は、ダメージこそ受けたもののフィールド端にいたおかげで致命傷は負わなかった。

これについては《竜の牙》のヒーラーである……スクナが名を知らない黒衣の男性も二人と同様のようだった。

と、なんだかんだで破壊の波動が放たれた直後は、まだ立て直しようのある状態だったのだ。

問題は、あの波動の直後に巨竜が動き出したことだった。

先程は一分近く動かずにいたというのに、今回は数秒しか猶予がなかった。

まず最初に、目前でのえるみの死に動揺していたドラゴが殺られた。先程は波動の後に巨竜が動きを止めていたということもあり、ほんの僅かに気の緩みがあったのだろうが、それにしてもあっけない最期だった。

事実としてドラゴが殺られた。それは、レイドパーティ全体にさらなる動揺を伝播させた。

次に狙われたのはソラ丸だった。


この時点でリンネは、巨竜の行動パターンが完全に変化したことを悟った。

最初にドラゴが狙われた理由は、直前の大技でどデカいヘイトを買ったからだと言えば説明はつく。

だが、その次に本来狙われるべきはスクナのはずだ。

なぜなら、ドラゴの一撃の直前まで巨竜に狙われていたのはスクナなのだから。

それが足を欠損しているソラ丸を一直線に狙いに行った。

彼は呆然とした表情でそれを見つめてから、全員に謝るように頭を下げて踏み殺された。

野良の魔法使いが押し潰されて死んだ。ネクロが黒衣のヒーラーを庇って死んだ。その彼も、そのままあっさりと殺された。

そして今、リュウリが殺された。

えるみ、ドラゴ、ソラ丸、魔法使い、ネクロ、黒衣のヒーラー、そしてリュウリ。

七人のプレイヤーが全員殺されるまでに、三十秒とかからなかった。

「フーーッ！　フーーッ！」

鼻息荒く、唇を噛んで必死に感情を抑えるスクナ。

その手を優しく繋ぎながら、リンネは内心でスクナに謝罪する。

（ごめんなさい、ナナ。辛いわよね、苦しいわよね）

巨竜の猛攻から仲間を助けるべく、バリアから飛び出そうとしたスクナを抑えたのはリンネだ。

状況が分からなすぎる。こんな状態で万が一にもスクナを失ってしまえば、もはや勝機は完全に無くなってしまう。

それだけは避けなければならない。

絶対に避けなければならない事態だった。

巨竜のＨＰはまだ二・五ゲージ以上も残っている。リンネが奥の手を切り、そして仮にシューヤに奥の手があるのだとしても、その上で戦いを詰め切るのにスクナの存在は不可欠なのだ。

後衛のほぼ全てを殺しきった巨竜が次に標的を定めたのは、ポーションによる回復を行っていたテツヤだった。

それを見たリンネは、巨竜がなぜヘイトを受け持っていたはずのスクナを放置して他のプレイヤーを殺しに行ったのかを何となく理解した。

ＨＰが三ゲージ目に入り、巨竜の行動パターンが変わるのはおかしな話ではない。

最初はヘイトがリセットされたのかと思ったが、違う。

あのノーモーションで放たれた波動そのものが、マーキングのような役割を果たしていたのだ。

おそらく、あの攻撃でダメージを負ったプレイヤーを優先的に殺しにかかるようなアルゴリズムなのだろう。

だから未だに多大なヘイトを持っているであろうスクナを放置して、テツヤにヘイトが向いている。

ただ、殺し回った順番に関してはリンネにも読み切れない。ドラゴに関しては殺しやすい位置にいたとはいえＨＰが少なかった訳でもないし、その割にそこからは殺しやすい後衛職を集中して狙っていた。

なんにせよ行動パターンが不明瞭すぎる。

ただ、ここでテツヤを殺させるのも不味い。もはやレイドは四人しか残っていないのだ。

「ぐおおっ！」

先程スクナが苦戦した見えないブレスがテツヤを襲う。

テツヤもその正体にぼんやりとは気づいているのか、大盾を前になんとか凌いではいるが、スクナに撃ち込んできた時とは違い巨竜のブレスは連続して放たれていた。

連続でのガードにより、テツヤのＳＰが大きく削られていく。

このままでは殺られる。テツヤがそう思った瞬間に、一人のプレイヤーがブレスを断ち斬った。

「大丈夫っすか？」

「すまん、シューヤ。助かった」

「いいんすよ。助け合いっす」

巨竜が撃ち込む連続のブレスを、シューヤは薄く発光する両手の大剣で切り払う。

マスターランクスキル《双大剣》。《大剣》スキルと《双剣》スキルをそれぞれ５００まで熟練度上げすることで初めて取得できるこのスキルは、現時点ではシューヤ以外の誰ひとりとして使い手のいないスキルだった。

「あんま使いたくはなかったんすけどねぇ」

シューヤはそう嘆息しながらも、余裕のある表情を崩さない。

彼がこのゲームを始めてから現実の時間で一ヶ月半近くが経ち、そのうち一ヶ月以上の時間をこの世界で過ごしてきた。

そう、全プレイヤーの誰よりも長くこの世界に潜り続けてきたシューヤというプレイヤーのレベルは、レイドパーティの中で最も高い94。

現行のプレイヤー達の中で最も高いレベルを持つ男こそ、クラン《円卓の騎士》第三位のシューヤなのだ。

そうは言ってもシューヤには、スクナやドラゴのような莫大な火力もなければ、切り札のような武具もない。

ドラゴやリンネのようなプロゲーマーほど熱意がある訳でもなく、スクナのように特異な才能も持ち合わせてはいない。

ただ淡々とレベリングをし、クエストをこなし、ついでに街歩きなんかを楽しんで……そうしてWLOを普通にゲームとして楽しんできたのがシューヤだった。

ただ、彼らのようなプレイヤーの熱を感じるのは好きだ。

情熱に欠ける自分だからこそ、彼らの眩しさに当てられる。

彼らを支え、少しでも役に立ってあげたいと思う。

今この場でシューヤが《双大剣》を見せたのは、そういった意思の現れだと言えた。

(とはいえ、これ無理ゲーっすね)

先程も言ったように、シューヤには切り札らしい切り札はない。

この双大剣に関しても入手したのはごく最近で、熟練度の面でどうしても難がある。それはつまり、単純に強力なアーツがないということだ。

それでも《双大剣》を使う理由はひとつ。

継戦火力が凄まじく高いからだ。

はっきり言って、ドラゴがほとんど攻撃に参加することなくデスしたのはレイドパーティにおける最大の誤算だった。

彼女の《スターライト・スラッシャー》は確かに強力なアーツであったし、現にひとりで巨竜の総HPの十分の一を削り取った。

だが、ドラゴが生きて戦いを継続していれば、単純な火力としてそれだけのHPを追加で削れていたはずなのだ。

ドラゴに単体で一ゲージ以上を削れるプレイヤーとしての活躍を期待していたシューヤやリンネにとっては、その火力がなくなったのが心底痛い。

スクナが想像以上に削ってくれたおかげで辛うじて採算がとれているが、それでもドラゴの早期リタイアは痛かった。

ここから先、リンネが切り札を切れば恐らくもう一ゲージは持っていける。その上でスクナとシューヤとテツヤが全力で戦えば、最終ゲージ到達までは何とか削れる可能性はある。

だが、その間に二度、合わせて十一のプレイヤーを殺したゲージ移行の行動が挟まれる。

二度もプレイヤーの虚をついたあの行動を無傷で突破？

突破した上で、最終ゲージに至った最大強化状態の巨竜に勝てるか？

どう足掻いても不可能だ。シューヤがこの戦いを無理ゲーだと判断した理由はそこにあった。

ただ、唯一突破口になりそうな要素もある。

今、リンネに引き止められているスクナの存在だ。

普段の温和で少しぼんやりとした雰囲気とはまるで違う、今にも暴れだしそうな様子。

怒り。あるいは失意か。先程も遠目で見ていたが、味方を助けに行きたくて仕方がないといった様子だった。

だが、あの時点では止めたリンネが正しい。

あの時の巨竜は、今シューヤが対面している状態よりも俊敏かつ狡猾で、おそらく攻撃の威力も増していただろう。

シューヤが行こうが、テツヤが行こうが、スクナが行こうが変わらない。

所詮スクナはフルアタッカーだ。タンクのように仲間を守る者ではない。だからきっと、いずれは守りきれずに死んでいた。

ノエルクラスのタンクでもなければ、行かせないのが正解だった。

だが、もしかしたら今のスクナなら何とかなっていたかもしれない。

それほどまでに、ゾッとするほど恐ろしい雰囲気をスクナは纏っていた。

「おっと、《ツイン・ストライク》！」

爪による切り裂きではなく、押し潰すようなプレスアタック。

それを、シューヤは真正面から打ち返す。

「ぐっ……デブドラゴンっすねぇ」

ギリギリと悲鳴を上げる二本の大剣に檄を飛ばしつつ、シューヤはプレスを無理やり押し返す。

「《クロススパーク》！」

押し返され隙を生んだ巨竜に、だいぶHPを回復してきたテツヤが追撃を差し込む。

相変わらず雷属性が弱点であるのは変わらないようで、目に見えて巨竜が怯むのがわかった。

それを見たシューヤは今しかないと判断し、リンネへと合図を送った。

「リンネ！」

「やれるの⁉」

「何とかするっす！　どの道次のゲージじゃチャンスはないいし、何よりそろそろスクナちゃんがいないとキツいっす！」

本音は最後の一言か。

信じるしかない。彼らを、そしてスクナを
「了解！　ナナ、もう大丈夫ね？」

「っ……だい、じょうぶ！」

「その気持ちはそのままぶつけてきなさい！」

「うん！」

飛び出していったスクナを見送り、リンネは遂に自身の持ちうる切り札を切る事を決心した。

「我が求めるは重《かさね》の理。願うは十の連星なり」

スクナが参戦し、三人のプレイヤーが巨竜と真正面からぶつかり合うのを見ながら、詠唱を開始する。

レアスキル《連星術》。これはかつてリンネがとあるモンスターを討伐した際に手に入れたレアスキルであり、彼女が持つ最大の切り札だ。

スキル効果は非常に複雑だが、簡単に言うと《同じ魔法を最大十個まで、何重にも重ねて放つことができる》という効果である。

同じ魔法を何度も放つのと何が違うのか？

それは《魔法を重ねる毎に個々の魔法の威力倍率が上がっていく》という、いうなれば《十重桜》のような威力増強効果がある点だ。

例えば、重ねた数が二つなら威力倍率は十五倍。

1＋1に15を掛けるような計算になる。同じMP量で、本来は単純に二倍のところを三倍の威力で魔法を放てる訳だ。

三つで二倍。そんな感じに威力倍率を0．5ずつ加算していって、十重ねれば5．5倍。元々の魔法自体が十個ある訳だから、その魔法を一発単体で当てた時の五十五倍という桁違いの威力になる。

最終的に初撃の五十五倍の威力が出るという点では《十重桜》に近いが、あちらは反動ダメージという枷を抱えていた。

当然、こちらはこちらで厄介なデメリットを抱えている。

ひとつ目はMPの問題だ。連星術は「一度に」魔法を放つ都合上、重ねた回数分のMPをまとめて消費してしまう。

故に、重ねたい回数分同時に放てる魔法でしか連星術は発動できない。十回重ねるのであれば、十回以上使える魔法でなければ駄目なわけだ。

二つ目。それは発動に尋常ではない時間がかかることだ。

《十重桜》は自身を殺すほどの反動ダメージと引き換えに、わずか数秒で打ち切ることができるという最大の利点がある。

対して《連星術》は早さの全てを犠牲にしている。具体的には《重ねる魔法の数》×《威力倍率》×《5秒》。

つまり重ねる魔法の数が二個なら《2》×《15》×《5秒》で百五十秒。

十個なら《10》×《5．5》×《5秒》で二七十五秒、つまり四分半ちょっとかかる計算になる。

そして三つ目。このスキルを発動している間、リンネは一切動けない。つまり完全な固定砲台にならなければならないのだ。

全方位への攻撃やら、ブレスやらを持つ巨竜を前に、一切動けない状態で四分半。

リンネが巨竜の攻撃を直撃で貰えば、おそらく耐えられて一撃が限度。あるいは一撃で死ぬかもしれない。

「頼んだわよ、三人共」

もはやお祈りの如く呟いてから、リンネは魔法を重ねる準備を始める。

「天裂く焔を呼び寄せし杖よ、地に在りて導と化せ」

《蒼玉杖》を地面に突き立て、詠唱を開始する。

今回リンネが使用する魔法は《ライトニング・バリスタ》。確実に十発撃ち込むことが可能で、かつ上級である唯一の魔法だ。

「墜ちるは雷光、貫くは閃光、我が腕に宿りし雷撃、今此処に弩《おおゆみ》と成りて放たれよ」

これが言葉による《ライトニング・バリスタ》の詠唱。ＷＬＯにおいて、言葉を用いた詠唱は魔法の威力を上げる手段のひとつだ。

普段なら無詠唱で放つところでも、今はどの道時間だけは有り余っている。

ならば可能な限り魔法の威力は上げておくべきだ。

それがリンネにできる唯一の仕事なのだから。

「重ね」

リンネの背後に光が浮かぶ。

これでひとつ。リンネは再び詠唱を続ける。

「天裂く焔呼び寄せし杖よ、地に在りて導と化せ。墜ちるは雷光、貫くは閃光、我が腕に宿りし雷撃、今此処に弩と成りて放たれよ」

ひとつひとつ。詠唱の内容は慎重に。間違えれば暴発もありうる。

「重ね」

ひとつ目の光に連なるように、二つ目の光が点った。

「あと二百四十秒」

まだまだ先は長い。

前衛を張ってくれている三人の健闘を祈りつつ、リンネは慎重に魔法を重ねていた。

「うぉぉぉぉぉおりゃあああああぁぁぁ！」

テツヤが雄叫びと共に放った《クロススパーク》。

そう何度も食らうものかと爪で弾いた瞬間に、スクナが巨竜の懐に潜り込む。

「《重量三倍》！　《デッドリィハンマー》！」

「ゴァゥ⁉」

ズンッ！　という音を立てて巨竜の鳩尾にめり込んだ打撃武器スキルのアーツ《デッドリィハンマー》。

言ってしまえば《超叩きつけ》とでも言うべきただのぶん殴りなのだが、その一撃によって巨竜の体が一瞬浮き上がった。

「嘘だろ⁉」

「えぇ……」

その恐ろしい程の威力に味方二人でさえ驚愕を隠せないが、その威力の秘密は《宵闇》の属性である《重力属性》にあった。

武器に付与した場合の重力属性の効果はシンプルに二つ。

それは《武器の重量を重くする》と《武器の重量を軽くする》の二つだ。

それだけだとあまり意味を感じないかもしれない。ただし、これら二つの効果には《攻撃命中時に》という枕詞がつく。

つまり、これは殴りつけた時に発動する効果であるということ。所持者はいつも通りに武器を振るえるが、いざこの武器の攻撃を食らった相手は訳が分からないほどに重たい攻撃や、あるいは羽のように軽い攻撃を食らうことになる。

基本的に攻撃時に役立つのは《重くする》効果に絞られるが、武器の重量による物理計算がダメージ計算に組み込まれているＷＬＯにおいて、《重く》すればその分威力が上がるし、《軽く》すればその分威力を抑えられる。

つまり捕獲などのために手加減をしたい時などに《軽く》する効果を使えるため、そちらはそちらで無駄にはならない。

ちなみに《宵闇》の場合、重くする方の倍率は三倍まで。

軽くする方の倍率は〇・〇一倍までという制限がある。

今スクナがアーツを放つ際に使用したのは、当然三倍に重くした状態だ。

つまり要求筋力値885の武器に等しい……と単純に計算はできないが、少なくとも体感にして一トンはゆうに超えている重量での殴りつけである。

アーツ倍率に元々の筋力値の高さも相まって、巨竜の体を一瞬とはいえ浮き上がらせるほどの威力を秘めていたのだった。

ただ、この《重力属性》を発動するには装備者自身のMPが必要になってくる。

とてつもなく強力なこの武器をなぜスクナが温存していたのか。それは武器耐久が低いだとか以前の話。

この武器の重力属性を発揮できる回数が、鬼人族故にMPが低すぎるスクナではわずか数回しかないからであった。

「ゴォォォォ……」

三人がリンネのために巨竜のヘイトを集め続けて数分。

かなり順調に進んでいた戦いだったが、ついにその時が訪れてしまった。

巨竜がリンネの存在に気づいてしまったのだ。

「まずいっすね」

連星術は発動中、じわりじわりとヘイトを稼ぎ続けてしまう。それは常時魔法を発動しているのに等しい状態だからだ。

既にヘイト管理も何もよくわからない状態の巨竜だが、これまで視線を外せていたリンネに気づいてしまった理由はそれぐらいしか思いつかなかった。

背後に九の魔法を携え、最後のひとつを詠唱せんとするリンネに向けて、巨竜は大きく息を吸い込んだ。

初めて見る行動。いや、正確には一番最初の咆哮時にも似たような行動を取っていたが、あの時と違うのは巨竜の口元に明確なエネルギーがチャージされていることだ。

光の溜まり具合的に、猶予は残り十秒程度か。

シューヤとテツヤは一瞬アイコンタクトを交わすと、示し合わせたように巨竜とリンネの射線上に立ちはだかる。

「テツヤさん、シューヤさん⁉」

「いいから黙って見てな！」

「必ず防いでみせるっすから」

頼れるタンクのテツヤと、トップレベルプレイヤーであるシューヤという二重の盾。

だが、巨竜がチャージしているエネルギー量を見たスクナは、それでも防ぎ切れるとは思えなかった。

そもそも。

リンネを守るという役目を、自分が負わなくてどうするのだ。

スクナが生まれつきその身に宿すのは、リンネを守るための力だ。

他のプレイヤーを守れなかった。その言葉にできない激情は、今なおスクナの中で燻っている。

スクナはテツヤとシューヤの更に後ろに立ち、瞬間換装で装備を《影縫》へと変更する。

そして、舞を躍るべくその両の手を打ち鳴らした。


レアスキル《鬼の舞》。

発動するは《三式・水鏡の舞》。

更に加えて《一式・羅刹の舞》と《二式・諸刃の舞》も発動させた。

リンネを守るべく立ち塞がる三人のプレイヤー目掛けて、巨竜が極大のブレスを放った。

その極光が最初に到達したのはテツヤ。

彼は武器を仕舞い、取り出した新たな大盾を両手に持ち替え、最大最強の防御アーツを発動する。

《両手用大盾》スキル、防御用アーツ《エクスレイヤード・ファランクス》。

十の防御結界を正面に展開する、貫通攻撃防御用の最強アーツだった。

衝突の瞬間、一瞬にして三枚が焼失した。

一呼吸の間に更に二枚。続く一呼吸で更に一枚。

わずか数秒で六枚を割り切られ、それでもなお残る四枚でテツヤは耐える。

「オオオオオオオオオオオオオオオオオッ！」

それがただの気合いだということはわかってい

る。

叫んだところでアーツの耐久は変わらない。

だが、それでもテツヤは叫んだ。

己を鼓舞するために。仲間を鼓舞するために。

拮抗したのは十秒足らず。

だが、確実にブレスの威力を削り取り、テツヤはブレスによって消し飛ばされた。

続くシューヤは双大剣をクロスさせるように地面に突き立て、その二つの柄を握ってアーツを発動させた。

《大剣》スキル、ガード用アーツ《ブレイズシールド》。

大盾の防御アーツに勝るとも劣らない防御結界が、突き立てた二つの大剣両方で発動した。

ひとつひとつは、テツヤの《エクスレイヤード・ファランクス》とは比べるべくもないほどに弱い防御用アーツだ。

だが、シューヤの持つ《双大剣》スキルは、手に持つ二つの大剣の両方で個別のアーツを発動できるパッシブ効果を持つ。

重なる二つの防御アーツ。そして、テツヤが決死の覚悟で防いでくれたお蔭で弱まったブレス。

(防ぎ切ってみせるっす。スクナちゃんは防御用のアーツを持ってない。ここで防がなきゃお終いだ)

シューヤが発動した《ブレイズシールド》に、巨竜のブレスが炸裂する。

テツヤが幾らか相殺した上でなお、凄まじい威力で押されるのが分かる。

数秒の拮抗の後、金属が割れるような嫌な音が響き渡った。

シューヤが視線を向ければ、大剣にヒビが走るのが見えた。

(まずい。まずいっす。耐え切れ……)

せめてブレスの方向を変えて……。

シューヤがそこまで考えた瞬間に、双大剣による防御が崩壊する。

後ろで構えるスクナとリンネに謝る暇もなく、シューヤは極光に飲み込まれた。

（二人共命懸けでリンちゃんを守ってくれた。無駄な抵抗なんかじゃない。私が絶対に止めてみせる）

「飢え喰らえ、狼王の牙」

スクナは自身が発動できる全ての攻撃力アップ系バフスキルを発動し、迫り来る極光のブレスに正面から対峙する。

本来であれば。ブレスや魔法と言った放出系の攻撃は、普通の攻撃でかき消すことは出来ない。

だが、それを可能とする方法は幾つかある。

ひとつは、ガード性能を持つ武器で防ぐこと。

あるいは、そうではない武器でも防御系アーツ・スキルを使って防ぐこと。

そしてもうひとつが、同属性を纏ったアーツで攻撃を打ち消すことだ。

例えば先程シューヤは風属性を纏った大剣で巨竜のブレスを切り払っていた。

無属性の放出系攻撃は、あらゆる属性攻撃で打ち消せる。

あるいは巨竜のブレスは風属性だったのかもしれないが、それならそれで問題なく切り払える。

シューヤはそういった判断をもって、風属性攻撃でブレスに対応していたのだろう。

だが、スクナの持つ武器スキルは、その全てが属性持ちのアーツを覚えられない。

また、覚えられたにしても、目の前のブレスの属性はパッと見では判断しきれない。

だからこそ、テツヤもシューヤも攻撃ではなく防御を以てブレスを防ごうとしたのだ。

だが、スクナは今ここに立っている。

それは、ブレスを相殺しうる手段を用意しているからに他ならない。

それこそが、《三式・水鏡の舞》だった。

その効果は《発動から三十秒間、使用者の攻撃威力に相当する攻撃を、物理魔法問わず打ち消せる状態を付与する》というものだ。

かつて、トリリアで琥珀と戦った時、彼女がスクナへ語った「三式は魔法の対策になる」という言葉。

これは正確には魔法を相殺できる状態の付与が可能だという意味だったのだ。

（ごめん。そしてありがとう）

手に持つ《影縫》に内心で感謝の言葉を贈る。

この十日間、スクナを支えてきてくれた最高の武器だった。

だからこそ、最期の時は今ここで。

全てを破壊する星の一撃に代えて。

《打撃武器》スキル、最強アーツ。

《メテオインパクト》。

鼓膜が破れるのではないかと思えるほどの轟音を響かせ、スクナの持てる最大火力を以て放たれた最高最大の一撃は、数瞬の拮抗を越えて極光のブレスを掻き消した。

（ありがとう、みんな）

その命を散らしたテツヤとシューヤ。

武器を捨て、自身が完全に動けなくなることを覚悟で《メテオインパクト》を放ったスクナ。

その全てに感謝して、リンネは連星術を完成させる。

「連なる十の星々の輝きよ、今ここに救いの一撃と成れ！」

ギギギギギギ……と軋むような音を奏で、リンネの右腕が巨竜へと構えられる。

バチバチと弾ける雷撃さえも心地よい。

全ての魔法は既に装填されている。

その手はまっすぐに巨竜に向けられた。そして、巨竜はそれを見て動くことさえままならない。

あれほど強力なブレスを放ったのだ。巨竜とて反動で動けなくなるのは必然だった。

「さあ、行くわよ！」

躊躇いは必要ない。

右腕を引き絞り、突き出す。

さながら正拳突きのような動作を以て、破滅の光は音も無く放たれた。

リンネもこれまで一度たりとも放ったことがない、十連星の一撃。

それはまさしく流星の如く。

一条の光となって、巨竜の体を貫いた。

＊＊＊

リンネが放った最後の魔法が、轟音と共に巨竜を焼き尽くす。

大地を破壊し、立ち込める土煙が視界を奪う。

「……これはダメね」

最大威力の《メテオインパクト》を放った後に勢い余って倒れたスクナに対し、ただ魔法を放っただけであるリンネにはまだ周りを見る余裕があった。

故に気付く。巨竜はまだ倒れていない。

リンネが放った現状最高威力の雷撃は巨竜のHPゲージを丸々一本削り落とし、なお余りあるほどの威力を発揮した。

ドラゴの《スターライト・スラッシャー》の時点で、元々あったHPゲージが二・五本強。そこからリンネを守るための四分半の猛攻でスクナ達が削り落としたのが約〇・五本。

そしてそこから更に一本とちょっと。リンネの放った一撃は、三本目の残りわずかと、四本目のゲージを丸々一本全て削りきった。

つまり、残る巨竜のHPゲージはぴったり一本。

リンネ達は巨竜のHPを最終ゲージ到達まで削り落とすことができたのだ。

(初見殺しの連発にかみ合わないレイド。初見で攻略するには厳しかったけど、それでも……)

この必殺の特大の魔法も、もう少し上手くレイドが回せていれば正しく切り札として機能したのかもしれない。

せめてドラゴが。あるいはえるみが、レオが、野良のプレイヤーが。

彼らが生き残ってダメージを与えてくれていたのであれば、倒しきる事もできたのかも知れない。

けれど、このレイドは崩壊が早すぎた。半分を優に超えるHPをたった四人で削るなど、土台無理な話だったのだ。

(さて、どうしたもんかしら)

HPゲージを削り落とした。であれば、次に来るのはフィールドを焼き払うような波動による範囲攻撃だ。

ましてや、今回は二本同時にHPゲージを割っている。

もはや何が来てもおかしくないと、リンネは一瞬だけ諦めたような顔をした。

思えば、これまで巨竜はほとんど中央から動いていない。

一度目の時も二度目の時も、波動を撒き散らした時は中央に立っていた。

そして今も、巨竜はフィールドの中央に立っている。

もし、巨竜のゲージ移行行動が先程までと同じ波動による攻撃なのであれば。

恐らく今リンネがいる位置なら、バリアを張れば波動の距離減衰も込みで死ぬことはないだろう。

ゲージ二本分で威力が上がることを考慮しても、さすがにフィールドの端であれば耐えきることができるはずだった。

だが、それはリンネひとりの場合の話だ。

《メテオインパクト》の反動で三十秒の技後硬直ペナルティを受けているスクナは、このままでは生き残れない。

「最後の仕事と行きましょうか」

そう結論づけた瞬間、リンネは両頬を一度叩いてから、スクナの元へと駆け出した。

前回と違い、今回は恐らくチャージ後の波動が来る。

音がするのだ。ギシ、ギシ、ギシと何かが軋むような音が。一度目の、スクナにしか聞こえなかった小さな音とは比にならないほど大きな音が鳴っている。

それがわかっているから、巨竜がエネルギーをチャージしている間に、出せる範囲の最速でスクナの元へと駆け抜ける。

転がる瓦礫のせいで途中何度も躓きそうになりながらも駆け抜けて、スクナの事を抱き抱えた。

ものすごく軽い。それはそうだ。リンネのステータスが魔法技能特化とはいえ、リアルのリンネよりは力があるのだから。

そんな冗談でひとり笑いつつ、リンネはスクナを出来る限りフィールドの端の方へと連れていく。なるべく遠くへ。生き残らせてあげるために。

「リン、ちゃん？」

「大丈夫よ、大丈夫」

彼女の行動を受けて不思議そうな声で名前を呼ぶスクナに、リンネは優しい声で返事をした。

リンネのＭＰはまだ少しは残っているが、あと一回エレキバリアを張ってしまえば、もうひとつ魔法を撃つのが精一杯だ。

ＭＰポーションを飲んだところで、アレはＨＰポーションよりずっと回復が遅い。

これから来る暴威に対抗する手段にはならないし、仮に生き残ったとしても、リンネにヘイトを向けているであろう巨竜の猛攻を凌ぐほどには回復も間に合わないだろう。

そして、そんな役立たずのリンネをスクナは命を賭してでも守ろうとしてしまう。それをリンネは分かっていた。

いつだってそうだ。小さいころに犬から守ってくれた時から、いつだってナナはリンネを守ってくれていた。

だって、それが「二宿菜々香」という人間だから。

なら、リンネが最後にすべきことは？

スクナの負担にならないよう、ここで散ること。

あえてその命を以てスクナを守ることだった。

エレキバリアと、エレキシールド。二つの防御魔法を、リンネは動けずにいるスクナにかける。

これまではエレキバリアひとつで耐えられていた波動も、今の巨竜であれば貫通してくるかもしれない。

だからリンネは、二つの魔法をスクナにかけた。

もうＭＰはすっからかんで、正真正銘リンネは何も出来ないポンコツ状態だった。

二つの魔法を重ねた上で、リンネはスクナを守るように立ちはだかる。

えるみがドラゴを守った時のことを鑑みれば、前に立っているだけでも意味はあるだろう。

なるべくスクナにダメージが及ばないように、スクナのことを守り抜くために、リンネは笑顔で身を挺する。

「ナナ」

「待って、リンちゃ……！」

「あとはお願いね」

スクナの体を二つの防御魔法が覆い尽くすのと同時に、フィールドに激震が走る。

巨獣の咆哮とともに、全方位を焼き尽くす波動が拡散した。

その波動は、死を呼ぶ風の如く。

無防備に立つリンネのＨＰを消し飛ばした。

（そういえば、私がナナを庇うのって初めてなんじゃない？）

崩れていく自分のアバターを見ながら、リンネは意外な事実に笑みを浮かべる。

リンネという枷を取り払ったナナが、巨竜を倒してくれるかどうかはわからない。

リンネにできることは、ナナが壊れないことを祈ることだけ。

ただ、間違いなく言えることがひとつ。

二宿菜々香《かいぶつ》が、目覚めようとしていた。

＊＊＊

「……え……？」

意味もなく、声が漏れた。

リンちゃんが死んだ。

とても呆気なく。あっさりと。

私を庇って、死んでしまった。


——仕方ない、相手が強すぎたんだよ。


心の中で『誰か』がそう呟いた。

私を納得させるように、慰めるようにそう言った。

そうだ。レイドパーティは私とリンちゃんしか残ってなかったんだ。

それに、本来なら三十人で戦う相手なのに、十五人しかいなかったんだよ。

仕方ないよ。

仕方、ないんだよ。


——ただのゲーム。そうでしょ？


うん、そうだ。

この世界にはいくらでも命の換えがある。

リンちゃんだって、もうリスポーンしてるはずなんだ。

そうだ。

そうだよ。

これは、ゲームなんだから。

そうやって、言い聞かせるように呟いた。

できもしない納得を得るために。

意味もないのに立ち上がって、リンちゃんを殺した巨竜を見る。

ぼうっと立ち尽くす私に向かって、巨竜がブレスを溜めている。

先程、二人のプレイヤーと《影縫》を犠牲にして、ようやく止めたばかりのブレスだ。

アレを放たれれば、私は一瞬で蒸発するだろう。

分かっているけど、身体が動かない。力が入らない。


——ねぇ、どうする？


『誰か』が何かを呟いているけれど、もうそれさえ聞き取れない。

死んでいく。

死んでいく。

みんなが私の前で死んでいく。

手が届かない。守りきれない。

守りたくても守れない。

それでもいいと思ってた。

だって私が本当に守りたいものはリンちゃんだけなんだから。他のプレイヤーがどうなろうと私の知ったことじゃない。

リンちゃんさえ死んでいなければそれでいい。私は私の守りたい、小さい世界だけを守れればそれでいいと。

……無理やり、自分を納得させた。

そうでもしないと動けなかったから。

そうやって削って、削って、削って削って削って削って。

削り切った後で、本当に守りたかったものを守れなくて。

「……どうしたら、いいの」

失意が全身を支配していく。

感情が沸騰する。

燃えるような激情が私の心を砕いていく。

赤い、赤い、真っ赤な感情。

それをぼんやりと眺めているうちに、私は「そこ」に辿り着く。

赤い感情が砕いて、砕いて、砕いた心の奥底に、あの雪の日の『私』が涙を流して待っていた。


——やっと思いだした？

瞳に宿る激情とは対照的に、とても優しい声音で『私』が私に問いかける。

鏡映しの私と『私』。二つに分かれた心の片割れ。

壊れかけの心を守るために、私の全部を引き受けて……そして、記憶の奥底に閉じ込められたあの日の『私』がそこに居る。

「……そっか……そうだったね」

両親が事故で死んで。

助けたくて、助けられなくて。

失意の中で私に沸き上がった感情は『怒り』だった。

両親を殺した相手に。

そして、両親を守れなかった自分に向けた、壊れてしまいそうな程の『憎悪』と『憤怒』。

そんな二つの感情を、今更思い出した。

忘れたくて忘れたわけじゃない。

ただ、あの時は忘れなければ心を保てなかっただけ。
そうしなければ、私はきっと何もかもを壊してしまっていただろうから。
なけなしの理性が私を止めた。
リンちゃんを悲しませたくなかったから。

――ねぇ、手を出して。

嬉しそうに、そして少しだけ寂しそうに。
『私』は静かに涙を流しながら、そう言った。
言われるままに手を出すと、『私』は私の手を取った。

――我慢して、我慢して、我慢して我慢して我慢して。
――感情も、力も、何もかもを人並みに抑え込んで。
――菜々香《わたし》はずぅっと、ずぅっと我慢してきたね。

「……そう、なのかな」
優しく、諭すように、『私』が私の手を握る。
――我慢しなくたっていい。
――思うままに、感じたままに、やりたいようにやればいいんだよ。
――リンちゃんも、お母さんも、お父さんも。
――誰も菜々香《わたし》に我慢しろなんて言ってなかったでしょ？

「……あ……」
言われてみれば、そうかもしれない。
そうだ。そうだった。
私はずっと、自分の力を抑えていたけれど。
誰かに言われてそうしたことなんてない。
小さい頃も。
リンちゃんと一緒に育った日々も。
あの事故の日も。

そして事故の日から今日までも。
ずっと、ずっと、私の力を誰よりも恐れて、枷をかけてきたのは私自身だったんだ。
リンちゃんはこの世界で、自由に遊んでいいと言ってくれていたんだから。

――そう。
――だからもう大丈夫。
――喜んでもいい。
――怒ってもいい。
――泣いてもいい。
――笑ってもいい。
――自由に生きて、好きなことをしていいんだよ。
――それはリンちゃんとは関係のない、菜々香《わたし》の権利なんだから。
「……そう、だね」
――もう、『私』なんていらないね。
――リンちゃんを殺したアイツに、全部ぶつけておいで。
「……ありがとう」

――うん！　行ってらっしゃい！

怒り、悲しみ、憎しみ、悔しさ。
そんな、全身を支配する感情に身を委ねた瞬間。
目の前にいたはずの『私』は、そう言って溶けて消えた。
負の感情が溢れる。
壊れそうなほどの痛みが胸を突き刺す。
「はは、そっか。怒るって、泣くって、こんなに苦しいことだったんだ」
溢れ出る涙が抑えられない。
今更になって、お父さんとお母さんの死に際を思い出したからか。
それとも、リンちゃんを守れなかったふがいなさからか。

わからない。わからないけど、失意でどうしようもなくなってた全身に、怒りという熱が生まれた。

「ありがとう、ずっと待っててくれて」

もう一度、自分自身への感謝を告げる。

幻覚と笑い飛ばされるかもしれない。

妄想だと罵られても構わない。

ただ、ひとつだけ。

ずっと欠けていたパズルのピースが埋まったような気がした。

＊＊＊

スクナを庇い、リンネが落ちた。

巨竜はこれまでに衝撃波を放った時と同様に攻撃の手を止め、放熱するように静かに動作を停止した。

そんな絶望的な光景を見て、使徒討滅戦を見ていた誰かが息を呑んだ。

始まりの街で、デュアリスで、トリリアでフィーアスでグリフィスでゼロノアで。

第七の街以降のイベントと関係の無い全ての街でさえ。

使徒討滅戦は神の瞳によって、空中投影されたモニターのように映し出されていた。

それは娯楽のためか、はたまた避難を促すためか。

特に、この戦いによって被害を被る可能性のあるゼロノアまでの街の住人は、固唾を呑んでこの光景を見守っていた。

残る巨竜のＨＰゲージ量は丸々一本。

そして、プレイヤーはスクナのみ。

そのスクナでさえ、リンネが死んだショックから動くことさえ出来ずにいる。

そんな中、スクナよりも早く、巨竜が再び動き出す。

巨竜の口元へ巨大な光が溜まっていく。

極光のブレス。先程、二人のプレイヤーを犠牲にしてようやく打ち払った最悪の攻撃の矛先がスクナへと向けられる。

わずか十五人のレイド戦。土台無理な戦いだったのだ。

それはまもなく終わり、巨竜は、アルスノヴァは始まりの街に降り立つのだろう。

プレイヤーも、公式生放送を見ていたリスナーも、全ての街で使徒討滅戦を見ていた住人たちも。

その全てが、この戦いは詰んだと理解した。

これから起こるであろう惨劇を前に、全ての人々が無意識に手を握った。

けれど。

その全てを嘲笑うかのように。

足元から溢れ出た闇が、スクナを飲み込んだ。

ゾッとするほど暗く重い闇が、スクナの全身を包んでいく。

ギシギシと軋むような音を立てて、闇がスクナのアバターを染め上げていく。

その角はより紅く、より長く。

瞳の白を黒に、血染めの瞳はより濃く深く。

ピシッ、と。

小さな音を立てて、その白い肌に黒い亀裂が走る。

全身に亀裂は広がっていき、その隙間からも闇が漏れ出て霧散していく。

『あ、は』

蕩けるような声が零れた。

全身を包み込む高揚感を受けて、鬼人《スクナ》は静かに嗤う。

その姿は、まるで伝説の鬼神を彷彿とさせるものので。

スクナのアバターは、『そのスキル』を発動するために最も適したカタチへと造り替えられていく。

「何だよ、あれ……」

始まりの街でその戦いを見守っていたNPCの少年の呟きが、喧騒を貫くように伝播した。

それは全てのプレイヤーの心の声の代弁であり、それはこの世界の住人にとっても同様だった。

その変貌は、時間にすればきっと十秒も経ってはいなかったのだろう。

大本にあったスクナのアバターは、変貌してもなお彼女を彼女として認識できる程度には原型が残されている。

そして今にも放たれんとする巨竜のブレスを前に、スクナはゆらりと視線を向ける。

恍惚とした笑みを浮かべていると言うのに。

瞳からは、黒い涙を流している。

そのぐちゃぐちゃに入り交じった感情の発露は、戦闘を見ていた全ての者たちに小さくない動揺を与えていた。

そして、世界中の人々の耳に届くように、システムアナウンスが鳴り響く。

それは終わりを告げる鐘の音にして、災禍の誕生を祝う歌。

《プレイヤー《スクナ》の感情値が一定値を超えました》
《検索：プレイヤーの種族を確認。種族固有技能の発動条件を満たしました》
《バッドスキル《忘我の怒り》を発……しま……――――――》
《アラート：発動を棄却》
《アラート：プレイヤーの感情値が閾値を超越しました》
《検索：『鬼神の祝福』を確認しました》
《検索：『鬼神の因子』を確認しました》
《検索：スキル『鬼の舞』を確認。上限の限定解放及び全アーツのクールタイムを取り消します》
《リザルト：全ての侵食条件の達成を確認》
《アラート：世界七大災禍『憤怒《ラース》』による侵食が発生します》
《対象プレイヤー：スクナ》
《解放時間：十分》
《――！―、――！―*――*――！―》
―##―――――》
《ハザード：デッドスキル《憤怒の暴走》を開始します》

巨竜が吼える。
鬼人が嗤う。
……そして、蹂躙が始まる。

＊＊＊

【イベ最終日】使徒討滅戦総合スレ２【レイドバトル？】

1：メタモル
ダンジョンイベント：《星屑の迷宮　終幕～使徒討滅戦～》に関する総合スレです。
使徒討滅戦に関する内容であればなんでも語り合ってください。

2：ソード
＞＞1乙
さあついに始まってしまったな

3：とるて
＞＞1乙
十五人は無理やろ詰んだわ始まりの街抜け出さな

4：メメロン
＞＞1おつ
ドラゴとリンネとスクナくらいしかわからんねー

5：音々音
＞＞1乙
社畜円卓竜の牙しかクランプレイヤーいないんだがががが

6：レイト
こういうどっしりしたドラゴンもいいよね

7：わいわい
＞＞1おっつ
ドラゴがネームドウェポン持ってる！

めっずらしい〜

10：ソード
しかし穏やかな立ち上がりだな

12：退屈マン
まあレイドの序盤からバリバリやれるのなんてインフレしたゲームくらいだろ

15：セスナ
堕天使ルシファーって見覚えあんなぁ

17：テロメア
ノエルちゃん相変わらずロリだなぁ

21：エクサス
＞＞17
あの見た目で重量級ステってギャップで売ってるからな

23：ロビー
スクナなんもしてないな

24：十愛
探り合いからって感じかなー

28：ソード
＞＞23
武器見てみろ。素手格闘ってことはアレやる気なんだろ

32：ロビー
＞＞28
把握。そりゃヘイト稼げないわな

35：ハルカカナタ
素手格闘とかクソマイナースキルよー使うわ

37：ネモ
弓使いがひとりもいない
使用率3位のはずなのにどういうことなの
……

40：ラック
＞＞37
ぶっちゃけ今回のダンジョンと弓の相性悪かったからな
でもこれ遠距離持ちがほぼいねぇのほんと不味い気がする

42：ソラリス
序盤じゃなんもわからんなー
とりあえず青いドラゴンかっこいー

―――

99：メッゾ
は??

100：メメロン
えぇ……

103：ソルティ
は、え?

105：タカティン
ずっる

108：レリオ
シャレにならん

109：ソード
四枚落ちてる

113：りんごちゃん
スクナとリンネは何してるんだアレ

114：ハルノッコ
キマシタワー？

116：テッチャン
なんかスクナの様子がおかしいのは確かだな
すっごい怖い目してる

118：フェルト
レイド自体はなんとか立て直せたっぽいな

123：りんごちゃん
あっ、動いた

125：ロビー
ワクテカが止まらない
ついにアレが見られるのか

127：メッヅ
どこから打つのかな
七まで繋げれば相当いいダメになるけど

131：ソード
おおう……

133：ロビー
全部打ち切るとかまじ？

136：りんごちゃん
反動回避でなんかのスキル使ってたぽいな

137：フェルト
ほとんど一本ひとりで削ってて草生える
筋力値いくつあればああなるんだ？

139：メメロン
最後なんかやろうとしてなかった？

142：ハルカ

>>137
確か300超えてる

144：ロビー
>>139
素手格闘のラストアーツだろ
名前は知らんけどそういうのがあるらしい

145：タスカル
ドラゴがアレ抜いた！

146：セスナ
でたー！
厨二剣だ！

148：セダン
>>144
名前は知らんってどういうこと？

149：ロロ
天空剣だ！
悔しいけどカッコイイ

150：フェルト
>>142ゴリラやんこわ

152：はるぺ
戦乙女してんなホントなあの人な

153：ロビー
>>148
たしか二〜十連撃を途切れずに打ち込むのが
発動条件で
一回使わないと名前もわからんのだと
耐久特化にしても現状のレベルじゃ全部打ち
切るのは不可能らしくて今回スクナが使って
た反動ダメージ無効っぽいスキルがなきゃダ
メなんじゃないかと

155：トルクメニスタ
>>152
イメージ作りに苦労してんだよあの人も

156：メタモソ
>>150
リアルもゴリラ並のパワーらしいですよ

158：セダン
>>153
ほーんサンクス
せっかくなら見たかったなー

160：メメロン
つっよw

162：セスナ
一撃の威力じゃねぇ
ゲームバランス崩れるぅ

163：ロロ
俺の大剣でやっても十分の一くらいしかダメ入らなそう

165：エクサス
二人で一本半くらい削ってて草生えますよ

167：ドラゴンスクリューさいとう
あっ

168：夜叉の構え
はっ？

169：セダン
おい

171：メメロン

まって

173：タスカル
ふざけすぎ

――

251：メメメ・メメメ・メメメル
詰んだと思いましたが……

253：セスナ
なんとか耐えてるな
あれリンネの切り札ってやつ？

254：てっぺんヒミコ
スクナたんはほんとに金棒に命懸けてるのぅ

256：乱回胴
僕はシューヤさんがあんな奥の手を隠してた
ことに衝撃を隠せません

258：レオ
全くだ
いつ見てもログインしてるとは思っていたが
狐に化かされたような気分だ

261：お菓子好き
>>258
レオ氏お疲れっす
いいとこなかったっすねｗ

263：乱回胴
>>258
先輩お疲れ様でした！
えるみさんを守ったところ見てました！

265：レオ
>>261
全くだ、情けない姿を晒してしまったな

リーダーに申し訳が立たんよ
>>263
ランスロット、ありがとう

267：ファティ
レオ氏の潔いところ好きだよ
ところで私も初対面の女の子にちゃん付けは
やめた方がいいと思う

269：お菓子好き
>>267
それはまあそうっすね

270：はるぺ
>>267
確かにねー

271：乱回胴
>>267
そういう人なので……

273：レオ
お前らな

275：メメメ・メメメ・メメメル
しかしまあスクナちゃんが今回は随分と荒れ
てますね

278：メメメ・メメメ・メメメル
いつもなら楽しそうに笑っている場面なのに

280：てっぺんヒミコ
>>275
お主はいつの間にそんなにスクナたんにどハ
マりしてしまったんじゃ

282：ベロ
鬼人族は専スレに籠ってどうぞー

まあ確かにあの子にしちゃ感情剥き出しだな

285：ゼロノス
双大剣スキルって言うんだっけ、あれカッコイイなぁ

286：黒い砂
まあよく三人で回してるわ

288：亀亀
うわっ今浮いたぞ

290：ロロ
ワイスクナってスピードキャラだと思ってたんだけどコイツいつの間に筋肉教に入信したの？

293：ハルカ
シューヤさん普通に上手いんだけど普通の延長線から抜けれてない感じ

295：メメロン
プリン食べたい

296：アルファ
そろそろ完成しそうだけどな

298：メメメ・メメメ・メメメル
まずい感じですね

299：メタモソ
いやマジでヤバい感じじゃね？

301：レオ
大技が多いなこのモンスターは

302：黒い砂
キュィィィンって音してるけど

304：あ
あれ止める気かよ無理だろ

306：てっぺんヒミコ
＞＞304
一文字勢筆頭さん⁉

307：ノエル
てっちゃん頑張って……！

308：リュゥリ
スクナさんファイトです！

310：えるみ
確かシューヤ範囲防御持ってないですよね～
かっこいいとこ見せたがりかって話ですよ～

312：ノエル
てっちゃーーーーん⁉

313：黒い砂
うわ……蒸発した……

314：セスナ
あまりに無惨

315：メタモソ
エクスレイヤードファランクスってかっこい
いよね

316：カルキ
シューヤ氏ー！

317：レオ
シューヤ……

318：メメロン

防御方法はかっこよかった

319：タカシ
おおー

320：亀亀
消してて草

321：リュウリ
かっこよ

322：メメメ・メメメ・メメメル
四式が使えるんだから三式も当然使えますよ
ね……あれをかき消すのはすごいな……

323：ヤクザメン
来るぞ

324：マルタ
たまんねぇなこのバチバチ音

326：セスナ
同じ魔法使いとして嫉妬する
俺もああいう魔法撃ってみたい

328：乱回胴
こっちの方がスターライトって感じがします

329：タカシ
わーすっごい
すっごい減った

330：レオ
ジャッジメントの動画は見たが
純粋な威力だけなら段違いだな

332：ドラゴ
清々しいほどの切り札だな

だが……

334：メメメ・メメメ・メメメル
死んでないですね

335：黒い砂
今一瞬リンネ諦めたろ

337：マルタ
まあここまでよくやったよ

338：ハルカ
スクナちゃん動かないのなんで？

339：タージ・マハル
バリア張ればリンネは生き残れるけど……

340：セスナ
リンネは何してんだ

342：セダン
判断が冷静だな

343：てっぺんヒミコ
いやでもこれはまずいんじゃ

345：黒い砂
>>338
メテオインパクトのデメリット
武器破壊と三十秒の技後硬直

347：カルキ
確かにそれが最善かもしれないが
即座に命を捨てるか

348：乱回胴
尊みってやつですね

349：リュゥリ
　映画で見たことあります……

350：レオ
　尊い……

352：メメロン
　リンナナ……

353：メメメ・メメメ・メメメル
　スクナちゃん……？

354：メタモソ
　何あれ

356：セスナ
　奥の手？

357：ペルソナ
　闇堕ち？

358：黒い砂
　変身？

360：てっぺんヒミコ
　泣いておる

361：セダン
　アナウンスだ

363：ドラゴンスクリューさいとう
　デッドスキル？

364：ドラゴ
　一体何が起こっている

＊＊＊

「く、ふふふふ、あはははははははははは

はははははははははははははははははは!!」

闇を纏う鬼人が嗤う。

溢れ出る感情のままに振るった《宵闇》は禍々《まがまが》しいオーラを纏い、あれほど苦労した極光のブレスを紙切れのように容易く掻き消した。

鬼人族の固有スキルは幾つかあるが、中でも有名なものが二つある。

ひとつは言わずもがな、レアスキルである《鬼の舞》。

そしてもうひとつが、鬼人族の代名詞とも呼べるバッドスキル《忘我の怒り》だ。

バッドスキル《忘我の怒り》とは、怒りや失望、悲しみにより我を忘れ、強力なバフを得られる代わりに完全な制御不能状態に陥る、鬼人族最大の特徴とも言えるスキルである。

鬼人の里ではこれを発症することが鬼人族の「成人の証」とまで言われる程度には、ありふれた光景のひとつとして語られる。

以前琥珀が話していた、里を半壊させた理由もこのスキルに起因したもの。そして、琥珀がこれにより鬼人の里を半壊させてもなお追放程度で許されたのは、それが鬼人族の日常であったからだ。

だが、この二つのスキル以外にひとつ。

世界から、そして鬼人族の中でさえ禁忌と呼ばれる最悪のスキルが存在した。

それこそがデッドスキル《憤怒の暴走》。

それは神代の時代に鬼神・酒呑童子が産み落とした、破滅の力だった。

その身に纏うドス黒い闇のようなオーラは、使用者に絶大なメリットとデメリットを齎す《憤怒の暴走》の恩恵のひとつだ。

暴走状態に陥った今のスクナは、かつて鬼神がその身に宿していた《絶対破壊》の権能《アビリティ》を受け継いでいる。

それは文字通り全てを破壊する力。

この力の前では不壊《ふえ》の耐性は用を成さず、不死でさえも有限の命に変わる。

攻撃も、防御も、理さえも踏み躙る絶対の力だ。

だが、こんなものは所詮ただの副産物に過ぎない。

このスキルの本質は、終わりなき暴走にあるのだから。

「く、フフ」

デッドスキルは使用者の魂を蝕む禁断の力。

途方もない憤怒の果てに発現し、目に見える全てを破壊し尽くす。

発動後に宿主を蝕む数え切れないほどのデメリットさえ、その憤怒の前には灯火のように消えゆく程度の障害でしかない。

「あは、あハハははは、アハハハハハハハハハハハハハハハハハハ!!」

壊れたように笑うスクナの瞳は赤と黒に染まり、その哄笑は荒廃した戦場に似つかわしくない声を響かせる。

笑う。嗤う。心の底から楽しそうに、スクナは狂った様に笑っていた。

だが、それは。

決して怒りに呑まれて狂ったからではなかった。

(楽しい。楽しい！　楽しい楽しい楽しい楽しいよ！

ああ、とっても幸せな気分！)

スクナが《憤怒の暴走》を発動するだけの『怒り』を抱いたことに嘘偽りはない。

システムは確かにスクナの感情値がその領域に達したことを観測していて、デッドスキルは発動された。

けれど。

スクナが憤怒に呑まれたのはごくごくわずかな時間だけだった。

今も、怒りを抱いていることに変わりはない。

リンネを、そしてレイドパーティのメンバーを殺した巨竜に対して、スクナは怒っている。

ただ、それ以上に、スクナを支配している感情は歓喜だった。

(全部見える。全部聞こえる。何もかもがわかる。世界の全てが、私のこの手の中にある!!)

これまで意識的に、そして無意識の中で封じていた全てを解き放つ。

全ての感覚を完全に解放したことによる、広大かつ繊細な知覚能力。

それに加えて、《憤怒の暴走》による超倍率のバフにより、スクナのステータスは初めて「現実世界の菜々香」の身体能力を上回った。

圧倒的な全能感が、スクナの全身に満ちている。

無意識の枷さえ外した今のスクナは、文字通りの怪物と化していた。

「えへ、じゃあ……壊すよ？」

まずは、リンネを殺した目の前の敵を壊し尽くす。

世界の全てを欲するような、ゾッとするほど蕩けた瞳を巨竜に向け、スクナは静かに足を踏み出した。

踏み込み、飛びかかる。

たったそれだけの動作が、「五倍に撥ね上げられた」敏捷によって弾丸のような速度での突進へと変わる。

「あはっ！」

子供のような笑みと共に緩やかに素早く振るわれた《宵闇》が、ドゴォン!! と爆発のような破壊音を立てて巨竜の身体に直撃する。

アーツ《スローボンバー》。スイングスピードを半減させる代わりに打撃の威力を二・五倍に撥ね上げる打撃武器スキルのアーツだ。

本来ならばデメリットであるはずのスロースイングも、今のスクナのステータスで振り下ろせば不可避の打撃たり得てしまう。

スピード、そしてパワーを伴った破壊の一撃は、十倍を優に超える体格差を無視するかのように巨竜の身体をぐらつかせた。

「あははははっ！」

間髪を容れずに再びの轟音。上から叩きつけたことにより巨竜の身体が沈んだおかげで、スクナはもう一度空中で回転して《スローボンバー》を叩き込んだ。

流石の巨竜も連続した二発の重撃は効いたのか、大きくＨＰを減らして体勢を崩す。

ほんの一瞬のダウンの内に地面に降り立ったス

クナは、普段の彼女からは聞くことが出来ないような猫なで声で巨竜に語り掛ける。

「ねぇぇ、寝るにはちょっと早いよぉ」

思い切り振りかぶって放たれるのは、《デッドリィスマッシュ》。体勢を崩したことで下がった顎をかち割るような打ち上げに、巨竜は悲鳴のような声を上げた。

「あはははははははっ！　好《い》い声だせるんじゃん！」

ゴッガッグシャッ!!　そんな音を立てて、フォームも何もないただの殴打が巨竜の脚に叩きつけられる。

重点的に頭を狙われてふらついているというのに、身体を支える脚をも潰しにかかるスクナに対し、巨竜は嫌がるように左腕を振り抜いた。

「くしゃっ、てね」

それを待っていたかのように、スクナは《瞬間換装》で《宵闇》をイベント武器である《スターダスト・メイス》に持ち替えると、飛んできた左腕の攻撃を《メテオインパクト》で打ち返した。

ドグッシャア！　と鈍く重く血袋を割ったような音がフィールドに木霊する。

「ギィィィィィイッ!?」

「アッハハハハハハハッ!!　すっごい威力っ!!」

それは巨竜の左腕が破裂した音。部位破壊などというレベルではない。文字通り弾けたのだ。

血色のエフェクトがスクナを包み込み、彼女はそれを吸い込むように大きく両手を広げて笑った。

最大強化でもトリリアの店売り程度の攻撃力しか持たないイベント武器の《スターダスト・メイス》だが、ゲーム開始直後に与えられる初期武器と同じ武器耐久値を持つというやや特殊な武器ステータスを持っている。

その数値は５０００。２０００を超える耐久を持つ《影縫》でさえ大きく突き放すようなその数値は、本来であればただ「壊れない」以外の価値を持たないものだ。

だが、かつてスクナははるるに教えて貰った。

打撃武器のアーツ《フィニッシャー》には隠された効果がある、と。

それは300％、つまり三倍という本来のアーツ倍率に武器の残耐久値の10％を上乗せした倍率が、《フィニッシャー》の本来の攻撃倍率であるという言葉だった。

その特性は《フィニッシャー》の上位互換アーツである《メテオインパクト》にも、当然のように受け継がれている。

元々の威力倍率が600％。それに加えて5000／10％、つまり500％が上乗せされる。

総計にして1100％。即ち、こと《スターダスト・メイス》による《メテオインパクト》に限っては、都合十一倍の火力が放たれるという事だ。

さらに言えば、今のスクナはデッドスキルという世界最強のスキルにより《筋力と頑丈のステータスに十倍、敏捷と器用のステータスに五倍》という途方もなく強力なバフを受けている。

たとえ相手が強大なHPと部位耐久を誇るレイドボスであろうとも、腕が弾け飛ぶ程度のことは当然の結果でしかなかった。

ほとんど部位欠損に近い潰れ方をした左腕に今度こそ明確な悲鳴を上げる巨竜に対し、スクナは引き裂くような笑みを浮かべる。

たったひとつの武器と引き換えに巨竜の左腕は完全に潰れ弾け、使い物にならなくなっていた。

破壊衝動が満たされていく。目の前で壊れていく巨竜が、スクナの心を満たしていく。

「あはっ、アハハはっ！　そんなんじゃ足りない、足りないなぁ!!」

《瞬間換装》は既にスクナの手元に《宵闇》を装填し、左腕を破壊されのたうち回る巨竜に対する追撃の準備を完了させていた。

本来ならば《メテオインパクト》による三十秒という特大の硬直で動けるはずのない空白の時間を、『暴走』したスクナは何のことは無いと言わんばかりに捩じ伏せる。

そう、《憤怒の暴走》の本質は終わりなき暴走だ。

終わりなき、とは比喩でもなんでもなく、このスキルの発動者は「すべてのスキルによるクールタイム、及び技後硬直に縛られず、ＳＰの消費を完全に無効化する」。

つまり今のスクナは、自由自在にアーツを放ち、無制限に駆け回れる破壊の化身と化していた。

超重量の金棒である《宵闇》による《叩きつけ》の「連打」。本来ならば一発ごとに硬直が発生するアーツを好き放題に放ち、スクナは巨竜に高速の連撃を打ち込んだ。

まさしく滅多打ちと呼ぶにふさわしい暴虐に対し、巨竜は己の右腕を肥大化させて周囲を薙ぎ払う。

衝撃波で周囲が更地になるのではと思えるほどの破壊行為だったが、スクナは放たれる前から「見えて」いる。

「もっと、もっともっともっと抵抗しなよ！　じゃないと、じゃないと！　すぐに終わっちゃうよ⁉」

ふわりと浮き上がって空中に回避したスクナは、二本目の《スターダスト・メイス》をその手に換装すると、落下の勢いのまま巨竜の脳天目がけて《メテオインパクト》を打ち込んだ。

すでにドラゴの手で折られていた双角が、粉微塵に砕け散る。

生み出される現象は腕が吹き飛んだ先程の一撃が生優しく思えるほどの破壊。

戦場に、巨竜の首がネジ折れるのではないかとさえ思うほどの轟音が響き渡った。

それはもはや爆発音とさえ形容したくなるほどに途方もない爆音と共に衝撃波を撒き散らし、巨竜の頭蓋にヒビを打ち込む。

「はははははははははは、アッハハハハハハハハハハハハハハハハハハハハハ‼」

あまりに一方的な蹂躙だった。

その上、本来ならばもっと強力なアーツで攻撃できるシーンであえて《叩きつけ》のような弱いアーツを使うなど、スクナは巨竜を嬲ることを楽しんでいた。

普段のスクナならば、獲物を冷徹に狩るだけだ。

それによって《撲殺鬼娘》などと呼ばれたとしても、戦闘時には効率を重視した立ち回りを徹底する。

しかし、今のスクナは『どうやって巨竜を嬲って壊すか』しか考えていない。

より長く、より楽しく遊びたい。

そう、もはやスクナにとって使徒討滅戦は戦闘ではなく、遊びの場と化していた。

何もかもすべてを打ち砕き、粉砕され、もはや巨竜に抵抗の余地はないのではないかとさえ思われた。

巨竜の残りＨＰは、わずか二分にも満たない蹂躙の中で八割以上が消失している。

長大であったはずのゲージが危険域に入り、真っ赤に染まる。

それを見た怪物《スクナ》が、「最後はどうやって壊そうかなぁ」などと物騒なことを考える中。

明確な死の恐怖を前に、巨竜は最後の覚醒を迎えた。

「ゴォォォォォォォアアアアアアアアアアアア!!」

全身の筋肉を隆起させる。

エネルギーをチャージし、破滅を齎す悪魔となる。

数秒の硬直から放たれるのは、自身を中心として超広範囲に拡散するドーム状のエネルギー波だ。

「もう見飽きたなぁ、それ」

超が付くほどの至近距離でその波動を見ていたスクナは、つまらなさそうに《宵闇》を振るって自身の周囲のエネルギーをすべて相殺する。

だが、その一瞬の目くらましの瞬間にスクナは足元から振動を感じていた。

「んぅ？」

目の前にいたはずの巨竜が、いつの間にかフィールドの端まで移動している。

一瞬逃げるのかとがっかりしたスクナだったが、すぐにその表情を歓喜に染める。

巨竜は肥大化した全身を一気に収縮させる。

それはさながら飛び出す直前のばねのように、ギリギリと放たれる時を待っている。

「へぇ……いいね、いいねいいねそうでなくっちゃ！　何にも面白くないもんねぇ！」

巨竜の放つ最後の一撃を予期したスクナは、その心意気に応えるべくその両手を打ち鳴らす。

スクナが発動したのは《鬼の舞》。《五式・童子の舞》だった。

《絶対破壊》のように鬼神の力を疑似的に再現する効果を持つ《憤怒の暴走》は、《鬼の舞》の上限を限定的に開放し、一式から五式、全ての舞型の使用を許している。

終式だけは許されないものの、それでもスクナは今この時に限り、本来使用できないはずの《五式・童子の舞》の使用を許されているのだ。

かつて鬼神・酒呑童子はこう言った。鬼の舞は《終式》を撃つためだけにあるスキルである、と。

五式はそれを体現したかのような、そんな効果を持つ特殊な舞だった。

「じゃあねぇ……特別だよ？」

そう言って悪戯っぽく笑顔を浮かべたスクナは、力を溜める巨竜を前に《宵闇》をインベントリへと格納する。

かといって代わりの武器を持つことはなく、その両手は空のままだった。

この状態でスクナが放てるのは、先程も使った《素手格闘》スキルただひとつ。

そんな彼女の様子を見ていた全ての人々は、みな一様に『なぜ武器を使わないのだろう？』と首を傾げた。

そして、わずか数秒にも満たない、最後の攻防が始まる。

これまでにないほど巨大に隆起した巨竜の体躯。それがギリギリまで収縮する。

これまで波動を放つ為に使用していた莫大なエネルギーを全身に纏わせることで、巨竜は青い光を纏っていた。

それに加えて、その巨体で天高く跳び上がれるほどに発達した膂力。

それらを以て、巨竜は最大級の瞬発力で自らの身体を砲撃のように発射させた。

巨竜の全身が膨張した時点で、この結果は容易く予想できた。

躱そうと思えば躱すことは出来ただろう。

しかしスクナはソレを選ばない。むしろ都合がいいと言わんばかりに、浮かべた笑みは蕩けるほど柔らかに。

「えへへっ！」

迫りくる巨竜の突進を見ても、スクナの笑顔は崩れない。

ただ、スクナは闇でひび割れた拳をぎゅうっと握った。

もはや迎撃のために武器を換装する時間はない。

かといって《十重桜》は使えない。あれは連撃の中で威力を高める特殊なアーツだ。莫大なダメージソースだが、初撃が弱い。迎撃には使えない。

そもそも、真なる《十重桜》は《双竜》から連なる五十四連の超連撃を成立させて始めて最大の威力を発揮する。単発で打ったとしても、大した威力は期待できない。

そう、《十重桜》が本来持つ起点は《双龍》。すなわち二の拳からである。

《素手格闘》スキルには、予め用意されている十のアーツがある。《双龍》が二の拳であり、《十重桜》が十の拳であるとするならば……その『一の拳』は何なのか？

その答えが今明かされる。

——構えは要らぬ、意気も勝気も心も要らぬ。

ただ連撃の果てに一を見た。

かつて《素手格闘》スキルを作ったとされる武神は、そのアーツを指してそういった。

そう、それこそは。

究極の連撃スキルである《素手格闘》スキル、その最後を飾る必殺アーツ。

このスキルの全ては、ただこの一撃を放つためにある。

「《絶拳《ぜっけん》・結《ゆい》》!!」

それは体を捻り、前に踏み込み、ただ全霊で打ち込まれるだけの正拳。

発動時に全物理ステータスを倍増させて放つ、極限の一手が叩き込まれる。

これが《素手格闘》スキルの最終アーツ。

《双龍》から《十重桜》までの全アーツを使用し、その莫大な反動ダメージを受けてなお生存していた者だけが、一度に限り使用を許される最強の一撃。

五十四連撃分の威力をたった一つの拳に乗せて放つ、極限のアーツ。

名を《絶拳・結》。こと一撃の威力に換算すればあらゆるアーツの中でも屈指の破壊力を誇る、理外の正拳だった。

敵がどれほど強大であろうとも。

どれほど重く堅い相手であろうとも。

全てを捩じ伏せ、破壊する。

そしてその威力の代償は、攻撃した自分自身さえ喰らい尽くす。

与えたダメージと全く同値の反動ダメージが、使用者たるスクナを襲う。

しかしスクナは倒れない。

舞い踊った、第五の舞の加護故に。

「バイバーイ」

二つの攻撃は交差することさえなく、スクナの放った《絶拳・結》はただ純粋な威力をもって巨竜の突進を押し返し、衝撃が心臓を貫き、残り僅かな巨竜のＨＰの全てを抉り取る。

わずか五秒にも満たない攻防の末、吹き飛ばされ地に叩きつけられた巨竜は、風圧に押されるままにポリゴンとなって掻き消えた。

これまでの激戦が嘘のように、使徒討滅戦は蹂躙によって幕を閉じた。

「クフ、ヒヒヒ、ハハ、アハハハハハハハハハハハハハハハハハハハハハ！」

たったひとり、もはや生物の影さえないフィールド中に、スクナの哄笑が響き渡る。

巨竜は殺した。

だが、満たされない。

衝動が満たされない。

二宿菜々香が幼少期から溜め込み続けたフラストレーションは、この程度で消化できるほど生易しいものではなかったのだ。

怒りの対象さえ殺し、終わることのない歓喜だけがスクナの心を貪っている。

戦いが終わったからだろう。ワープ用のゲートが出現し、スクナの体を包み込む。

「アハッ」

それを見たスクナは蕩けるような笑みを浮かべた。

迷宮に潜ったフィーアスのほうか、それとも使途が放出される予定だった始まりの街か。

ワープゲートの先がどこにつながっているにせよ、人のいる場所ではあるはずだ。

(きっと、私と遊んでくれる人が沢山いるはず！)

無邪気な怪物が笑う。

とても純粋な笑みを浮かべて。

――デッドスキル《憤怒の暴走》。

――終了まで、あと七分。

災害を乗り越えた世界に、無邪気な怪物が降り立とうとしていた。

＊＊＊

《システムアナウンス》
《イベントバトル『使徒討滅戦』がクリアされました》
《生存プレイヤー：一名》
《MVPプレイヤー：スクナ》
《ラストアタッカー：スクナ》
《『使徒討滅戦』に参加した全てのプレイヤーに討伐報酬が贈られます》
《イベントに参加した全てのプレイヤーに特別報酬が贈られます》
《これにて、ダンジョンイベント『星屑の迷宮』の全日程を終了いたします》
《これより四時間後、大型アップデートを行います》
《ログイン中のプレイヤーは強制ログアウト状態

になりますので、出来る限り安全を確保した状態でのログアウトを推奨致します》

☆☆☆

別に、暴れたかったわけじゃない。
別に、壊したかったわけでもない。
ただ。
私は、私が生まれつき宿していた力は。
私の意思にかかわらず、世界を壊してしまう。
そっと触れるだけで、撫でるだけで、この世界は壊れてしまう。
人も、動物も、道具も、乗り物も、たとえそれが鋼鉄の塊であったとしても。
私はことごとくを壊せてしまう。
そして、私は。
あまりに無惨に、お母さんのことを傷つけた。
こんな力、欲しかったわけじゃない。
私は、私は、私は。
私は！
……大切な人を、傷つけたくなかっただけ。
だから使わないようにした。
使えないように縛り上げて、厳重に鍵をかけた。
でも。
でもね。
傷つけたくない、って思う私がいても。
同じくらい、自由に生きたいって思う私がいた。
リンちゃんの傍で、温かい熱に触れて生きる喜びに浸っていても。
どうして、我慢しなくちゃいけないの？
そんな声がずっと聞こえてくるみたいで。
お母さんを傷つけたあの日から、何年も。
ずっと、ずーっと、私は聞こえないふりをしてた。
我慢できた。
我慢できたよ。
だって私は、リンちゃんの傍にいたかったんだ。
お父さんに、お母さんに、抱きしめて欲しかったんだ。

だから、私は。

気を抜いたら呑まれるほどの衝動を、無感情なまま抑え込み続けた。

そうやって生きている限りは、なんとか抑えることができた。

自由を渇望する心は、私に宿る暴力は、いつだって私を蝕んでいたけれど。

自由を望む私と、平穏を望む私。

対立する二つの心は、それでも菜々香《わたし》のものだから。

望みは違えど、想いは重なる。

リンちゃんと一緒にいたい。

お母さんたちと暮らしていたい。

その想いを叶えている限り、私は平穏に過ごすことができていた。

十五歳の、冬。

悲劇は唐突に訪れる。

珍しく雪の降る日だった。

その日は、お父さんとお母さん、ふたりの誕生日が重なる日だったから。

お祝いも兼ねてお出かけした。

美味しいご飯を食べようねって。

ただそれだけの、幸せな一日。

そうなる、はずだったのに。

気づいた時には手遅れだった。

そこはガードレールがないくらいの、中くらいの交差点。

少しの車が走っている中、互い違いに道を走る二台のトラックが、スリップする。

私たちを殺すように、僅かに進路を変えて。

びっくりするくらい綺麗に、私たち家族を挟み潰すように、二台のトラックが迫っていた。

浮かれていた。

幸せすぎて、周囲の警戒を怠った。

ハッとして、でも三人全員を助ける時間はもうなくて。

それでも助けなきゃ、と思った。

何とか逃げなきゃって。

焦る私は動けなくなって……凄い力で後ろに押し出された。
衝撃。轟音。
呆然とする中で、二人に押し出されたんだってことだけがわかった。
つまり。
それは。
おとうさんと。
おかあさんが。
私を守って、死んでしまったのだと、わかった。
何も考えられないまま、救急車が来て、警察に連れていかれて、解放されて。
気付けば私は、雪の降る街の中を歩いていて。
溢れ出る涙をそのままに、歩いて、歩いて、歩いていた。
失意のままに徘徊している中で。
燃えるような憤怒と絶望が私を支配しているのがわかった。
パキリ、と枷が砕け、鍵が開く音が聞こえた。
想いはもはや叶わない。
だってもう、お父さんとお母さんはいないんだから。
解き放たれた衝動が、私にそっと語りかける。
もういいよね。
壊そう。
壊しちゃおう。
何もかも、全て、力の限りに破壊しつくそうって。
だってもう、お父さんたちはいないんだからって。
怒りを露わにして、吐き捨てるようにそう言った。
だから私は。
いいよ、って。
二人を殺したこんな世界を、全部、全部壊しちゃおうって。
そう言おうとした瞬間に、リンちゃんの顔が浮かんだ。
ダメだ。
ダメだ。
リンちゃんを傷つけるかもしれない、その選択肢だけはダメだ。
お父さんもお母さんもいない。
でもリンちゃんはいるんだから。
一番大切なものがまだ有るんだからって。
ぐっとこらえて、手をぎゅっと握り締めた。
でも、解き放たれてしまった衝動は、もう私では抑えられない。
このままだと私はきっと、二宿菜々香《バケモノ》に戻るのだろう。
それだけは、嫌だった。
だから私は、決めたのだ。
怒りも、絶望も、衝動も、過ごしてきた記憶さえも。
この事故に連なる全てを、無かったことにしようと。
想いも。
望みも。
感情も。
全てが無くなることになる。
記憶ごと、全てを閉ざしてしまう。
この先で、私は。
リンちゃんのことを、私は好きでいられるだろうか。
大切な人だと、思うことができるだろうか。
わからない。
わからないけれど。
その日。
私は事故の記憶を閉ざして、ただの記録に書き換えて。
ずっと隣にいた人へ……リンちゃんへ決別を告げて。
想いを捨てて、望みを捨てた私は。
そうして、空っぽのまま、ひとりで生きる道を選んだんだって。
……歓喜に飲み込まれた心の奥底で、私はひっそりと、そんなことを思い出していた。

☆☆☆

スクナが巨竜を屠った瞬間から、僅かに時間は遡る。

デッドスキル《憤怒の暴走》。

禁忌のスキルによるスクナの蹂躙は、神の瞳によって世界中で目の当たりにすることができた。

当然、その観衆の中には、スクナと約束を交わした鬼人の姫・琥珀の存在もあった。

「……何がどうなってるんだ？」

第七の街・セフィラ。

聖都と呼ばれる街に滞在していた琥珀は鬼神が世界に遺した災禍の力を目の当たりにして、スクナの様子に疑問を抱いていた。

全てを破壊する最悪の力。

大罪の名を冠する災禍のスキル。

憤怒という感情を元にしたスキルであるはずなのに、何故かスクナは楽しそうに、嗤いながら戦っている。

鬼神について長年調査してきた琥珀は、鬼神がデッドスキル《憤怒の暴走》を産み落とした出来事についてもよく理解しているつもりだった。

曰く、真に愛する友を殺され憤怒に呑まれた鬼神は、一切の情け容赦なく目に入る全てを破壊し滅ぼした。全世界、全種族に例外なく。最終的に三つの種族を根絶させ、大陸を半壊させるほどの破壊を成し遂げ、最終的には創造神の手によって封印されたのだという。

（その再現をするスキルのはずなのに、スクナの様子はあまりにも怒りとは程遠いように見える）

「お悩みかしら」

「っ!?　誰だっ！」

「そんなに怖い顔をしないで？　別に危害を加えに来たわけじゃないんだから」

いつの間にか、ごく自然に懐に入られていた。

おぞましいほどの死の予感。存在の格が違いすぎる。

夕暮れの街で優雅に日傘を差しながら、少女の姿をしたソレは嗤っていた。

「その目……その髪の色は……」

黄金の長髪、そして紅の瞳。

それは、ただひとりを除いて鬼神に滅ぼされた、とある最強種にのみ許された色。

異邦の旅人《プレイヤー》はその制限を受けないが、目の前の少女がそうではない以上、その色を持つ理由はただひとつ。

「……まさか、君が《天眼》のメルティなのか……？」

「正解よ。ふふ、案外忘れられていないものね」

知らないはずがない。知っていなければおかしいのだ。

メルティ・ブラッドハート。

天眼、あるいは時忘れの魔女。

世界最強の大英雄。

七つ星の一角を墜とした女。

最古にして唯一の吸血種。

人類を庇護し、見守る者。

彼女をたたえようと思えば無限に美辞が湧いてくる。

千年を生きる、文字通り神話の時代の登場人物が今、琥珀の目の前に立っていた。

「今代のパワーホルダー。あの酒呑童子の血を引く鬼人族の姫。たしか名前は琥珀だったかしら」

「ふ、あの《天眼》に知られているとは光栄だね」

「謙遜しなくていいのよ。貴女は強い、世界で五本の指に入るくらいにはね」

嫌味のない態度で称賛されれば、琥珀としても悪い気はしない。

ましてや相手は生きる伝説だ。それがお世辞であっても、喜ぶのは間違った反応ではないだろう。

「貴女ほどの存在に言ってもらえると自信がつくね。……それで、なんの用だい？」

「話が早くて助かるわ。と、あまり時間もないことだし、ちょっとだけずるしましょう」

メルティはそういって日傘を閉じると、傘の先端でトントンと地面を叩いた。

「《Ｃｏｄｅ：００５５６４：発令《オーダー》》」

その瞬間、二人以外を除く世界のすべてが静止した。

（いや、ゆっくりとだが動いてはいるのか……？）

「これは……？」

「時の流れを変えたのよ。この小さな空間に限ってね。この空間の中では、外の十倍時間を使えるわ」

時の流れへの干渉。

神のごとき力の行使を目の当たりにして、琥珀は驚くのではなく納得していた
「……これが《理の裁定者《コード・ルーラー》》の権能か。噂には聞いていたが、世界の理に干渉できるというのは本当らしい」

《理の裁定者》。創造神イリスが限られた存在にのみ与えた、世界のルールに干渉する力。

文字通り神のごとき力を扱えるという、《絶対破壊》と同様の権能《アビリティ》。

はっきり言って、琥珀も眉唾物だと思っていたのだが、こうして目の前で見せられてしまえば納得するほかなかった。

「こんなのただのお遊びよ。さ、話をしましょうか。今あそこで戦ってる女の子について……ね」

メルティの指し示す先では、スクナが心の底から楽しそうに巨竜を嬲っている。

それはもはや戦いではなく、ただの蹂躙。絶望的なまでの戦力差を見るに、遠からず決着がつくのは誰の目からも明らかだった。

「使徒を倒した後、あの子はこちらの世界に送り返されるわ。デッドスキルを発動したままね」

「それは……まずいな」

「ええ、まずいわ。怒りに呑まれているわけではないけれど、感情に振り回されているのは変わらない。感情値は天井を振り切ったまま。完全に理性を失っている以上、どんな惨劇が起こるかもわからない」

世界のすべてをあざ笑うような、高らかな哄笑。

明らかに暴力に悦楽を感じている。

スクナとはまだまだ付き合いの短い琥珀だが、そんな彼女から見ても今のスクナはおかしい。誰に対しても落ち着いていて、自分らしさを損なわ

ない少女。それが琥珀がスクナに対して抱いた印象だったのだ。

　理性を失っているという表現は、今のスクナにぴったりだと琥珀も感じていた。

「それでね、あの子の師匠である貴女に頼みがあるのよ」

「……スクナを止めればいいんだろう？　君に戦わせるわけにもいかないからな」

「ふふ、察しがいい子は好きよ」

「八年前、君がこの世界に降り立ってしまった使徒を討滅した時、危うくフィーアスを滅ぼしかけたのは知っている。強すぎるというのも不便なものだね」

　琥珀よりはるかに強いはずのメルティが琥珀を頼りに来た理由。

　それは、メルティが戦闘行動をとった時のデメリットが大きすぎるからだ。

　簡易な詠唱で時を操り、魔法によって隕石さえ降らせることができるメルティと言う存在は、魔法を極めすぎた代償として攻撃一つ一つの規模が桁違いに大きいのだ。

　あるいは、そういう攻撃しかできないという呪いにかかっているという噂もあるが……なんにせよ、過去にあったメルティが出張ってくるような戦いの後、戦場は必ず焼き尽くされてきた。人的被害は抑えられても、環境への被害は計り知れない。

　故に、よほど絶望的な戦いでない限り、人類はできる限り彼女に頼ってはいけないのだと。

　それはメルティの武勇伝とともに必ず語られる、一つの戒めのようなものだった。

「あの子が帰還するタイミングで、私がワープに干渉するわ。同時に貴女をスクナと同じ場所にワープさせる。長距離の干渉は難しいから、ワープ先は始まりの街の近郊あたりになるでしょうね」

「当たり前のようにとんでもないことを言ってるな……というか、まさか干渉しなければスクナは始まりの街に帰還する予定だったのかい？」

「ええ。もともと今回の使徒は始まりの街に降り立つ予定だったんだもの」

「……そうか。ならスクナが禁忌のスキルを使ってしまったこと自体は、間違いではなかったんだな」

あり得たかもしれない未来を想像して、琥珀はぞっとする。

始まりの街は最弱の街。場合によってはトリリア周辺のモンスターが数体いただけで壊滅するほどに、あの町の平均戦力は低い。

万が一使徒の討滅に失敗してあの巨竜が街に降り立ったとしたら、どれほどの惨劇になっていたかわからない。

デッドスキルに呑まれたスクナがどんな状態であるにせよ、彼女が負けて使徒が現れたほうが絶望的な状況になっていたのは間違いないのだ。

「それは確かよ。さすがの私も使徒の転移には干渉できないし、あの子が倒さなければどうあがいても始まりの街は壊滅的な被害を被っていたわ。そういう未来も私は視ていたしね」

厳密にはまだスクナは使徒を倒したわけではないが、二人の視線の先には、緩やかに進む世界の中でスクナがとどめの一撃を構えている姿があった。

十倍に加速した二人の時間から見ても、決着は遠くない。タイムリミットはすぐそこまで迫っていた。

「友として、舞を授けた師として、あの子の不始末は私が片付ける。そもそも《憤怒の暴走》自体が鬼神様の遺された禁忌だからね。鬼人族の代表として、私が出るのは当然のことさ」

「ありがとう、助かるわ。……数分耐えるか、スクナを殺せばデッドスキルは終了する。異邦の旅人は何度死んでも復活するから、躊躇いは要らないわ。戦わずに済むようならそれに越したことはないけれど……」

メルティはそういって言葉を濁した。

極度の興奮状態にあるとはいっても、あるいは琥珀と対面することでスクナが理性を取り戻す可能性は十分にある。

そもそも、メルティがこの状況下でスクナにあてがう相手として琥珀を選んだのは、琥珀の強さ以上にスクナと顔見知りであるという理由も大きかった。

ただ殺して止めさせるとなれば、琥珀よりも強い英雄は存在する。だが、だれもかれも癖が強く、いくらメルティの依頼といっても初対面のスクナのために動くようなまともな神経はしていないのだ。

比較的まともな性格で、スクナとの関係性がそれなりに深く、情も厚い。

かなり打算的な理由から、メルティは琥珀のことを見出していた。

ただし。

琥珀もまた、鬼人族の戦士であれば。

「それは無理な相談だ。あの子がどう考えているのだとしても、私はあの子と戦うよ。ふふ、鬼神様の力を体験できるこのチャンスを逃す手はないからね」

「そ、そうなの」

鬼人族という種族が根本的なところで戦闘狂であるということを、メルティは失念していた。

(ま、まあ、やる気一杯なのはいいことよね。別に不都合なことはないわ)

メルティとしては琥珀がやる気であることで不利益を被ることはない。

「さあ、ここから先は一気に進むわ。今回の使徒討滅戦では犠牲は出させない。デッドスキルを使ってまで戦っているあの子のためにもね」

メルティは気を取り直してそういうと、日傘の先端で地面を叩く。

その瞬間、時の流れは元に戻り、喧騒が二人を包み込んだ。

神の瞳の先では、ちょうどスクナが使徒を討滅した姿が映し出されている。

空虚な笑い声が響く中、メルティは再度日傘を振るった。

「《Ｃｏｄｅ：２４４５３２：発令《オーダー》》。健闘を祈ってるわ」

「ああ、そうしてくれ」

温かい光が琥珀を包み、数秒の間をおいて琥珀の姿が掻き消える。

それは奇しくも、スクナが使徒討滅戦の戦場からワープしたのと同時のことだった。

「メルティ〜、アイス買ってきたわよ〜」

「ええ、ありがと」

のんきな声で二人分のアイスクリームを持ってきたリィンからひとつを受け取ると、メルティは閉じていた日傘を開きなおして空を見上げる。

自分が戦えればそれに越したことはないのだが、人里の近くではメルティは力を振るえない。

「明日も晴れるといいわね」

「メルティってほんと吸血種っぽくないわよね」

「……ふん」

「痛い!?」

感傷に浸っているというのに要らない突っ込みを入れてきたリィンに軽くデコピンを入れてから、メルティはそっと手元のアイスクリームを舐めとった。

＊＊＊

「ただいまー……って、アレ？」

巨竜を屠ったスクナが街へ戻った時に目にしたのは、一面に広がる草原と始まりの街の外壁だった。

街からは距離にして一キロくらいは離れているだろうか。

帰還先がフィーアスにしても始まりの街にしても、街の中心にある噴水広場か、あるいはダンジョンへと続く門の前に戻ってくるものだと思っていたスクナは、その光景に首を傾げる。

「まあ、いっかぁ」

そういうエラーが出ることもあるんだろう。

特に難しく考えることもなく、スクナは始まりの街へと足を向ける。

あの街まで行けば、遊び相手がうじゃうじゃいるはずだ。

この全身に漲る力を試す相手が欲しい。

遊びたい。もっともっと、戦っていたい。

そうすればきっと、楽しい気分になれるから。

そう思って足を踏み出した瞬間に、ゾッとするような圧力を感じ取ったスクナは、思わず後ろを振り向いた。

「……あれ、琥珀？」

「ああ、そうだよ」

スクナの顔を見て、琥珀は少し嬉しそうな笑みを浮かべる。

その理由を理解できないし、理解する気もないスクナは、そんなことよりも気になっていることを訊ねた。

「なんでこんなところにいるの？」

「君を止めるために来た」

「止める？　なんで？」

無邪気に首を傾げるスクナを前に、琥珀は静かに息を吐いた。

ぱっと見では理性的だが、空虚な目を見ればそうではないことがよくわかる。

力に溺れている。

いや、正確には力を振るうことに酔いしれているのか。

琥珀を見る目は決してひとりの人間を見るものではなく、玩具を前にした子供のように無垢なものだった。

（言って聞くような状態では無いな。まあ、元よりわかっていたことだ）

この状態のスクナを野放しにしておけば、何をするか分かったものではない。

「わからないなら言い換えよう」

故に、琥珀が伝えるべき意志はたったひとつ。

「殺しに来たよ、スクナ」

「……あはっ！　なんだ、琥珀が遊んでくれるんだ！」

琥珀の宣言を聞いて、スクナの表情が喜色に染まる。

最強の鬼人と、最凶の鬼人。

振り上げた拳と金棒が衝突する。

離れた場所にあるはずの始まりの街中に、轟音が響き渡る。

最後の戦いの幕が切って落とされた。

☆

「ハッ！」

「えいっ！」

何度目かわからない攻撃のぶつけ合い。

互いに攻撃の威力が高すぎるせいか、正確に受け切っても衝撃波によるダメージが発生する。

より多くＨＰを削られているのはスクナの方だが、しかし消耗したＨＰは凄まじい速度で回復していた。

（力で押し負けるのは初めての経験だな）

スクナの攻撃を捌きながら、琥珀は驚愕とともにその事実を受け止める。

デッドスキル《憤怒の暴走》は、《絶対破壊》や《アーツの技後硬直無効》、《ＳＰ消費無効》などの特殊効果を持つ強力なスキルではあるが、単純なバフの倍率も他のスキルとは隔絶している。

その倍率は、筋力、頑丈のステータスに十倍、そして敏捷と器用のステータスに五倍。

それに加えて秒間５％のオートヒーリング効果を持つため、どれほど大きなダメージを食らおうとたったの二十秒でＨＰが全回復してしまう。

戦いが始まって二分。デッドスキルの残時間はおよそ五分という状況下で、琥珀は冷静にスクナを倒すための手段を考える。

（単純に倒すだけなら、強力な範囲魔法で焼き尽くすか、物理攻撃で一撃の元に屠るかの二択だ。どうやらＨＰそのものが増えているわけではないようだから、当てられさえすれば倒せる手段はいくつか思いつく。……問題は、どう攻撃を当てるかだな）

ＳＰの消費を気にしなくていいからか、スクナからの攻撃は苛烈を極めている。

奇しくも赤狼アリアと戦っていた時のスクナのように、琥珀はカウンターに特化した守りの姿勢を余儀なくされていた。

今のところは致命打もなく、比較的安定して捌くことはできているのだが、このわずかな時間で琥珀の戦い方を学習しているのか、スクナの攻撃はどんどん受けづらい形へと変化していた。

受け続けていれば、先に崩れるのは琥珀だ。故に、打開の策を考えなければならないのだが。

転調し続ける攻撃のリズム、歩法の緩急や攻撃ごとの威力の差。琥珀からの攻撃には正確に攻撃を当て返してくる目の良さと、威力を最大限に殺すその技量。

(前々からわかってはいたが、バトルセンスが異常に高い。本来ならバフを扱いきれずに自滅したとしてもおかしくはないんだ)

単純な話、突然パワーが十倍になったとして、それを正確に扱える者などいるはずがない。

ましてスクナの場合は速度も五倍になっているのだ。

それは一メートル前に進もうと思ったら五メートル前に進んでしまうような身体能力の変化。

本来なら訓練を経てようやく扱えるようになるほどのステータスを、スクナは生まれつきそうであったかのように完全に使いこなしている。

才能の塊。いや、もはやそのセンスは理不尽の域に達している。

(ああ、でも。そんな君だからこそ私は夢を託したんだ)

琥珀の夢は鬼神の復活。

スクナが鬼神と邂逅したことがあると聞いたとき、どれほどの嫉妬と歓喜を覚えたことか。

スクナたち異邦の旅人と協力すれば、鬼神の復活も夢ではない。

あの日、琥珀が抱いたその思いは、決して間違いではなかった。

だってそうだろう。《憤怒の暴走》は鬼神・酒呑童子の力に他ならないのだから。

巨竜を蹂躙するスクナを見た時、琥珀はスクナの様子に疑問を覚えたけれど、同時に言葉に出来ないほどの歓喜を抱いた。

幼い頃から琥珀が思い描いていた鬼神の姿を、そのままなぞる様な光景だったから。

スクナが使えるはずのない《五式》を使用した際には驚きを覚えたが、それさえも琥珀にとっては喜ばしいことだった。

《終式》ほどではないにせよ、《絶拳・結》であれば《五式》を使うに値する技だ。

鬼の舞の《五式・童子の舞》は、術者に擬似的な不死を与えるアーツ。あの舞が発動している限り、《舞手のHPが尽きることはない》。つまるところが一定時間続く食いしばり効果だ。

本来は《終式》を打ち終わるまで舞手を強制的に生かすためのアーツだが、スクナは単純に反動ダメージによる死を回避するために使用したらしい。

その命さえ拾えればダメージ自体は気にしない捨て身の在り方さえも、琥珀にはとても愛おしく思えた。

だが。

喜ぶのは今この時までだ。

残り五分に満たない時間とはいえ、琥珀が相手をするのは鬼神の現し身。

紛れもない、破壊の化身だ。

「オオオッ！」

「あはははははっ！」

瞬間に五撃。

琥珀が全力で放った連撃は、その全てが容易に捌かれた。

琥珀とて世界の全てを映し取るかのようなスクナの瞳を前に、この程度の攻撃が通るとは思っていない。

「せいっ!!」

「ぬん！」

返す刀で振り下ろされた《宵闇》での一撃を、琥珀はガードすることさえなく力ずくで掴み取る。

「うそっ⁉」

「なめてもらっては困るな。仮にも私は世界最強の一角だよ？」

そう。琥珀は世界で最も筋力値の高い者に与えられる称号である《パワーホルダー》を持つ存在。

スクナが禁忌の力に染まっていようが、それでもなおソレを上回るほどの絶対的な筋力値こそが彼女の最大の武器だ。

（やはり。回復するからか、頑丈が上がったからかはわからないが、回避への意識が薄くなっている）

以前手合わせした時に、琥珀はスクナの癖として常に「回避」を意識しすぎていることを指摘した。

スクナの瞳は何もかもを見切る天性の才。

生活でも、戦闘でも、最も信頼できる情報は視覚情報なのだ。

それ故に戦いの最中、スクナは何よりも「視る」ことを優先してしまう。

それは回避を主体としたヒット&アウェイ、あるいはカウンター主体の戦闘スタイルとしては理想的なものだが、攻めに対して消極的であることの裏返しでもあったのだ。

スクナ自身のレベルが上がったこと、そして《憤怒の暴走》によって規格外のバフがかけられたことで、もはや琥珀とスクナの基礎ステータスに大きな差はないだろう。

琥珀のレベルは五百を超えるが、巨竜を倒しレベルが80を優に超えたスクナであれば、頑丈に関しては琥珀に比肩するどころか追い越しているくらいだった。

装備の補正値を加味すれば、二人のステータス差はほとんどないと言える。

しいて言うならばHPに関してはレベル差の分琥珀が多く、SPに関しては「消費がない」スクナに軍配が上がっていた。

その高いステータスを過信しているせいなのか、はたまた冷静さを失っているのか、今のスクナは回避への意識が極端に薄くなっている。

攻撃をさばく際も、避けるのではなく攻撃をぶつけて相殺してくる。

結果としてダメージを与えられないことに変わりはないが、それでも回避されないならやりようはある。

（私もそう長くはもたない。チャンスは一度きりだ）

《破城》の二つ名を持つパワーホルダー。

世界最強の筋力値を持つ怪物は、決着を見据えて力を溜める。

《憤怒の暴走》終了まで、残る時間はたったの四分。

短いようで永劫にさえ感じる戦いは、佳境に差し掛かろうとしていた。


そして。

きっかけは不意に訪れる。

それは、必死に走ってたどり着いた、ひとりの人族の呼びかけだった。

「ナナ!!」

「……あ」

草原に響き渡る声が耳に届き、戦いに集中していたスクナの体が止まる。

（アレは……使徒討滅戦の時にスクナと一緒にいた……怒りの引き金になった少女か）

確か名前はリンネと言ったか。

恐らくこの戦いが始まってすぐにここまで走ってきたのだろう。

リンネの後ろからは守衛が慌てて走ってきているから、無理やり突破してここまで来たに違いない。

「リン、ちゃん……？」

その姿を見つけたからだろう。

スクナの瞳から、一粒の涙が零れ落ちた。

そして、暴走していた感情が一瞬揺らいだのが琥珀にもわかった。

勝機は今。

今止めなければ取り返しのつかないことになるかもしれない。故に琥珀は、ギシリと音を立てて拳を握りしめた。

デッドスキル《憤怒の暴走》。鬼神様の力を具現化した災禍のスキルを体験すべくメルティの誘いに乗った琥珀だが、本来の目的を忘れたわけではない。

殺して止めるか、制限時間いっぱい耐えきるか。

メルティに提示された手段は二つだったが、恐らく後者を選んだ場合、取り返しのつかないことになると琥珀は予想していた。

なぜなら、スキルを発動した直後からスクナの体を蝕んでいたヒビのようなものが、時間が経つほどに深く大きく彼女の体を蝕んでいたからだ。

どうなるのかはわからない。

だが、絶対にいい結果にはならないと確信できる。

故に琥珀は、この一撃に全身全霊を籠める。

「《鬼神流破戒術・奥義》」

それは《鬼の舞》を極めた鬼人族のみが習得できる、鬼神の流れを汲む武の流派。

琥珀の手で放てば全てが必殺。それほどに高威力のアーツが揃った、《終式》に並ぶ鬼人族の秘奥のひとつ。

「《鬼哭天衝》!!」

振り抜いた拳が、ほんの僅かにできたスクナの隙を突き、無防備な腹部を貫通する。

スキルによる頑丈へのバフさえも無視して、赤いダメージエフェクトと共にスクナのＨＰを消し飛ばした。

デッドスキルの効果か、即座に砕け散るわけでもなく。

貫かれた自分の腹を見たスクナは、納得したように目を閉じて、全身の力を抜いた。

「……ごめん、琥珀。迷惑、かけちゃった」

「構わないさ。私も久しぶりに楽しんだ。力負けなんてなかなかできることじゃないからね」

「そっか。……ありがとう、止めてくれて。楽しくて、でも、ずっとイライラしてて。私もどうしたらいいのか、わからなくなっちゃってたんだ」

パキパキと音を立てて、スクナのアバターが崩れていく。

本来ならばあっさりと砕けて消えるはずのプレイヤーの死。デッドスキルを使ったせいか、スクナの死は通常に比べてひどく緩慢だった。

「うん、でも……楽しかった。めいっぱい使い切った。最高に自由だった。あの時は沸騰するくらい

怒ってたけど……リンちゃんは、生きてたしね」

「死の無い体。君たち異邦の旅人の持つ最大のアドバンテージ。私は死んだことがないからわからないけれど……それでも友人の死に怒れるということは、悪いことではないはずだ。満足したかい?」

「うん。……でも、ちょっと疲れたな」

「ああ、ゆっくり休みなさい。使徒の討滅、よく成し遂げた。私は君たちを誇りに思うよ」

「えへへ……」

小さな笑みをこぼして、スクナのアバターが霧散する。

七星王・セイレーンの侵攻という、未曽有の危機は幕を下ろした。

そんな中、平原をかけてくる足音がある。

さきほどスクナを止めた、あの声の持ち主だ。

「ナナは……スクナは死んじゃった?」

町の正門から必死に走ってきた魔道士、リンネ。

琥珀の知識で言うならば、スクナがデッドスキルを呼び起こしたきっかけとなった人物だった。

「ああ、私が殺したよ。君はリンネでよかったかな?」

「ええ。貴女が琥珀ね。スクナから話くらいは聞いてるわ」

「そうか。君の声掛けには助けられたよ。おかげで一番被害の少ない技で終わらせることができた」

実のところを言えば、始まりの街やフィールドの被害を考慮しなければ、回避不能の超大技で仕留めることもできたのだ。

だが、できることならそれは避けたかった。琥珀とて少なくない被害を被るし、なにより不必要な破壊を避けるために、琥珀はメルティからの依頼を受けたのだから。

「後片づけは私がやっておくよ。君はスクナを迎えに行くといい。ソワソワしてるのがまるわかりだよ」

「む……ごめんなさい、行くわね」

「気にしなくていいさ。もとより私たちがするべき使徒の討滅を君たちに押し付けたんだ。これくらいは任せてくれ」

頷いて、街へ走っていく。

あの二人がこちらの世界で再会するのか、はたまたあちらの世界で邂逅するのかは琥珀にはわからない。


「……とりあえず、この惨状をどうしたものかな」

スクナとの戦いの余波でガタガタに崩れている平原を眺めて、琥珀は大きなため息を吐いた。

結局、駆けつけたメルティがフィールドを修復してくれるまで、リンネを追いかけてきた守衛とともに琥珀は瓦礫の片づけに精を出すのだった。

＊＊＊

《リザルト：《憤怒》の侵食を解除しました》
《リザルト：デッドスキル《憤怒の暴走》を停止します》
《リザルト：侵食時間・七分三十八秒》
《リザルト：バッドステータス《呪い：鬼神の侵食【中】》が付与されました》
《システム：デッドスキルの使用者の死亡により、カウンセリングシステムを起動します》

＊＊＊

「あれ……？」

琥珀の手によってＨＰを全損させられた私は、リスポーンすることなく謎の白い部屋へと送られていた。

真っ白な部屋に椅子が二脚、向き合うように置かれている。正面には扉があって、でもそれだけだ。

私はその椅子のうちのひとつに座らされていた。

アバターはデッドスキルを解いた時と変わらず、全身がひび割れたような黒い線に侵されていた。

「失礼します」

「イリス？」

「ええ、そうですよ旅人スクナ。つい先程、使徒討滅戦の前に会ったばかりですから、それほど時間も経ってはおりませんが」

扉を開いて入ってきたのは、ナビゲーターのイリス。

今回のイベント中、全プレイヤーのセーブポイントにてアイテム交換を担当していたNPCであり、普段はチュートリアル担当でもある修道女のようなキャラクターだ。

彼女は私に向き合うように椅子に座ると、大きなメニューカードのようなものを取り出した。

「ここはカウンセリングルーム。本来は私の世界を揺蕩う異邦の旅人の中で、一定の感情値を超えた者を慰撫するための空間です」

「本来なら？」

「はい。貴方が発動したデッドスキル《憤怒の暴走》とは本来、異邦の旅人が発動することを想定して作られたものではありません。本来ならば発動した時点で感情値が異常値に達し、ほとんどの旅人は元の世界に魂が送還されるようになっているはずでした」

「ほとんど……ってことは、返されない条件があるんだね」

「はい。詳細は省きますが、簡単に申しますと《憤怒の暴走》を発動してもなお精神が崩壊しないほどの感情値受容能力を持った旅人に関しては、元の世界への送還が行われません。貴方の場合は受容できる時間が十分だったのです」

丁寧に説明してくれてるイリスには悪いんだけど、今の私は全く頭が働いていない。

彼女の説明を聞いても、ぼんやりとした反応しか返せなかった。

「今あまり頭を使える感じじゃないんだけど……結局、イリスは何しに来たの？」

「カウンセリング、と言うよりは確認です。感情値の鎮静化及び正常な思考を取り戻せていなければ、しばらくの間来訪の制限をかけさせていただくことになっています。旅人スクナ、貴方は両方共問題はありませんが……デッドスキルの影響を考慮し、二日程来訪を制限させていただきます」

つまりアレか。精神に異常をきたしていないかチェックしに来たってことか。

もしかしてそのでかいメニューカードに、私のステータスの状態でも書いてあるんだろうか？

しかもイリスがあまりゲームらしい用語を使わないからわかりづらいんだけど、多分二日間ログインできなくなるっぽい。

まあ、私もちょっと疲れちゃったし、二日くらいはほとぼりを冷ましたほうがいいように思う。

「……うん、それでいいよ」

「また来訪してくださることを祈っています、旅人スクナ。そして使徒の討滅、お疲れさまでした。私の世界を守ってくれてありがとう」

表情が変わる訳ではない。けれど、確かな感謝の気持ちは伝わってきた。

ほんの五分程度の短い邂逅だった。

私の世界、か。

そうだ。すっかり忘れてたけど、お金の単位にもなっている「イリス」という名前は……この世界の創造神の名前なんだ。

＊＊＊

実質的な強制ログアウト処置を受けた私は、VRマシンの上でぐったりと横たわる。

疲れた。すぐにでも寝落ちしてしまいそうな程に、今の私は疲労している。

「でも、今は……」

確認するべきことがある。

隣のマシンに人影はない。つまりリンちゃんは既にログアウトしているということだ。

逸る気持ちを抑える。

会いたい。

リンちゃんに会いたい。

部屋を出て、廊下を歩いて。

リビングの扉を開いた。

「リンちゃん!!」

扉を開けた先には、いつものようにリンちゃんが居て。

ソファに座って、タブレット端末を弄っていた。

目頭が熱い。

ゲームの中では、さっき泣いたばかりだけど。

両親が死んだあの日から初めて、私は自分の涙腺が緩むのを感じた。

「あ……」

温かいものが頬を伝う。

涙が溢れるのが分かった。

死んでないって分かってた。

それでも、涙が止まらなかった。

「おかえりなさい、ナナ」

「うん、うん……！」

扉の前に立ち尽くして、溢れる涙を抑えられずにポタポタと零す私を見て、リンちゃんは優しく微笑んだ。

ソファから立ち上がって、私を包み込むように抱き締めてくれる。

あったかい。私が欲しかった熱が、今確かにここにある。

「思い出せたのね」

「ぐすっ……うんっ」

「もう大丈夫？」

「うんっ！」

語彙力の欠片もない。

ただただ嬉しいという感情だけが全身を支配していた。

いつだってそうだ。

どんな時でも、リンちゃんは私を見守ってくれている。

見えるところで、見えないところで、私を支えてくれている。

本当に温かい。抱き締めてくれるその優しさが、ただただ心を満たしていた。

「ふふ、そしたらご飯にしましょうか。お腹減ったでしょ？」

「うっ……」

そう言われて、確かにお腹が減っていることに気が付く。

長い時間ゲームに潜っていたからかなぁ。

使徒討滅戦の前からずっとゲームの中にいたんだし。

そんな折にタイミング良く私のお腹がグゥと鳴ったのもあって、リンちゃんは軽く噴き出した。

「……もう少し」

それでも、私はご飯よりも優先したいことがあって。

「もう少し、このままで居させて」

「……了解しました、お姫様。少し、ゆっくりしましょうか」

これはわがままだ。

だけどリンちゃんは許してくれる。

リンちゃんは微笑みを崩さぬまま、私の背中をそっと優しくさすってくれた。

「全部思い出したよ、リンちゃん。あの日のことも、あの日より前のことも……あの日から今日までのことも」

ソファでリンちゃんと隣り合って座りながら、私はそう話を切り出した。

「……つらい？」

「ううん、もうつらくないよ。でもさ、リンちゃん。少しだけ話したい気分なんだ。あの日あったことを、リンちゃんには知ってて欲しいの」

「ええ、話してちょうだい。ずっと待ってたんだから」

ツンと私の頬をつついて、リンちゃんはそう言って微笑んだ。

私の両親は事故で死んだ。それは紛うことなき事実だ。

けれど、私があの日何もかもを失って記憶を閉ざしてしまった理由は、ただ両親が死んだからではなかったのだ。

「雪の日だったよね。あの日はすごい寒くて、お父さんもお母さんもとても寒そうにしてた」

私は寒さや暑さをほとんど感じないので、二人が寒そうにしてたのを見ていただけだけど。

手袋をして、マフラーをつけて、それでも寒いような一日だった。

「リンちゃんも知っての通り、お父さんとお母さんは同じ日が誕生日だったでしょ？　だから、毎年毎年、その日だけはリンちゃんと離れて二人と過ごしてた。家族の団欒って言うのかな。私はお父さんもお母さんも大好きだったから……二人が繋いでくれた手がとっても温かくて、すごく幸せだったんだ」

思い出したおかげで、あの日の温もりを、喜びを再びこの手で握り締められる。

お父さんとお母さんとの最後のお出かけ。それはとても幸せで、寒かったのに温かくて……それがどうしようもなく嬉しかった。

でも。悲劇というのは突然人を襲う。

「幸せだったから……気付けなかった。見落としちゃったんだよ。二台のトラックがね、スリップして突っ込んできてたの。私は、二人を、助けようとして……」

ゴクリと唾を飲み込んだ。息が途切れる。あの日の光景がフラッシュバックして、どうしようもなく体が震える。

「ナナ、落ち着いて。焦らないでいいから、ゆっくり話して」

「……ありがと、リンちゃん」

そんな私を、リンちゃんがゆっくりと撫でてくれる。

あの日と同じ熱を感じて、徐々に動悸が収まっていった。

「気付いた時には、もう間に合わなくなってた。それでもね、リンちゃん。私が犠牲になって、二人を押し出せば！　……お父さんは、お母さんは、助かるはずだったの……。だけど……！　だけど……」

言葉が続かない。

何があったかはわかってるのに、つらくて言葉にできなかった。

ただ、そんな私を見て、リンちゃんは全てを悟ったのだろう。

悲しそうな顔で、核心をついてくれた。

「そう……ご両親は、ナナを助けてくれたのね」

「そう、なの」

そう。

あの時、二人は回避不能のトラックを前に、私をその軌道上から押し出したのだ。

そんなことをしたら、二人とも生き残れないってわかってたはずなのに。

私を助けるために、その命を使ってしまったのだ。

そして、届かない手を伸ばして、私は二人が死ぬ瞬間を間近で目にしてしまった。

私が壊れかけるほどに苦しんだ最大の理由は、二人を助けられなかったことじゃない。

二人に助けられて、自分だけが生き残ってしまったことだったのだ。

「二台のトラックに挟まれて、二人とも即死だったと思う。今思えば、痛みだけはなかったのかもしれないなぁ……」

そうであると思いたい。

そうでなければ、あまりにも救われない。

「それで、ね。私は、運転手の二人を、殺してしまいそうだった。けど、その二人もね。お父さんたちと同じで、その場で即死してたんだ」

「ええ、そうだったわね。事故の原因は完全なスリップ、死亡者四人、全員即死の悲惨な事故だった」

そう言って目を伏せるリンちゃんに、私は苦笑を返した。

きっと、リンちゃんはあの事故の後、作為的なものではないかとか、そういったことを徹底的に調べていたんだろう。

そして、鷹匠の家の力全てを使ってそういう結果が出てしまった。

つまりアレは、本当に偶然。ただの偶然だったのだ。

「どうしようもないくらいの怒りと、崩れ落ちちゃいそうなほどの哀しみと……そして、その二つの行き場さえその場でなくなっちゃって」

そして、私は雪の中でひとり。

「壊れちゃった」

心が壊れて、記憶を閉ざして、感情を忘れた。

そこまでして、私はかろうじて「私」を保った。

「バラバラになった自分をかろうじて拾い集めて、私は私っぽいナニカを作り上げた。仮面を被って、普通の人らしく生きようとした。それが私。それこそが、私」

それでもあの日から六年以上、私はそうやって生きてきた。

リンちゃんと離れて、何とかひとりでやってきた。

それまでずっとべったりだったリンちゃんと離れていた理由は、怖かったから。

リンちゃんを目の前で失う悲しみに耐えられる気がしなかったから。

隣で守った方がいいって分かってるはずなのに。

それでも、あの時の私の世界にはリンちゃんしかいなかった。

その喪失に耐えられないと、無意識に確信していたのだ。

「でもね、今になってわかったよ。壊れてなんかなかった。生まれてからずっと、私は私のままなんだよ。まあ、私はずっとそのつもりで生きてきたから、今更といえば今更かな」

「そうね。ちょっと性格が変わったりとか、そんなのは誰にでもある話だもの。そもそも昔からナナは怒ったりしなかったしね。昔よりずっと自分の意見を言えるようになって、むしろ成長したくらいよ」

「あははは、確かに」

昔の私はずーっとリンちゃんの後ろにちょこちょこ付いてくだけの腰巾着だったからなぁ。

無口で無表情で、人形みたいだって言われたことも数えきれないくらいある。

それでも、あの頃はあの頃で幸せだったのだ。

リンちゃんと一緒にいれて、トーカちゃんもいて、お父さんとお母さんがいて、リンちゃんの親戚がいて。

とても幸せな日々を過ごしていた。

あの頃にはもう戻れない。

両親の死は覆らないし、私の性格も随分と変わった。リンちゃんとの関係だけが変わらずに残っているけれど、それ以外は何ひとつ、変わっていないものはない。

「手を振り払って、一方的にお別れして。それでもリンちゃんは、ずっと見守ってくれてた。私の手を離さないでくれてたよね」

「当然でしょ。ナナが私を大切に思ってくれてるみたいに、私だってずっとナナのことを大切に思ってたんだから」

「うん。でもね、あの日の私はそんなこともわかってなかったんだよ」

私にとってリンちゃんは、大切で、まぶしくて、守らなきゃいけない対象で。

でも、リンちゃんにとっての私だって、同じくらい大切にされてるんだってことに気づけなかったんだ。

だから私が離れて行っても、リンちゃんは私の手をずっと握ってくれていた。

いつかこうして立ち直る日が来るまで。思い出せる日が来るまで。

私の心の傷が癒えるまで、ずっと陰ながら支え続けてくれていたんだ。

「……リンちゃん、私ね。やっと思い出したんだ。二人とも、最期は笑顔だった。笑顔、だったんだよ……」

死の間際に。

二つのトラックに押し潰されそうになっていたのに。

それでも二人は、私に向けて微笑みを向けてくれていた。

最期の最期まで、お父さんとお母さんは私を愛してくれていた。

二人はきっと、私の幸せを願ってくれていた。

「お父さん、お母さん、私はもう大丈夫だから」

私は一番思い出すべきだった記憶を、ようやく思い出せた。

乗り越えるべき記憶を、私は乗り越えた。
そして何より、隣にはリンちゃんがいる。
誰よりも大切な人が、これからも一緒にいるから。
「リンちゃん、ありがとう」
その時の私はきっと。
今までで一番の、最高の笑顔を浮かべていた。

＊＊＊

【闇堕ち】ナナ／スクナ総合スレ３２【暴走】

1：名無しのナナファン
ここは『ＨＥＲＯＥＳ』ＶＲ部門所属のプロゲーマー《ナナ》及びＷＬＯの《スクナ》について語るスレです。荒らしは厳禁、アンチはＮＧで。打撃武器を愛せよ。

――

35：名無しのナナファン
結局最後のやつはよくわからなかったな

36：名無しのナナファン
感情値って何年か前に流行った脳波のやつだよね
感情が色で見えますよーってやつ

39：名無しのナナファン
あの高笑いしてるところもびっくりはしたけど
ナナって怒ったり泣いたりするんだなってのが一番の驚きだった……

45：名無しのナナファン
＞＞39
わかる

47：名無しのナナファン
確かに良くも悪くも驚いてるところと笑ったところくらいしか見た事ないな

51：名無しのナナファン
いやモンスターハウスの動画とか結構怪しかったろ

53：名無しのナナファン
まあいうても配信者でガチ泣きとかの方が少ないっちゃ少ないべ

58：名無しのナナファン
＞＞53
不穏配信は定番だしガチギレは割とよくある

62：名無しのナナファン
ずっと泣きながら戦ってんの見ててちょいつらかった

65：名無しのナナファン
ＶＲに感情表現が導入されたの自体は結構前だけどいつの間に数値化できるようになったんだろ

71：名無しのナナファン
リンナナクリップ沢山撮れたから満足なり〜

73：名無しのナナファン
いやーでも琥珀様カッコよかったなぁ

75：名無しのナナファン
ナナ大丈夫なのかなぁ
心配だからなんか公式コメントくらい欲しい

79：名無しのナナファン
＞＞75
ファンの鑑だな
リンネのＳＮＳ見てみ

83：名無しのナナファン
＞＞79

ありがと
尊さで死んだわ

84：名無しのナナファン
＞＞79
!?

85：名無しのナナファン
＞＞79
ええんかこれ

86：名無しのナナファン
＞＞79
尊い……

88：名無しのナナファン
＞＞79
リンネの投稿から十五秒でレスしてるあんたは何もんだよ

89：名無しのナナファン
＞＞79
リンネの膝の上柔らかそう

90：名無しのナナファン
＞＞79
ほんとに一緒に暮らしてんだな

92：名無しのナナファン
＞＞89
ナナ専用ポジだから諦めて、どうぞ

93：名無しのナナファン
幸せそうな顔してんなぁ

95：名無しのナナファン
ペットの猫を紹介するみたいなノリでリアルバレしてて草

98：名無しのナナファン
＞＞95
ナナのリアルバレに関しては今更
配信初日の時点で割れてるよ

99：名無しのナナファン
＞＞79
あまりの衝撃に意識失ってた
サンクス

100：名無しのナナファン
WLOプレイヤーじゃないからわかんないけど
とりあえずナナの色んな面が見れて満足よ

102：名無しのナナファン
＞＞98
リンネも有名すぎでリアルは割れてるしな
リンネの親友ってくらいだし周りを調べれば一発か
それにナナはあんましリアルバレ気にしなさそう

103：名無しのナナファン
ナナはリアルめっちゃ塩対応そう
リスナーとしてコメントしているのが一番触れ合える距離説

105：名無しのナナファン
リンネからのサービスショットが強すぎた

106：名無しのナナファン
リンネ自身がガチ美人だからな

108：名無しのナナファン
ナナは可愛い系だな
リンネほどじゃないけど

パッと見ぺったんこなのもすこすこ

109：名無しのナナファン
天はナナに二物を与えなかったか……

112：名無しのナナファン
\>\>109
運動するのに胸は邪魔だしねむしろギフトでは？

116：名無しのナナファン
\>\>112
その発想はなかった
リンネが運動音痴なのはそういうことか

118：名無しのナナファン
下世話な話はそこそこにしとけ
今はこの尊さを噛み締める時

119：名無しのナナファン
尊い……

120：名無しのナナファン
尊い……

121：名無しのナナファン
尊い……

122：名無しのナナファン
尊い……

ONIKKONATSHINDO

書き下ろし番外編

【リンネ切り抜きまとめ】
架空の親友・ナナ編【惚気集】

・リンネ十六歳、冬【レート1位目指して配信する#486】より切り抜き

『リンネって友達とかおるん？』

「あ？　友達？　いるわよ当たり前でしょ」

『マジか』
『その性格で？』
『→ド直球で草』
『コラボとかマジでやらんもんな』
『→温度差がデカすぎてな』
『Vのものと一回やった時とかガチで放送事故だったし』

「ソロでガチでやってんのに仲良しごっこしてたってしょーもないでしょ。世界目指してんのにチヤラチャラやっててどーすんのよ」

『ストイックだなー』
『でもそれで強くなっとるし』
『最初は俺らでも勝てたのになー』
『てか逆にその友達とやらが気になる』
『→たしかに』
『気になります！』
『どんな奴なん？』

「最高の親友よ。今は少し疎遠だけど……小さい頃からずっと一緒にいたわ」

『ほう』
『最高の親友とな』
『海のように心が広そう』
『リンネとずっと一緒は心折れそう』

「ナナはね、ほんっとうに可愛くてね……それで、誰よりも強い子だったの。悔しいけどね、私あの子にゲームで勝てたこと一回もないのよ」

「見た目はちょっと小柄な女の子よ。性格は……そうね、人形みたいに大人しいわ。ま、でもそのゴリラって表現はあながち間違いないかもね。だってあの子、前に体力測定で握力計握り潰してたし」

『ん？』
『？？？』
『握り潰してた？』
『ちょっとなにいってるかわからないですね……』
『バケモンで草』
『急に人やめてて草』

「誰よりも強いって言ったでしょ」

『ゲームのことだと思うやん……』
『誰よりも強い（物理）ってこと？』
『もうわかんねぇな』

『なな？』
『マジ？』
『可愛いってことは女の子だ』
『→男の娘かもしれん』
『リンネが勝てないってバケモンか』
『リンネより強い親友さんこわい』

「ナナは愛称。そうね、一応同い年の女の子よ。まあ、アレをほんとに女の子って言っていいのかは微妙なところだけど」

『女の子！』
『よかった』
『男だったらワイ死んでた』
『やんちゃな男子系？』
『女の子って言えない女の子とは』
『ゴリラみたいな見た目とか？』

「ま、そのうち機会があったらちゃんと紹介するわ」

「はいはい」

・リンネ十七歳、夏【過去最高レート目指して配信する#715】より切り抜き

「今日もナナは可愛かったわ……」


『そういや今日はデートだったたっていってたな』

『おっ、ゴリラの話かな?』

『ナナゴリラ説すこ』

『考察スレでやっぱりゴリラじゃないかって結論になるの面白すぎる』

『イマジナリーフレンド説も好き』

『あまりにトゲトゲしすぎた末路』


「あのねぇ……あの子がゴリラなわけないでしょ。そんな弱くないっての」


『どんな子なんやろなぁ』

『女の子って言えるか分からない……握力が化け物……同い年の女の子……実はマジでゴリラでは?』

『→なるほどな』

『友達がゴリラ……ウッ』

『泣きそう』

『リンネも大変だったんやな』


「なんで私が同情される流れになってんの……アンタらだって友達なんかいないくせに」


『ヤメロォ!』

『グサッときた』

『ゲーム友達くらいおるわい!』

『ゆるさんぞ!』

『は？』

『なんて？』

『【悲報】ナナ、ゴリラより強い』

『どういうことなの』

「小学生の頃には羆もワンパンしてたからねぇ……今のあの子がどんだけ強いのかは正直私にもわからないわ」

『ガチの化け物かなにか？』

『ヒグマをワンパンできる女子小学生ってなんやねん』

『さすがに嘘……嘘だよね？』

『嘘乙って言わせて』

『イマジナリーフレンド説が濃厚になってきた』

『たしかにゴリラじゃヒグマには勝てないな……』

『地上最強はアフリカゾウやで！』

「信じるも信じないもアンタら次第よ。ナナはそういう風に生まれてきた子なの。小さい頃からずっと私のボディガードでもあったんだから」

『キマシ？』

『キマシタワー？』

『ボディガードかぁ』

『同い年の女の子がほんとにそんだけ強いなら最高のボディガードではありそう』

『→真面目な考察すな』

「ちょっと前まで色々あって元気なかったんだけど……最近少し元気になったみたいでね。手を引いてあげると幸せそうに笑うのよ……」

『ほう』

『詳しく話していいぞ』

『リンネがキレてないの珍しいな』

『アンニュイの裏でキレッキレのプレイしてるの

なんか草』

『ナナって子がリンネを浄化してくれてる』

「まあそうね……あの子は私のヒーローだから。ホント生きていく上での光みたいなものなのよ。はずっと、そばにいて欲しかったんだけど」

『oh……』

『しおらしリンネだ』

『珍しいってレベルじゃない』

『い、イマジナリーフレンド説……』

『妄想にしてはリアリティあるね』

『ゴリラ説はないかぁ』

「アンタらが私をどう見てるのかはよくわかったわよ～？」

『しゃーない』

『普段の言動がね……』

『最近凶獣とか呼ばれてて草生える』

『全方位噛みつきしとるからや』

『顧みて、どうぞ』

「煽ってくるアッチが悪いのよ。わざわざ時間割いて相手の土俵で潰してやってんだから文句言われる筋合いはないわね」

『そういうとこだぞ！』

『相手の得意で念入りに磨り潰すのがリンネ流だからな』

『初コラボでそれやったせいでずっと界隈から怯えられてて草生えるわ』

『共演NGの女』

『人気ゲームにイナゴしてる分際でガチ勢を煽ったあっちが悪いんだよなぁ』

『あっちもたいがいガチ勢だった定期』

「だからコラボに興味はないってのに」

・リンネ十八歳、夏【つらいから配信する#1 124】より切り抜き

「ねぇ……ねぇ……聞いて……」

『初手しおらしリンネやん』
『ナナだな?』
『これはナナの話題』
『はよ話してみ』
『振られたか』
『リンネがしおらしい時はだいたいナナのことって定着してきてるな』

「フラれてないわよ！　ナナは私にベッタリなんだから！　……ナナがね、髪切ってたの。ずっとロングにしてたんだけど、バッサリ切ってショートにしてて……」

『そりゃ思い切ったイメチェンやなぁ』
『なんかあったんかね』
『言うて髪切っただけやん』
『→そんなんだから童貞なんだぞ』
『→髪は女の命なんだぞ』
『す、すまん……って童貞ちゃうわ！』

「髪を切るのはいいのよ……別にナナが髪型とかに興味があるタイプじゃないのは知ってるから。でもね、でもね……私にも一言欲しかったのよ……！」

『せやな』
『わかるよ』
『相談して欲しいよなぁ』
『わかりみ深い』
『ナナはそこらへん割とサッパリしてんだな』
『ちょっと同情する』

「ショートカットもよく似合ってるけどね……あの子の髪の毛を梳いてあげるの、好きだったんだけどな……」

『こりゃダメだ』

『重症ですね……』

『シレッと惚気けてないか？　気のせいか？』

『あのリンネを髪切っただけでここまで落ち込ませるナナとはいったい……？』

『ホントにいるならみてみたいなぁ』

「実在するわよ！　世界一強くて可愛い私の親友よ！」

『世界一強くて（物理）』

『ヒグマワンパンガール』

『やっぱいないんじゃないかな……』

『まあ……強さはさておきいることはいるんだろ』

『強さの部分を除けばいてもおかしくはないからな』

『やっぱりお嬢様なのかな？』

『→お嬢様なら多少は髪にも気を遣うんじゃないか？』

『→バッサリいくのは勇気いりそうではある』

『→そもそもナナって中卒バイトぐらしの設定だったはずだしお嬢様ではないんじゃないか？』

「ナナの家は一般家庭よ。正確にはお母様の実家がそれなりに名家だけど、駆け落ちしたから援助とかはないとか何とか」

『この時代に駆け落ちかぁ～』

『ラブやね』

『逆になぜリンネの家と繋がりが……？』

「お母様同士が親友なの。私とナナは同じ病院で生まれたんだから」

『ほーん』

『お母様呼びにリンネの育ちの良さを感じるの悔しい』

『親の縁かぁ』

『なんかリアルやなぁ』

『母親が名家ってならまあ縁繋ぐこともあるわな』

「そういうことよ。……あぁ、ショートカットのナナも可愛い……」

『結局そこに落ち着くんかい』

『リンネを駄目にする何かがありそう』

『普段とのギャップがやばいな』

『これ結局惚気聞かされてるだけなんじゃ』

『→そうわよ』

・リンネ十九歳、秋【世界大会優勝記念に配信する#1449】より切り抜き

「WGCS優勝記念にナナと焼肉行ってきたわ！」

『改めておめ』

『お疲れ様やで』

『そら最高の休日やな』

『JOJO苑？』

『→もっと高いとこやろ』

「場所は内緒だけど昔から懇意の焼肉店よ。普通にひとり4000円くらいで食べられるお店ね」

『ほぅ』

『千万ドルの賞金はどこへ』

『→もともと大金持ちだし……』

『あれやろ、ナナが食いすぎるからあんま高いとこ行けないんやろw』

『→ありそうで草』

「あら、よくわかったわね。そうなのよ、ナナって恐ろしいほど食べるから、事前に伝えておかないとお店の肉が半分くらいなくなっちゃうのよね。ほら、高いお店ってあんまり暴飲暴食する人を想定してないでしょ？　だから昔からそういうのを知ってるお店でお祝いするのよ」

『ファッ!?』

『相変わらずナナって感じだなぁ』

『誰も見たこともないけどどんどん設定が盛られていく親友ナナ』

『盛られすぎて人外のレベルなんだよなぁ』

『ヒグマワンパンの時点で設定だけなら人外だったし……』

「設定じゃないいんだけどねぇ……ま、普段はナナも普通の人の2倍くらいしか食べないいんだけど。いっぱい食べてるあの子を見てるとどうにもあ～んの手が止まらなくてね……」

『ぐわっ、惚気だ！』

『軽率にあ～んするな』

『食わせるリンネも大概だけど食べ切るナナもおかしいってそれ一番言われてるから』

『何キロくらい食べられるんです？』

「測ったことないからわからないけど、あの子基本的に食べたものを即消化してエネルギーに変えて蓄えちゃうから。量だけならほぼ無限に食べるわよ」

『ワイの知ってる消化と違う』

『ナナ……一体何者なんだ……』

『沢山食べる女の子好きです！』

『→わかる』

『ムチムチしてて欲しい』

「ムチムチはしてないわね……。でもあの子ったら面白くてね、カロリーがない食べ物が嫌いなのよ。ゼロカロリーとかローカロリーの食べ物全般が嫌いで、高カロリーの食べ物が好きなの。ほんと世界中の女に喧嘩売ってるわよね」

『ワイも人工甘味料臭いから嫌い』
『俺は好き』
『ゼロカロリーが嫌いって話、味とか添加物以外の理由で言ってる人初めて聞いた』
『カロリー重視の食生活とは……』
『燃費悪そう』

「燃費は悪いわね。自力で代謝を落とすこともできるみたいだけど、そうすると眠くなるみたい」

『冬眠かな？』
『また人から遠ざかってる』
『これで設定矛盾はないから恐ろしい』
『わたしのかんがえたさいきょうのしんゆう』
『でもリンネの親友ならワンチャンありそうに思えてしまう』
『リンネもたいがいアレだからな』

「アレってなによアレって」

・リンネ二十歳、秋【気分がいいから配信する#1861】より切り抜き

「今日もナナは可愛かったわ……」

『い　つ　も　の』
『えらく久しぶりだな』
『最近忙しかったからな』
『今日デートだったたん？』

「そうよ。半年くらい念入りに予定を摺り合わせ

てきたんだから」

『ナナの為なら何でもするなお前な』

『清々しい』

『むしろ半年に一回しか遊べないんか』

『リンネ忙しすぎだしな』

『確かナナもフルタイム掛け持ちの年365勤だろ？』

『→四年に一回しか休めなくて草生え……いや死ぬぅ！』

「まーあの子は体力が桁違いだからね。でも今日は珍しく眠そうだったわよ。この一ヶ月で二時間しか寝てないいんだって笑いながら言ってたわね」

『まあ前日二時間しか寝てなきゃ眠いよな』

『→現実を見て』

『→一ヶ月でやぞ』

『最近可愛いナナの話ばっかかでヒグマワンパンガールなの忘れてた』

『→小学生の頃にヒグマワンパンしたんだっけ』

『どの話聞いててもだいぶ人外だけどその話だけ別格すぎるわね』

「ナナはね……寝惚けてる時がいちばん可愛いのよ。普段はね、甘えないようにグッと気持ちを引き締めてるみたいなんだけど、それが寝惚けてると緩むのよね。子猫みたいに甘えてきてね……今日はお家デートで正解だったわ……」

『あぁ～いいっすねぇ』

『ナナのビジュアルがだいぶゴリラのイメージなんじゃが』

『→リンネ情報によると百五十五センチの四十一キロらしいぞ』

『→ぼちぼち小柄やな』

『→二メートルくらいの怪物じゃなかったのか……』

『お家デートかぁ』

『寝てる時は子猫みたい……メモメモ』

「ナナに甘えられてるとね、幸せってこういうことなのねって思えるのよ。これであと一年は戦えるわ」


『もう恋人やん』

『砂糖吐きそう』

『まあ荒れてた頃のリンネが唯一笑顔を浮かべる相手やし』

『当時はナナに感謝してた』

『今もエネルギー源なんだよなぁ』

「そうね。あの子がいなきゃ私もどこかで潰れてた気はするわ。お互いもう少し仕事を減らせればいいんだけど……」

『リンネは働きすぎや』

『たまには配信休んでええんやで』

『案件やった夜は配信しなくていいんだぞ』

『体が心配』

「ぼちぼち減らせそうなのよ。だからあと半年くらいが山になりそうだわ」


『ええやん！』

『俺らも投げ銭で支えるか……！』

『リンネに投げ銭はいらないそのままで』

『リスナー全員で高額投げ銭してもリンネの資産に届かないもんなぁ』

『世界で一番百二十円を投げ銭されるストリーマーらしい』

『→実際コメント読み上げ代としては安いからな』

「そ、無駄金遣うもんじゃないわよ。私がリスナーの代わりに金を遣ってあげるから、貴方たちはただ私を見てればいいの」

『ヒュー！』
『っぱリンネよ！』
『趣味でチーム作って企画ひとつで億単位の金を突っ込む女は違ぇや！』
『これが俺たちのリンネや！』

・リンネ二十一歳、五月【重大発表するから配信する#2064】より切り抜き

「いいことがあったわよ！」

『珍しくテンション高いな』
『どしたん』
『重大発表って言うくらいだからよっぽどか？』
『期待してええんか』

「ええ！　最高の朗報よ！」

『テンション高すぎて怖いんじゃが』
『ほんとにリンネか？』
『偽物かもしれん』
『アレだ、最近悩んでたVR部門のメンバー決まったんじゃね』
『→たかが一部門のメンバーが決まったからってこんなにはしゃがんやろ』
『マスピ部門のアレクサス加入でもこんなに喜んでなかったしな』

「いい？　言うわよ？　言っちゃうわよ？」

『ごくり』
『ごくり』
『……』
『ごくりん』

「ナナが！　ＨＥＲＯＥＳの所属プレイヤーにな

るわよ！」
『ファッ』
『ふぁっ⁉』
『ファッ⁉』
『嘘やろ⁉』
『あのナナが⁉』
『思ったより衝撃的な発表で草』
『たまげた』
『さすがにビビった』
『いつの間にそんな話が決まったんや』

「つい昨日よ」

『発表までがスピーディすぎるやろ』
『昨日は草』
『逸りすぎてて草』
『そりゃHEROESのトップはリンネだからリンネが決めたら本決まりよ』

『コネってレベルじゃねぇ！』

「まあまあ、とりあえず経緯から聞きなさい。最近あった食中毒事件と公営カジノの裏金事件って覚えてる？」

『あー……なんか騒ぎになってたやつだ』
『テレビ見てないからわからん』
『カジノは知ってる。結構やばめのやつだった希ガス』
『千人規模のとんでもねぇ食中毒だったから覚えてる』
『政治家が二人逝ったやつか』

「そうそれ。それがどっちもナナの働いてたバイト先だったのよ。正確にはバイト先を運営する本体だったんだけど、今回の事件のしわ寄せであの子のバイト先が切られちゃったのよ。すごくない？」

『すごいけどかわいそう』

『突然のクビかぁ』

『リンネの仕業では？』

「流石にそんなことしないわよ！　するならもっと早くしてるに決まってるでしょ」

『ひぇっ』

『たしかに……』

『できないわけじゃないんかい！』

『そういうとこだぞ……（震え声）』

『クビにされたくなければ……わかるね？』

『→漫画で見た』

『→そーゆーのよくない！』

『逆に信頼できる理由で草』

「だいたい私が本気でおねだりすればね、仕事先を潰さなくたってナナは仕事辞めてきてくれるわよ。あの子の意思を尊重して、我慢してたんだからね」

『おっと惚気か？』

『流れるように惚気た』

『リンネのおねだり……ひぇっ』

『想像して吹き出しそうになった』

『おねだり（脅迫）』

『お前らなぁ』

「まあいいわ。とにかくそんなこんなでダメ元で電話したわけ。そうしたら最後の一箇所も不祥事とか関係なしに潰れてたのよ！　ナナったらニートになってたのよね！」

『親友のニート化を喜ぶな』

『三箇所も勤務先の都合でクビになるのマジで可哀想』

『悲惨すぎる』

『でもナナって話がホントならワーカホリックだし休ませてあげたい気持ちもある』

『一年くらいゆっくりさせたい』

『なおHEROES加入決定の模様』

『→神は死んだ』

「ウチはそんなにノルマ厳しくないわよ！」

『嘘乙』

『嘘乙』

『いやいや嘘ではないで、嘘では』

『確かに』

『ノルマ「は」厳しくないよな』

『どいつもこいつも配信時間長すぎんだよなぁ』

『平均八時間とか頭おかしくなりそう』

『もっと休むように言ってください……』

「配信時間は個々の裁量に任せてるから多い分には私は知らないわねぇ……ま、そんなわけで無事にナナをVR部門に引き込んだから。よろしくしてあげてちょうだいね」

『実力があればな』

『ついにヒグマワンパンガールのベールが』

『HEROESは完全スカウト制だからしゃーないけど羨ましいって人は絶対いるぞ』

『まあアンチは湧くよなー』

『潰されないか心配や』

『ヒグマより強いバケモンがアンチの言葉程度で潰れるのかという疑問はある』

『→さすがにヒグマ関連はネタって結論出てるだろ』

『ヒグマ関連抜きにしてもバケモン定期』

「アンチに関しては心配はしてないけどね。これまでの新規メンバーと同じで、初回は私の配信で紹介するから。忙しくてもちゃんと見に来なさいよ」

『ハラスメントやめてください！』

『そう思うなら休日に配信してくれよな～頼むよ～』

『ほんそれ』

『命令形なのがリンネだよなぁって』

『昔からそんなもんだ』

『そういやお披露目いつよ』

「いつ配信するかは気分次第だからなんとも言えないわねぇ。ちなみにお披露目は明日よ」

『ファッ!?』

『告知さん!?』

『早すぎて草』

『昨日決まったんじゃないんかい！』

『見ろって言うなら予定立てさせて（涙）』

「気合いで時間を捻出するのよ。有休使いなさい有休」

『横暴だ！』

『ぶーぶー！』

『ひでぇ』

『ファンを大事にして！』

「大事にしてるでしょ。適度に。……とにかく明日よ。明日の朝から配信するから忘れずに見に来なさい」

『しゃーない』

『お昼休みに見るか……』

『ワイは有休取る』

『自営業ワイ高みの見物』

『ニートワイ低みの見物』

『楽しみだわ』

あとがき

お久しぶりです、箱入蛇猫です。

この度は『打撃系鬼っ娘が征く配信道！』第三巻をお手に取っていただきありがとうございます。

色々とありましたが、まずは三巻の発売にほっとしています。元々お話をいただいた時からここまでは形にしたいと思っていたので、正直感無量です。

三巻目にして突然の二段組と変則的な形にはなりましたが、その分大ボリュームにすることができました。ＷＥＢ版三章のストーリーを全部一冊にまとめたいという無茶を快諾してくださった出版社の皆さんには感謝してもしきれません。本当にありがとうございます。

ここから先は本編のネタバレになりますので、未読の方はご注意を。

三巻は主に前半にコラボ配信のシーン、後半には中ボス戦と大ボス戦、そして全編を通して主人公であるナナが抱える心の闇を吐き出していくといった内容になっています。

なぜ六年もの間、親友であったリンネと距離を取っていたのか。両親が死んだあと、ひとりで生きていくことを選んだのか。その事故の前と今とで明らかに性格が変わった理由は何なのか。それらの疑問を含めて、これまで匂わせてきた主人公が抱えてきた闇の全てを吐き出しきれたのではないかと思います。

真に異常な能力を持って生まれた女の子が、悩んで苦しんで救われて失って、それでもまた立ち上がって前を向くことができた。かなりシリアスな内容になりましたが、最終的にはナナは記憶に折り合いをつけて、一歩前に踏み出していけました。

とはいえ悔やんでいる部分も多く、特に三巻の配信要素に関しては二巻以上に「薄くない？」と言われても仕方がないと思います。配信シーンというのはストーリー進行や戦闘シーンと馬鹿みたいに相性が悪く、のんびりゲームをしてるシーン以外は基本的に配信と結び付けられないというのが相変わらず悩みの種ですね。悩みに悩んだ挙句、三巻はとにかくナナを主軸にしたストーリーと割り切り、前半に配信シーンをまとめて後半はガッツリ書きたいものを書くという形にさせていただきました。おかげさまで私の書きたかったお話は満足いく形にできたと思っています。楽しんでもらえていれば嬉しいです。

イラストに関して、片桐先生にはいつもお世話になっています。各キャラクターのデザインもそうですが、使徒討滅戦、そして禁忌のスキル。この部分はどうしてもカラーで見たかったシーンなので、それだけでも三巻を出せて良かったなと思います。

コミカライズに関して、ありのかまち先生の描く可愛らしいスクナやリンネには色々とインスピレーションを貰っています。とにかく表情豊かで可愛いです。コミックスもまもなく刊行ですので、ぜひお手に取ってもらえれば。

この先の展望は未定ですが、打撃系鬼っ娘の物語はまだまだ続いていきますので、ＷＥＢ版・コミカライズ版も合わせて引き続き楽しんでいただければ嬉しいです。

▶| ONIKKOHAISHINDO

巻末おまけ

コミカライズ第2話

原作：箱入蛇猫

漫画：ありのかまち

キャラクター原案：片桐

マラソン大会
菜々香ちゃんズルしたんだ！
○○ちゃんは陸上部で毎日練習してたけど
シク シク
菜々香ちゃんが頑張ってるところ見たことないもん！
どこかでコースをズルしたんでしょ！
……
ぐっ
…やっぱり
私は全力を出しちゃダメなんだ
…でも

この世界なら！
グググッ
すげえええ！
ヤッ
5匹のウルフの攻撃を
全部避けてる…！
グルン
ガッ
ドゴッ
グギャ
ゴキッ
その上的確に急所に当てて
動きを止めてるんだよな
ビクッ
グルルッ

しかも数時間ぶっ通しこれだよ！
バゴッ
おっ一撃で倒せた！
キラキラ
おめでとうナナレベルいくつになった？
7になった〜
エヘヘ
順調ねいい感じだわ
そういえばこのスキルの熟練度って何なんだろう
ピッ
打撃
熟練度２０
投擲
熟練度１７
ああ熟練度はね…

上がっていくと派生スキルを覚えていけるの
バァーン
だから最初に選べる武器スキルを極めるのも強いけど派生させていくってのも楽しみ方なわけ
なるほど数値で派生が開放されるんだ
フムフム
特殊な条件のもあるらしいわよ〈刀〉とか
へぇロマンあるねぇ
…でも刀か……
私が使うとスグ折れそう
やっぱ打撃こそシンプルな暴力ですよ
キラッ
フフリッ
いきなり何を言ってるのよ…
独り言こわっ
やばすぎて草
ザワッ

あとインベントリがいっぱいになっちゃった
FULL
インベントリ
ぴぴぴっ
そうね素材を売りに1回街に戻りましょうか
だいぶ稼げてると思うしついでに装備も買いましょ
了解〜
始まりの街〜商業地区〜
ガヤ
ガヤ
おお…さっきと違って人が多い
ガヤ
初期設定終わった人たちが溢れてるわね
早く終わらせてよかった
ワイ
ワイ
とりあえず防具を見ましょう
流石に麻の服セットじゃこの先やっていけないわ
わかったー

どーーーん
ここが始まりの街の武具屋よ
おー広い
外と違って中は空いているんだね
キョロ
キョロ
みんなまだ所持金が稼げてないだけで後々すごい混むわよ
だから混雑を避けるために店員NPCも居なくてシステム処理になってるわ
へぇ
ここに売ってあるもの全部鬼人族の物理ステータスだと着けられないものはないはずよ
わかった選んでくる～
タッ

防具の装着場所は5部位か
頭
胴
手
足
靴
さっき戦闘した感じだと篭手《こて》とすね当てはほしいな
動きの邪魔になりそうなゴツいのはヤだし…
かといってなめし革系は心もとないなぁ
うう～ん
…おっ ちょっと高いけどコレよさそう
後はコレとコレを組み合わせて…
スクナさんは鉄板セット・鎖帷子・鉢金・ベルト付き革ズボンを購入しました
キュ
カチャ
合計で14500円… じゃなくってイリスか 狼狩りで稼いでてよかった

リンちゃん防具こんな感じでいいかな？
ジャーーン
なかなか似合ってるわね
かわいい♡
鉢金で顔が見えるのもいいわ
高いけど女の子に人気なのよ
そーなんだ〜
リンちゃんも帽子だもんね
大会以外は配信が仕事だから見た目も大事にしないとね
キラ
キラ
バサッ
魔法使い然とした格好がすごい似合ってる
うふふありがとう
お金もまだあるようだし武器も見ちゃいましょ
この装備だと棍棒が浮いちゃってるもんね
カチャ

打撃専門コーナーは…
あったここだ
スタ
スタ
意外と色々あるな～
バットシリーズ…？
なんで3種類も
あるんだろう…
…う～ん
握りやすそうだけど
ファンタジーでバット
使うのはな…
カキ～～ン
他には…っと
キョロ
キョロ
スタ
スタ
おお…これは！
パア

ねぇリンちゃん 見て見て！
キラ
キラ
いいのがあった！ 金棒！
バーーン
ズシッ
買うと思ったわ…
鬼人族の打撃持ちは 必ずそれを買うんだもの
アハハ…
重いけど しっくり来て 耐久値がめちゃ高いの！
えへへ
同じランクの武器と 耐久が桁違いだもんね 値段が倍だけど…
壊れるのを気にせず ぶん回せるんだよ！
コンコン

じゃあさっそく狩りに行きましょうか
人が増えたからもっと奥で
スタ
スタ
リソースの食い合いだっけ
そそ
ゴッ
パパ
パラ
パラーッ
装備整えたら確実に一撃で倒せるようになった！
キラ
キラ
このゲームって重量もダメージ計算にある程度入ってるっぽいな
おー
その分取り回しに技術がいるしね
本当に良くできてるゲームだな～
カチャッ

…ねぇ スクナ？
ん～？ なぁに？
……
今楽しい？
うん！
楽しいよ！
パァ
ニコッ
ふふっ よかった…
わっふ
ギュウ
バッ
イチャイチャ助かる
やっぱりデート
そういえばスキル枠がふたつ増えてたんだけど…
レベル10になったのね

スキルを取るといいわよ
探知
ピッ
ふむふむ…
でもなんで？
予定だと明日は
果ての森に挑むでしょ？
ザァァァァァ
あの森はとにかく
見通しが悪いのよ
しかも不意打ちが多いの
虫とか？
？
どちらかと
いうと蛇ね
木の上から不意打ちで
毒攻撃を仕掛けてくるの
シャ〜〜
ひゃあああっ
ビクッ
フィールドでも擬態とか潜伏
してるやつをあぶり出せるしね
なるほど
取っておくね
あとひとつは…
あっ〈片手用メイス〉
スキルが開放されてるよ！
ピッ
ピッ
埋めちゃっていいわよ
何回でも入れ替えれるし
熟練度が疎かになるから
自分のスタイルは確立
しなきゃダメよ

なるほど枠が少ない代わりに自由にカスタムできるってことかぁ～
ピッ
SKILL
このスキル枠も今後増えていくの？
レベル10毎に1個ずつ増えていくわ
最初だけ
なるほどでも〈打撃武器〉と〈投擲〉だけでも上げるの大変だからなぁ
う～ん
そういえばリンちゃんは今レベルいくつなの？
私？47よ
…47？
エッ
ええスクナなら2週間もかからないと思うわ
ウフ
でもその2週間にリンちゃんは先に進んでるわけでしょ…
ヒェ～
過酷だなぁ…

それでステータスはどんな感じに振ってる？
筋力・器用・敏捷に均等に分けてるかな
…別に間違ってないけど納得いかないわ…
プロゲーマー的に…
それでもまだぎこちない感じ
おいっちに～
まだまだ上げないとね
さてと今日はあと1時間ぐらいであがる予定だけどどうする？
あとひとつレベル上げたいけどどうかなぁ…
プレイヤーも増えてきたしポップ的に厳しいかもね
ワイワイ
最後はせめてもの楽しみとしてわざと大きな群れに突っ込んでみたり
ゴオオオオオ
ストームサンダー
ビシャン
ゴロゴロ
暇だったリンちゃんが大魔法を撃ってみたりでなんやかんやで楽しく盛り上がった
お～
パチパチ

【打撃こそ】リンネ総合スレ898【暴力】

1：名無し輪廻民
ここはリンネの総合スレです
話題は自由アンチはNGで

442：名無しの輪廻民
結局ここのスレ民的に
鬼娘はHEROES所属でいいの？

445：名無しの輪廻民
>>442
俺は良いと思う
あれ多分運動神経だけで
やってるよ

460：名無しの輪廻民
初心者がウルフ数体に囲まれたら
普通は即リスポンものだしな

509：名無しの輪廻民
鎖からとかれた猛獣みたいだった

533：名無しの輪廻民
他のHEROESメンツと居るときも
にこやかだけどナナの隣のリンネは
かつて無いほど気が抜けてたな

536：名無しの輪廻民
>>533
そのうちHEROESで修羅場になりそう
リンネスキー多いもんあそこ…

546：名無しの輪廻民
明日は朝6時過ぎてから果ての森で
スクナのソロ探索配信やりますBYナナ

548：名無しの輪廻民
朝早すぎませんか…休日とはいえ…

549：絶対見る！ おやすみ

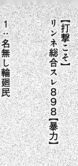

聞こえる
ばっちり
よかったー
どうもです
私はスクナと言います
ピコン
高級マイク並みの音質イイゾー
→それはゲーム機能
ピコン
昨日のリンちゃん…リンネの放送を見てた人なら知ってるかな？
見てたで
リンちゃん呼びほんと好き
ライバーズ公式アカをフォローしたよ
HEROES
スクナ
HEROESの新規メンバーなのね
ふぁっプロゲーマなの？
作ったばかりなのにもうフォローしてくれたんだ
えっとライバーズっていうのはWLOと提携している動画サイトで視聴やタイムシフトや動画投稿できるところ…
知ってる
常識で草
フヨフヨ

〈HEROES〉のVR部門のプレイヤーなのでプロゲーマーってことになるのかな
ええっと公式アカのフォローお願いしますので通知なんかもあるので
フヨ
フヨ
フォローした
フォローしますた
HEROES公式よりリンネが早くフォローしてるw
愛…ですかねぇ
アカウントはリンちゃんが用意してくれたやつだからなぁまぁいいや
え〜とっ
今日は南の平原を抜けて『果ての森…』に行ってレベリングしようかとウルフじゃもう経験値が足りないんだよね
もう南に行ってるの
もうって言うか最初から
リンネのスパルタ講座
→そう思っていた時期が(ry
アハハハ
パリーン
最後の方は作業だったもんな
笑顔で千尋の谷を駆け回ってた
パリーン
パリーン

ウルフを笑顔で撲殺する悪鬼
カァ
草
草
草
あっ悪鬼って…
モンスターだから
セーフでしょ
鬼っ娘だから仕方がないねｗ
とっとにかく南の平原を
抜けて行きましょう！
ポン
ポン
果ての森を
目指していざ！
ビシィッ
ごまかしたｗ

数時間後…
よっほら…
せりゃ！
もうアーツ使わないでも余裕で一撃やね
掛け声草
キャン
果ての森まで思ったより距離があるんだなぁ～
そういえば武器の耐久減ったり減らなかったりするのなんでだろ
パリーンッ
パリーンッ
教えてえろいひと
急所に正確に攻撃を当てたりヘッドショットや首刈りで即死させたりすると耐久消費されないよ
ヒュインッ
この間わずか5秒である
急所だと減らないんだね
フムフム
タイピングが速すぎる

あ～ワンパンできるようになってから急所を狙わなくなったからか…
ポンッ
なるほど
脳筋すぎる…
手を抜かなければ急所を狙い続けられるってマジ？
対人戦で容赦なく金的蹴り上げそう…
→鬼畜すぎて笑う
ワイ
きっ金的なんか狙いません！
ワイ
股間がヒュッとした
痛い痛い！
ほんとに～？

よっぽど不意打ちじゃなきゃ
当たらないからね
ブッ
ブッ
それに対人戦ならまず
足を砕きにいくでしょ?
それか目を奪う?
ヒエ
ヒエ
ひぇ
ヒエ
えっ?
胴体と違って体を支えてる
足は大きく回避しにくいし
ゴッ
ボキッ
ギャー
視界を奪えば足以上に
アドバンテージを奪える
でしょ
って何で私は
人体破壊について
語ってるんだろ
人体破壊
きょとん
?

やっぱり撲殺鬼っ娘やん
こら～君ら だんだん遠慮が なくなってきてるぞ～！
ピロロロロロッ
ワイ ワイ
まぁコメントが 盛り上がるなら いいけどさぁ…て
ゾクッ
んおっ？
どうした？
変な声出してて笑った
バッ
…いや 探知スキルに 変な反応が…

マップにも変なマークが出てるな…
うーんみたことがない現象だけど…
ムムッ
というかそんなに変な声出てたかなっ？
ピコン
ピコン
出てたで
ンオッ
よいしょ
ジッ
なんか近づいてきてるな
タッ
モンスターかなでかいね
赤いウルフなんて初めて見た
ザァッ
なんだろ…
…あれは

アリアだ
グルッ
…アリア？

南の草原のボスモンスター！
ギリリッ
グルルルルッ
……
ザワッ
うそん…
タラッ

おまけ漫画
遅くなっちゃった
ウィーン
えっとこのファッションビルであってるよな…
サクちゃん…
え…？
ガシッ
逃げて…
ゲシオッ
えぇぇ…！どうしたんですかナナ先輩!?
てか衣装かわいい…!?
疲れてるの初めて見た……
あらサク着いたのね
ギラ
これは腕がなりますね
ギラ
ウフフ♡
スタ
スタ
カッ
カッ
リンネさんにトーカさん
えっ…？何を
タラァ

ちょっ…！
バタ
更衣室
バタ
僕は…おとこ…アッ――！
パシャ
やっぱり似合う♡
パシャ
ピク
ピク
ピク
私たちだと身長があるから難しいのよね
パシャ
パシャ
キャー
かわいい～
目線こっち～
さぁ！次いってみよ～
ブル
ブル
ひゃあああ

隣国の精霊王から
暗殺者退治の依頼が――
私に任せなさい!
2021年春、
COMIC コロナ CORONA
TOcomics にて
コミカライズ 連載開始予定!
漫画：はな
春発売!

ってこれ、テートじゃない!?
公爵のエスコートで、
いざ、初の異国へ!
転生令嬢は精霊に愛されて最強です……だけど普通に恋したい！
5
The Reincarnated Count's daughter is the strongest as she is loved by spirits, though she is only wishing for regular romance!
風間レイ
イラスト：藤小豆
2021年

まあ、がんばれ
まだ、チャンスはあると思う
篠やんはマジだからな……
振り向かせられるの――!!
されて、せん2
otome game ga hajimarimasen.
予定!

女神様の本……一体どんなのだろう？読んでみたいな。
祠巡り」
貴族院に浮かぶ「巨大な魔法陣」
真のツェントになるのはわたくしですもの！
ィナンドを
か…？
迫る「次期ツェント候補」

「地下書庫」での作
「英知の女神
メスティオノーラの書」とは?
本好きの
下剋上
司書になるためには
手段を選んでいられません
第五部 女神の化身V
香月美夜
miya kazuki
イラスト:椎名 優
you shiina
2021年
春
発売予定!
フェルデ
救える
冷静になれ…

打撃系鬼っ娘が征く配信道！３

2021年２月１日　第1刷発行

著　者　箱入蛇猫

発行者　本田武市

発行所　TOブックス
〒150-0002
東京都渋谷区渋谷三丁目1番1号　PMO渋谷Ⅱ　11階
TEL 0120-933-772（営業フリーダイヤル）
FAX 050-3156-0508

印刷・製本　中央精版印刷株式会社

ISBN978-4-86699-105-4

Printed in Japan